À PROPOS DE L'AUTRICE

C'est à l'aube de la trentaine qu'Audrey Perri décide de renouer avec un doux rêve oublié à la fin de l'adolescence : écrire des romans. Depuis, elle n'a plus abandonné sa plume (ou plutôt son clavier) et s'amuse à écrire des histoires qu'elle aimerait lire. Ses héroïnes, toujours éprises de liberté, n'en sont pas moins de grands cœurs tendres qui n'espèrent qu'une chose : trouver l'Amour !

Baisers de soie

Collection : VICTORIA

HARPERCOLLINS FRANCE
83-85, boulevard Vincent-Auriol, 75646 PARIS CEDEX 13
Service Lectrices — Tél. : 01 45 82 47 47 - www.harlequin.fr
ISBN 978-2-2804-8260-8 — ISSN 2493-013X

Composé et édité par HarperCollins France.
Imprimé en novembre 2023 par CPI Black Print (Barcelone)
en utilisant 100% d'électricité renouvelable.
Dépôt légal : décembre 2023.

FSC www.fsc.org MIXTE Papier issu de sources responsables FSC® C159065

Pour limiter l'empreinte environnementale de ses livres, HarperCollins France s'engage à n'utiliser que du papier fabriqué à partir de bois provenant de forêts gérées durablement et de manière responsable.

AUDREY PERRI

Baisers de soie

Victoria

HARLEQUIN

1

Parc de la Tête d'Or, 6 juin 1860

Selon une légende connue de tous, en des temps fort anciens, des croisés seraient venus cacher un butin dans ce qui n'était alors qu'un vaste terrain vague. Et comme nul ne serait revenu le chercher, il se disait que le trésor dormait toujours dans son lit de terre, attendant de remonter à la lumière du jour.

Le temps avait fait son œuvre, transformant peu à peu cette anecdote, dont ni jeunes ni vieux ne connaissaient au fond la véracité, en une petite histoire considérée comme à dormir debout par les plus pragmatiques. Les autres, ceux qui rêvaient les yeux ouverts, continuaient à chercher et pendant longtemps ; il n'était pas rare de croiser un illuminé entre deux buissons, déambulant, sa pelle à la main.

Près de trois ans après l'ouverture d'un parc raffiné, justement né de la boue de ce fameux terrain vague, ils n'étaient pourtant plus que peu à penser à cette fameuse tête de Christ finement dorée. Non, au trésor venu du fin fond des temps on ne songeait plus vraiment en cette fin d'après-midi de printemps, trop occupé qu'on était à profiter des massifs de fleurs, des longues allées si joliment tracées et de l'eau miroitante d'un lac où bon nombre de jeunes amoureux canoteraient tout au long de l'été.

Promeneuses élégantes parmi les autres, Rose et Adeline Roux, deux sœurs au physique et à l'âge si semblables qu'elles semblaient être jumelles, n'y pensaient pas non plus, préférant de loin discuter et discuter encore d'un sujet autour duquel leur existence même semblait tourner depuis ces dernières semaines.

— Je ne peux m'empêcher de me demander quel serait l'avis de papa sur la question ! lança la première, tout en repliant son ombrelle d'un geste sec.

Le soleil, qui s'était montré très insistant tout au long de l'après-midi, semblait s'être fatigué et pâlissait déjà dans le ciel d'un bleu vif. Comme pour rappeler au monde que le printemps n'était pas encore tout à fait prêt à tirer sa révérence, l'air s'était de ce fait rafraîchi et la légère brise qui soufflait désormais avait des odeurs de pluie. Loin de s'en inquiéter, Rose s'en trouvait soulagée. Il n'y avait rien qu'elle détestât plus que la lumière vive, qui lui faisait plisser les paupières, et que ces rayons qui lui donnaient trop chaud et rougissaient sa peau de blonde.

— Tu ne devrais pas ! remarqua sa sœur d'une voix amusée. Te souviens-tu de l'année dernière ? Quand tu as ôté ton chapeau trop tôt et que...

— Cela n'a rien à voir, la coupa Rose, avec un geste agacé. La journée s'achève. L'année dernière, il était bien plus tôt et le soleil avait encore brillé de longues heures.

— Nous verrons bien ! Pour ma part, j'ai hâte de voir à nouveau ton visage se consteller de taches de rousseur. Elles te donnaient un air charmant de petite fille.

Avec un agacement évident, et sans jeter un regard à sa sœur, l'aînée ouvrit à nouveau son ombrelle. Mieux valait prévenir que guérir, elle en était consciente sans être pourtant prête à le reconnaître. Tenir compte de la remarque d'Adeline était une chose, convenir ouvertement qu'elle avait raison en était une autre. Pas dupe pour un sou, la cadette de la famille Roux s'abstint de tout commentaire superflu mais n'en conserva pas moins une moue moqueuse.

— Pour en revenir à ce qui nous intéresse, reprit-elle nonchalamment, papa n'imagine sans doute même pas que ce sujet puisse être discuté.

— Que veux-tu dire par là ?

— Eh bien... Il a toujours dit qu'il me destinait à un beau parti, n'est-ce pas ? Qu'il espérait ouvertement me marier au-dessus de ma condition. Quant à toi...

— Moi ? J'ai déjà un prétendant.

— Un prétendant ? Mais Raphaël est un peu plus que cela ! Vous vous êtes tout de même fiancés. Il est... Il est comme...

Adeline ralentit le pas, fronça délicatement le nez puis déclara avec emphase, visiblement satisfaite de sa réplique :

— Le fils que papa n'a jamais eu ! Oui, c'est tout à fait cela ! Je ne crois pas l'avoir entendu dire quoi que ce soit de négatif à son propos et, le connaissant, c'est assez étonnant.

— Et alors ? Pour ma part, j'ai toujours été ravie que papa l'apprécie. D'ailleurs, comment ne pas aimer Raphaël ? Il est tout ce qu'une femme peut vouloir et tout ce qu'un père peut espérer pour sa fille !

La jeune femme ouvrit la bouche pour poursuivre puis s'arrêta net, en proie à des émotions contradictoires. Mieux que quiconque, elle connaissait les belles qualités de celui qui avait pris son cœur, mais ce ravissement n'allait pas sans quelques inquiétudes. Car, si elle ne pensait plus qu'à lui depuis des mois, du lever du jour aux premiers clignotements des étoiles, il lui semblait parfois que les sentiments de son fiancé ne brûlaient pas avec la même ardeur. Elle lui reprochait cependant davantage ses absences, de plus en plus nombreuses, que les moments passés en sa présence, qui restaient d'une grande douceur.

— Quant à nos fiançailles, reprit-elle malgré tout, je sais que tu les as trouvées peu convaincantes.

— Ce n'est rien de le dire. Ce n'est pas tant leur rapidité qui m'a surprise que la distance que j'ai sentie entre Raphaël et toi.

— J'aurais aimé qu'il soit plus concerné par cet événement, concéda Rose. Il avait l'air plus préoccupé qu'heureux et n'a pas voulu me toucher un seul mot de ce qui pouvait l'attrister ainsi. Je me suis sentie si seule !

Alors qu'elles croisaient et saluaient deux promeneuses richement vêtues – et accompagnées d'un petit chien enrubanné que Rose jugea ridicule –, la jeune femme tenta de tenir à distance la mélancolie qui menaçait de prendre une fois de plus possession d'elle. Et pour ne pas se laisser submerger par le poison du doute et de l'inquiétude, quoi de mieux que ses meilleurs souvenirs ?

Fermer les yeux et imaginer Raphaël venir à elle, les bras chargés d'un immense bouquet à son intention, était le remède le plus efficace. Tout comme le souvenir de son regard se posant sur elle, si doux et brûlant à la fois. Quand elle se souvenait de la délicatesse avec laquelle il lui attrapait la taille pour l'aider à passer des obstacles qu'il jugeait trop difficiles pour elle, ou qu'elle pensait à nouveau à cette danse qu'ils avaient partagée et à ses mains posées sur elle, elle ne doutait plus de rien.

— Je sais que tu souffres de son absence, reprit Adeline, tout à fait consciente des tourments de sa sœur, mais il faut que tu restes confiante. Les choses changeront certainement après votre mariage. Tu vois ce que je veux dire ? Quand tu seras sa femme... Entièrement, sa femme. Tu auras davantage son attention.

Puis elle lui jeta un regard entendu qui fit rougir Rose. Pourquoi sa sœur sous-entendait-elle donc de telles grivoiseries ? Si Suzon l'entendait...

Rose retint un soupir de lassitude. Entre une petite sœur qui faisait des allusions déplacées et un fiancé qui lui faisait les plus belles déclarations avant de disparaître des journées entières sans daigner donner de ses nouvelles, elle était réellement la plus mal lotie de toute la ville de Lyon, c'était incontestable !

Manquant de trébucher, Adeline poussa un petit cri de surprise et se retint de justesse à sa sœur.

— Qu'y a-t-il ? demanda cette dernière, étonnée.

— Une brindille sur laquelle ma semelle aura glissé, assura Adeline avant de lui signifier son désir de poursuivre leur marche.

Résistant à l'envie de lui faire remarquer qu'aucune brindille n'avait pu entraver sa progression, les allées étant scrupuleusement entretenues, Rose préféra observer sa sœur en silence.

Indifférente à ses petits coups d'œil discrets, Adeline marchait lentement, les épaules un peu voûtées, regardant au loin. À cet instant précis, postée dans la belle lumière printanière, Adeline lui sembla étrangement plus frêle qu'à l'accoutumée. Ses traits fins étaient toujours harmonieux, mais la fraîcheur qui les caractérisait, jadis, semblait amoindrie par la fatigue. Ses joues s'étaient creusées, venant donner une nouvelle maturité à son visage et une intensité inédite à son regard. Ses yeux semblaient plus sombres, plus grands. Différents. Comme s'ils racontaient une histoire dont Rose ignorait la teneur.

Lorsqu'ils se tournèrent brusquement vers elle, l'impression qu'ils lui firent fut si forte et si perturbante qu'elle en perdit quelques secondes le don de la parole.

— Ne boude pas, je t'en prie ! s'écria alors Adeline, se méprenant sur son long silence. Je ne voulais pas te faire de peine ou donner l'impression de me mêler de ce qui ne me regarde pas. S'il te plaît ! Ne gâchons pas la fin de la promenade en nous querellant comme des enfants ! Oublie tout ce que je t'ai dit, et ainsi tout ira bien.

— D'accord, d'accord. Mais sache que tu ne me fais pas de peine. Du moins, tu ne fais que dire la vérité. Il est vrai que ces derniers mois j'ai été jalouse du temps que Raphaël a passé devant ses dessins. Mais je sais que, tout comme papa, il est de ceux qui font passer leur travail avant tout le reste. Ce n'est un secret pour personne. J'imagine que maman l'acceptait, quand elle était encore parmi nous. Moi… je devrais déjà m'estimer heureuse à l'idée de partager prochainement la vie d'un homme aussi talentueux que Raphaël.

Adeline tourna vers elle un regard navré.

— Cela ne fait pas tout, tu sais ?

— Je sais. Mais j'essayerai de faire avec. Et puis tu as raison. Tout changera lorsque nous serons mariés. Notre vie sera différente. Nous serons plus libres.

— Libres de faire des folies !

Complices, les deux sœurs échangèrent un regard.

— Rien ne compte, si ce n'est l'amour, reprit finalement Adeline avec un sérieux qui ne lui ressemblait pas. Il doit passer au-dessus de tout. Des règles, des conventions et des problèmes. Vous vous aimez, n'est-ce pas ?

— Je l'aime, répondit Rose, sans hésiter une seconde. Et il dit m'aimer aussi. Mais il m'arrive de...

D'une main douce, posée sur son épaule, Adeline ne lui donna pas le loisir de poursuivre.

— Cesse avec tout cela, je te prie. Je comprends ton inquiétude, mais je suis persuadée que les absences de Raphaël ne doivent en rien te faire douter de ses sentiments.

— Tu as peut-être raison, concéda Rose, un peu ragaillardie. Mais il me manque. J'aimerais le voir davantage.

— En tout cas, il y en a un que l'on voit bien plus souvent que prévu... Ce cher Alexandre est désormais un habitué de notre table ! Penses-tu qu'il soit à ce point amateur de poulet aux morilles ? demanda Adeline, un léger sourire aux lèvres.

Telle une lente valse dont elles connaissaient les pas par cœur, leur conversation les avait ramenées à leur point de départ. Alexandre.

D'un signe de tête, Rose invita sa sœur à se diriger vers l'entrée des serres. Il était temps de quitter le parc et de prendre le chemin de la maison.

— Je ne prétends pas connaître les raisons de sa fidélité, mais à toi je peux bien l'avouer : certains jours, il m'arrive de regretter qu'il soit si présent. Mais j'imagine qu'en effet les talents culinaires de Suzon y sont pour beaucoup.

Adeline eut un petit rire narquois.

— J'espère que tu plaisantes ? Il n'a que faire du menu ! Il n'a d'yeux que pour toi ! C'est pour toi qu'il vient si souvent et certainement pas pour ce qui se trouve dans son assiette !

D'un vif mouvement de la tête, Rose nia l'évidence.

— Mais non... tu te trompes. Il apprécie papa, et Suzon est un ange avec lui. Rappelle-toi qu'il a perdu sa mère très jeune et qu'il a été séparé de son père pendant des années. Il doit retrouver en elle la sollicitude et les attentions dont il a manqué.

— C'est pourtant toi qu'il regarde et c'est toi qu'il écoute. Pas Suzon !

Si elle n'avait déplié son ombrelle pour s'abriter à nouveau sous cette dernière, Rose s'en serait volontiers servie pour administrer un petit coup à sa sœur. Au lieu de cela, elle se garda de faire le moindre commentaire supplémentaire, espérant que son silence mettrait naturellement fin à cette conversation. Fiancée et amoureuse, il lui était assez désagréable de s'imaginer être au centre de l'attention d'un autre homme que celui auquel elle se destinait.

Quoi qu'il en soit, si l'une des sœurs Roux devait attirer l'attention d'Alexandre, c'était Adeline et non elle ! Quoi de plus logique, après tout ? La cadette de la famille était aimée de tous. Elle était charmante et plus charmante encore lorsqu'elle riait car de jolies fossettes se creusaient dans ses joues pâles. Et Adeline riait tant ! Tout lui semblait toujours si cocasse, si amusant. Suzon disait toujours qu'elle avait la joie dans le sang. Et que cette joie, cette soif de vivre et de profiter de l'existence, était comme une rivière de sucre à laquelle on rêvait de s'abreuver. Alexandre, comme les autres, ne pouvait y être indifférent. Tout le monde aimait le sucre.

Alors qu'elles quittaient pour de bon leur lieu de promenade et marchaient pour un moment le long du Boulevard du nord, cette promenade arborée qui longeait le parc dans toute sa partie sud, Rose se sentit soudainement très triste et comme vidée de toute énergie. Elle avait hâte d'être de retour chez elles et de s'apprêter pour un dîner qu'elle attendait avec une impatience que nul n'ignorait.

— Tu crois qu'il existe vraiment ? demanda-t-elle, autant pour relancer la conversation que pour se changer les idées.

Bien qu'elle sache évidemment de qui il était question, sa sœur haussa les épaules sans répondre. Une fois n'était pas coutume, Adeline ne semblait pas désireuse de parler du sorcier qui, selon les bavardes du quartier, vivait aux abords du parc. Selon leurs dires, bien caché dans sa masure perdue au milieu des broussailles, cet homme étrange pouvait vous apporter « succès et félicité amoureuse » ou « la plus crue des vengeances » grâce à de petites figurines. Réalisées à l'effigie de l'être détesté ou, mieux, de l'être aimé, elles devaient être percées d'une aiguille à horaire régulier afin d'obtenir les meilleurs résultats.

Avait-on déjà fait un beau mariage ou réussi à éliminer un ennemi grâce à cet homme ? Nul ne le savait. Monsieur Roux, lui, détestait cette histoire et aurait fait une syncope s'il avait su que ses filles, sans avoir l'air d'y toucher, espéraient un jour croiser cet homme mystérieux au cours de leur promenade rituelle.

— Et que lui demanderais-tu si d'aventure nous arrivions à le trouver ? finit pourtant par répondre Adeline.

Après avoir fait mine de réfléchir un long instant, Rose tourna un visage décidé vers sa sœur.

— Ce que j'exigerais de lui ? Mais des fossettes aussi adorables que les tiennes, bien entendu !

2

Le quartier était foisonnant. Bouillonnant comme une soupe mise sur un feu vif. La vie y était si palpable qu'elle semblait couler des chéneaux avec l'eau de pluie. Il y avait toujours du bruit, des éclats de voix. Des rires. Les habitants s'apostrophaient de fenêtre en fenêtre de derrière d'énormes jardinières en terre cuite débordantes de fleurs. Il y avait du linge qui séchait le long de cordelettes tendues entre les façades ocre, jaune et rouge. Les pavés irréguliers glissaient ; les chiens et les enfants y couraient à toute allure, laissant leurs jambes décider de leur destination. Et à l'heure du repas, il était difficile de le traverser sans avoir l'eau à la bouche tant les odeurs qui s'échappaient des cuisines étaient alléchantes.

Au détour d'une petite place aussi charmante qu'animée, il y avait une venelle qui semblait monter jusqu'au ciel. Là, à mi-chemin de cette dernière, entre deux maisons d'architecture semblable, se trouvait la demeure des Roux. La rue était si étroite que même en levant le nez vers ses hautes fenêtres à petits carreaux, campé depuis le trottoir d'en face, on peinait à voir la cime d'un bâtiment qui comptait trois étages.

Cette maison, nul riche ancêtre ne l'avait fait construire en vue d'y abriter sa famille et les descendants de cette dernière. Nul aïeul n'en avait fait dessiner les plans selon ses envies et son bon vouloir. Elle était en réalité née pour d'autres, et ce, bien avant qu'Auguste Roux, jeune tisseur venu de Tours, ne soit venu tenter sa chance à Lyon, plus d'un siècle auparavant.

Bien des années plus tard, lorsqu'il avait enfin pu s'acheter l'une de ces maisons de pierre, si vieilles qu'elles semblaient être là depuis que le monde était monde, il ne se doutait peut-être pas que son fils puis son petit-fils y passeraient eux aussi leur existence et quelle importance elle aurait pour eux et pour leurs enfants après eux. Aux yeux des deux sœurs, cette maison était plus que le lieu où elles mangeaient et dormaient. Elle était un havre de paix hors duquel elles ne s'imaginaient pas vivre.

Une fois n'est pas coutume, Rose n'accorda aucune attention à la lourde porte de chêne ni à l'arc en pierre sous lequel elle passa pour rejoindre la cour intérieure de leur maison. Elle dépassa le chat sans daigner lui offrir quelques caresses, elle n'accorda pas un regard aux roses qu'elle avait pourtant plantées devant les fenêtres ni aux pavés qui avaient été fraîchement lavés à grande eau par leur bonne, Louise. Le cœur battant, elle laissa Adeline en arrière, traversa le hall d'entrée aussi sombre qu'à l'ordinaire et se jeta dans la volée de marches qui menait à sa chambre.

La raison de sa hâte était évidente pour qui connaissait l'emploi du temps des Roux : dans une heure à peine, Raphaël serait à ses côtés. Certes, ils ne seraient pas seuls. Il y aurait également Camille Martin, un tisseur et ami de son père, et certainement ce bon vieux Jean Bonnet. Mais aux yeux de la jeune femme, seule comptait la présence de son fiancé.

— Veux-tu de l'aide ? Tu as l'air fatiguée. Te sens-tu souffrante ?

Surprise, Rose sursauta comme l'aurait fait une âme coupable et croisa le regard intrigué de Suzon. Petite et ronde, avec des joues rebondies et son habituel sourire éclatant, elle était fidèle à elle-même. Toujours prête à l'aider, toujours soucieuse de lui apporter douceur et réconfort. Elle n'avait qu'un défaut : elle ne frappait jamais avant d'entrer dans une pièce, ce qui, d'ordinaire, ne dérangeait pas Rose. Cette fois, elle n'en avait pas moins été prise de court.

— Non, détrompe-toi, je vais très bien, la rassura-t-elle. J'avais simplement la tête ailleurs.

— Oh ! je comprends tout à fait ! Rien de plus normal à cela. Le mois de juin ne manque pas d'occupations, et nous avons tous à cœur qu'il se passe pour le mieux. Je pense que ton père ne manque pas de préoccupations, lui non plus !

Rose répondit par un sourire vague, peu désireuse de pousser plus loin la conversation. Que Suzon fasse référence à l'inventaire à venir ou à d'autres impératifs professionnels dont elle ignorait la teneur, elle ne le savait pas et n'éprouvait pas l'envie d'en apprendre davantage. Tout à sa joie de revoir Raphaël, elle espérait seulement avoir le temps d'améliorer un peu sa coiffure et de passer une robe plus légère.

— Tu te souviens que Camille et Jean viennent, ce soir ? Ton père les a invités à manger avec nous.

Tournée face à l'armoire où étaient rangées toutes ses robes, Rose fronça les sourcils. Pourquoi Suzon ne faisait-elle pas mention de Raphaël ? Était-ce un simple oubli de sa part ou ne serait-il finalement pas des leurs ?

Ne pouvant se décider à évoquer le sujet, de peur d'entendre ce qu'elle ne souhaitait pas savoir, la jeune femme délaissa sa garde-robe et alla s'asseoir devant sa coiffeuse. Sans y être invitée, une fois encore, Suzon fit également quelques pas dans la pièce, se posta derrière elle et attrapa avec autorité sa brosse à cheveux avant de dénouer savamment le chignon de Rose. Heureuse de la voir prendre les choses en main, la jeune femme lui sourit à travers le miroir.

Combien de fois Suzon avait-elle fait un tel geste ? En combien d'occasions s'étaient-elles retrouvées, toutes deux, dans une telle situation ? Certainement des centaines. Et autant de caresses, de mots tendres et de baisers qui les rendaient d'autant plus chères à son cœur. Trop jeune à l'époque de la mort de celle qui l'avait mise au monde, Rose ne se souvenait pas du moment exact où Suzon, grande amie de cette dernière, avait choisi de prendre cette place privilégiée au sein d'une famille dont elle faisait partie sans vraiment lui appartenir.

Comment s'était-elle faite à ce rôle ? Pourquoi s'était-elle oubliée dans des fonctions qu'elle aurait pu délaisser ? Suzon avait-elle, un jour, été tentée de les quitter ? S'était-elle sentie prise au piège ? Rose ne l'avait jamais su et n'avait pas osé demander davantage de réponses à cette femme aimée mais dont la vie passée restait un mystère.

— Raphaël est-il déjà là ? osa-t-elle enfin demander. Il m'avait promis d'arriver en avance pour passer un peu de temps avec moi. Je crains d'être en retard et je ne pourrais me pardonner de le faire attendre...

À l'idée qu'il puisse bientôt se trouver là, devant elle, à portée de main et de baiser, elle en tremblait presque. Faisant fi du silence que conservait Suzon, ses pensées s'envolèrent en direction de celui qui occupait toute son attention. Comment lui plaire, ce soir ? Comment accrocher son regard et le retenir ? Et surtout, comment lui faire comprendre à quel point il lui manquait et combien elle avait besoin d'entendre des paroles rassurantes ?

— Je crains que tu ne sois déçue, répondit enfin Suzon, mettant fin à son attente. Je ne savais pas comment te l'apprendre mais, ma belle, mais il ne viendra que demain...

Demain. Un clignement de cils pour le commun des mortels. Une éternité pour un cœur amoureux et inquiet. Comment allait-elle pouvoir tenir aussi longtemps ? Comment parviendrait-elle à trouver la force de supporter ce dîner sans lui et, ensuite, de trouver le sommeil sans avoir eu le plaisir de le voir ?

Pour un peu, elle en aurait pleuré comme une enfant à qui l'on avait menti et qui découvrait pour la première fois la brûlure de la trahison. Lasse, elle écrasa rapidement une grosse larme. Pas assez vite, cependant, pour qu'elle passe inaperçue aux yeux de Suzon.

— Oh ! ma chérie !

Toujours postée derrière elle, elle se pencha légèrement et l'entoura de ses bras potelés.

— Je ne pensais pas que tu serais à ce point touchée ! Tu sais, ce n'est que partie remise ! Ton fiancé est un homme très occupé. Il m'a fait te dire qu'il était désolé et que...

— Tu l'as vu ?

— Oui. Il est passé alors que vous étiez en promenade, ta sœur et toi.

Rose porta la main à sa bouche, dépitée. Elle avait raté sa

venue ! Et tout ça pour une banale promenade au parc ? Quelle terrible déconvenue !

— Il semblait très pressé et n'a pas voulu attendre ton retour. Mais n'en sois pas trop triste, cela n'est que partie remise. D'ailleurs, tu seras sans doute ravie d'apprendre qu'Alexandre passera en fin de repas. C'est une bonne nouvelle, n'est-ce pas ?

Leurs regards s'accrochèrent à travers le miroir. Suzon, rayonnante ; Rose, plus sombre. Alexandre avait beau être un jeune homme agréable, elle n'avait que faire de sa présence, surtout après une telle nouvelle !

— Mais loin d'être une surprise ! ne put-elle s'empêcher de remarquer.

— Que veux-tu dire par là ?

— Rien de particulier. Si ce n'est qu'il a été très souvent présent parmi nous, au cours des dernières semaines.

Suzon haussa les épaules, ne trouvant rien d'étonnant à cette habitude désormais bien ancrée.

— C'est bien compréhensible. Après tout, Alexandre et son père ont été séparés pendant cinq longues années. À peine se sont-ils vus une poignée de fois durant cette période. Depuis son retour, le fils suit son père, où qu'il aille. Le temps changera peut-être ses habitudes... À ce propos, sais-tu qu'il a enfin commencé à travailler auprès de Camille ? Cela doit être émouvant de le voir peu à peu prendre sa place au sein de l'affaire familiale !

— Non, je ne savais pas. Il parlait souvent de se mettre à l'un des métiers, mais...

— Mais il ne passait pas le pas. C'est chose faite, et heureusement ! Camille a bien besoin qu'il mette la main à la pâte. Travailler en famille, n'est-ce pas le destin de tout ouvrier de la soie ? Il ne leur manque qu'une femme mais, ma foi, cela viendra. Si je peux te faire une confidence, je crois que le sujet intéresse tout particulièrement ta sœur, ajouta-t-elle avec un petit gloussement.

D'un mouvement de tête, Rose lui fit signe de préciser.

— Je lui ai parlé d'Alexandre juste avant de venir te voir, et elle a semblé ravie de la nouvelle. Penses-tu qu'Adeline nourrisse quelque tendre sentiment à son sujet ? Cela serait drôle ! Ils ont passé leur enfance à jouer ensemble, tu te souviens ? Certes, c'était une autre époque, mais ceux qui sont faits l'un pour l'autre finissent toujours par se retrouver, ajouta-t-elle, d'un air inspiré.

Rose hocha la tête, un peu perturbée à cette idée. Sa sœur ? Amoureuse d'Alexandre ? Elle n'y aurait pas songé. En tout cas, pas sérieusement. Adeline n'avait jamais fait que plaisanter au sujet du fils de Camille. Se pourrait-il qu'elle éprouve en réalité une véritable inclination pour le fils du tisseur sans oser lui en parler ouvertement ?

— Papa en serait fâché.

— Pourquoi cela ?

Pour toute réponse, Rose lui lança un regard entendu à travers le miroir. Cela fut suffisant. Suzon et elle se connaissaient assez pour savoir ce que l'autre pensait sans avoir à préciser son propos.

— Oh ! tu sais, reprit Suzon tout en reposant la brosse à cheveux sur le rebord de la coiffeuse, ton père a de grands mots, mais il pense avant tout au bonheur de ses filles. Je suis convaincue qu'Adeline pourra épouser qui bon lui semble, à condition qu'elle sache lui présenter l'idée en douceur. Et puis, Alexandre a beaucoup de projets, le savais-tu ?

— J'ai vaguement cru comprendre qu'il souhaitait apporter quelques nouveautés, oui…

Cette fois encore, les deux femmes échangèrent un regard complice. C'était un euphémisme, bien entendu. Alexandre était un jeune homme particulièrement bavard, enthousiaste et toujours prêt à partager ses idées avec qui voulait les entendre. Depuis son retour, il leur avait tant rebattu les oreilles avec ce qu'il comptait transformer dans l'affaire de son père que ses discours étaient le refrain d'une chanson que tous connaissaient par cœur.

— Cela étant dit, reprit Suzon avec une mine pincée, il semble bien sûr de lui, mais il n'est pas certain que son père accepte tant de changements. Il le laisse parler et parler encore seulement parce qu'il n'est de retour que depuis peu. Camille n'est pourtant pas homme à se laisser guider par autrui.

— Tu ne penses pas que l'on puisse avoir confiance en Alexandre ?

— Mmm… Il est trop bavard et trop ambitieux, mais je le pense malgré tout travailleur et fiable. Après tout, le sang de son père coule dans ses veines ! Il vient d'une famille dont on ne peut douter. Il saura faire prospérer l'atelier de son père quand celui-ci n'en sera plus capable et il le fera à sa manière. Ceci, il faut l'accepter.

Rose garda le silence, incapable de faire le moindre commentaire sur les qualités professionnelles d'Alexandre. Quant à ces histoires de succession, elles n'avaient guère d'écho chez les Roux : sans héritier mâle, l'avenir de la Maison Roux & Cie, fabricants d'étoffes d'ameublement restait encore incertain. Et si leur père déclarait à qui voulait l'entendre – et surtout à Nestor Vial, son chef de fabrication, si bon élève qu'il en semblait parfois risible – qu'il était encore jeune et vaillant, il n'y avait guère que lui pour le croire. De là à l'imaginer impotent, prostré dans sa chaise, à attendre que le temps passe et avec lui toutes les bonnes affaires qu'il n'aurait plus la force de conclure, il y avait un gouffre qu'aucune de ses filles n'avait envie de franchir.

— Mets la bleue, lui conseilla Suzon, avant de quitter la pièce. Demain soir, Raphaël sera là et il aime tant ta robe verte ! Celle avec les petits boutons de nacre ! Cela lui fera plaisir que tu la portes, je crois. Je te laisse, j'ai encore à faire ! Tout cela me donne bien du travail, mais je me réjouis à l'avance de ces deux repas qui seront, j'en suis sûre, particulièrement agréables.

À nouveau seule, la jeune femme se leva et se tourna vers sa garde-robe en réprimant un soupir. La perspective de ce repas avait été délicieuse mais, sans Raphaël, l'idée même en devenait plus terne. Elle s'était fait une fête de le revoir ! Elle avait imaginé chaque moment, chaque regard avec une émotion fébrile, et tout cela pour quoi ? Pour être à nouveau délaissée au profit d'elle ne savait quoi ! Et dire qu'il n'avait même pas pris la peine de lui laisser un dessin, comme il en avait jadis l'habitude ou ne serait-ce qu'un petit mot ! Lors de leur rendez-vous secret, dès le lendemain matin, elle saurait lui faire part de sa déconvenue.

Non, elle n'hésiterait pas, pour une fois, à lui dire clairement ce qu'elle avait sur le cœur.

À présent, elle ne ressentait plus de tristesse mais bel et bien un dépit terrible qui lui donnait envie de se terrer dans sa chambre. Or elle n'en avait pas le droit. Il fallait qu'elle se calme et, surtout, qu'elle parvienne à retrouver son sang-froid ; sinon, la soirée ne serait qu'un long calvaire. Il ne lui restait plus qu'à faire bonne figure jusqu'au coucher et à fuir les regards et les attentions d'Alexandre. Plus que jamais, ce soir, elle n'avait nulle envie de se laisser aller à un tel badinage.

3

Si Rose connaissait finalement bien peu de détails sur son père et sur la vie qu'il avait pu mener avant d'être celui qu'elle côtoyait au quotidien, elle savait qu'il avait toujours vécu et qu'il vivrait pour son métier jusqu'à son dernier souffle. C'était ainsi. Nul ne pouvait l'ignorer, ni lutter contre.

Pour Jacques Roux, figure incontestée et incontestable de la soierie, être fabricant-négociant était bien plus qu'un statut ou qu'une simple fonction. C'était un mode de vie. Il vivait pour la soie. Il respirait soie. Il mangeait soie. Sans doute en rêvait-il aussi, et ce, bien plus souvent qu'il n'aurait voulu l'avouer. Et si, depuis peu, il ne parcourait plus les régions et les pays étrangers afin de trouver de nouveaux commanditaires, préférant déléguer la majeure partie de cette tâche au jeune Nestor Vial, il n'en restait pas moins omniprésent dans le décor. Fidèle à sa réputation. Fidèle à l'univers auquel il appartenait, corps et âme.

Ses filles avaient été bercées par la douce mélodie de la soie. Des potences des métiers à tisser aux râteliers dans lesquels on rangeait les peignes selon leur densité, en passant par les cartons où se dessinaient les tissages à venir, rien ne leur était étranger car leur père en avait voulu ainsi. Jamais avare en paroles ou en anecdotes, il avait ses sujets de prédilection et autant d'histoires qu'elles avaient parfois entendues malgré elles.

— Tout cela, vous savez, c'est avant tout une histoire d'assassinat, aimait-il souvent à dire, certain de retenir ainsi l'attention indignée de ses filles. Savez-vous qu'il est nécessaire d'asphyxier la chrysalide pour filer de la soie ? Loin d'être un hasard, c'est une science exacte car il faut le faire au bon moment, voyez-vous ? Soit juste avant qu'elle ne donne naissance à l'un de ces jolis papillons que vous aimez tant voir voler ! Prodigieux, n'est-ce pas ? demandait-il, sans malice.

Rose, tout comme Adeline, préférait quand il leur narrait cette si jolie légende chinoise. Celle qui racontait la charmante histoire d'une princesse qui, ayant reçu en cadeau un cocon tombé du ciel, le retira de sa tasse de thé avant de le dévider, donnant ainsi naissance à la soie.

Depuis que Jacques ne voguait plus par monts et par vaux, on l'avait vu plus souvent qu'à son tour trôner comme un roi derrière le comptoir de son cher magasin. Sa boutique avait pignon sur rue, au cœur du quartier Saint-Georges, et n'avait pas changé d'un iota depuis que Rose était en âge de s'en souvenir. Sa vitrine, le nom de son père peint en lettres dorées et ces étoffes magnifiques, touches de couleur exposées là pour éblouir les élégantes qui passaient dans la rue, l'avaient toujours émerveillée.

Mais à la différence de toutes les femmes qu'ils faisaient rêver, Rose connaissait l'histoire de ces tissus. Elle savait le travail et la patience qu'il avait fallu aux ouvriers pour les tisser. Quelques mètres de soie, à ses yeux, étaient bien plus que la possibilité d'une nouvelle robe. Ils étaient le résultat concret d'une passion et du dur labeur de dizaines de petites mains qui, de la balle de soie aux dernières finitions, avaient œuvré pour créer ces merveilles aux reflets chatoyants.

Jacques se souciait peu du manque de connaissances de ses clients, son objectif premier étant de vendre sa soie aux plus offrants. Certes, il n'avait jamais fourni d'étoffes aux plus grands de ce monde. Ses soieries n'avaient pas été utilisées pour le sacre d'un roi ou pour faire sourire de plaisir l'une des favorites de la cour. Mais il travaillait avec des maîtres tisseurs réputés, au travail soigné, et pouvait se targuer d'être respecté par ses pairs et par ses filles.

Soucieuses de lui faire plaisir, c'est le sourire aux lèvres et avec la plus exquise des politesses qu'Adeline et Rose accueillirent leurs convives du soir. Discrètes et chaleureuses à la fois, elles allèrent les retrouver dans la salle à manger, soit la pièce la plus richement meublée de leur demeure. La beauté des draperies des rideaux bleus accrochés aux deux immenses fenêtres, les chaises à haut dossier, la grande table en chêne verni autour de laquelle les invités s'installaient et la magnificence du lustre qui surmontait cette dernière impressionnaient quiconque s'y rendait pour la première fois. En comparaison, le reste de la maison, bien qu'aménagé avec soin, restait d'une grande simplicité.

Fidèle à des habitudes prises des décennies plus tôt, Jean Bonnet fut le premier à se montrer à leur porte, ce soir-là. Une ponctualité qu'il devait à la place particulière qu'il occupait au cœur de la famille mais également à la proximité de sa propre demeure. Il n'y avait en effet que quelques dizaines de mètres entre leurs deux portes.

Embrassant les deux sœurs sur les joues, tel l'oncle qu'elles n'avaient jamais eu, il les complimenta sur leur mise et alla s'asseoir à sa place habituelle, la moustache frémissante à l'idée du bon repas qui l'attendait. Camille Martin, le maître tisseur et père d'Alexandre, arriva peu après et s'assit à ses côtés, le visage marqué par la fatigue mais heureux de se retrouver en si bonne compagnie.

Comme souvent, c'était un drôle de spectacle de les voir ainsi postés l'un à côté de l'autre. L'un si gros, l'autre si maigre… Car, contrairement à Camille qui n'avait tout bonnement que la peau sur les os et dont les muscles secs saillaient sous ses chemises d'un blanc devenu grisâtre, Jean était coquet et tout en rondeurs. Si gras que les coutures de son veston semblaient constamment être sur le point de craquer sans pourtant jamais atteindre ce seuil critique. Ceux qui l'appréciaient louaient les qualités de ce bon vivant et ses goûts sûrs de gourmet. Les autres l'appelaient « Jambonneau », un sobriquet qu'il devait aussi bien à son nom qu'à son physique imposant.

— Ton petit n'est pas là ? demanda justement ce dernier à Camille, non sans avoir au préalable avalé un grand verre de vin.

— Il viendra un peu plus tard, répondit le maître tisseur,

non sans avoir accepté lui aussi un verre. Il a quitté l'atelier tôt aujourd'hui. J'espère que vous ne lui en tiendrez pas rigueur, mesdemoiselles, ajouta-t-il à l'intention des deux sœurs.

— Nous le comprenons tout à fait et nous sommes ravies qu'il nous accorde autant de son temps, répondit obligeamment Adeline.

Le regard joyeux et les joues roses, elle semblait enthousiaste et de la meilleure humeur. Alors que Rose, toujours sous le coup de la déception, s'abîmait dans un silence plein de tristesse, sa sœur s'amusa à raconter une histoire de son cru à la petite assemblée. Enjolivant une scène qu'elles avaient vue un peu plus tôt, lors de leur promenade au parc et que Rose n'aurait même pas pensé à rapporter tant elle lui avait paru anecdotique, elle capta très vite l'attention générale.

— Eh bien ! s'écria finalement Jean tout en claquant ses paumes grandes ouvertes sur ses deux cuisses. Ce jeune homme ne manquait pas d'arrogance ! Que son cheval se soit emballé à la vue de ce chien, je veux bien le croire, mais de là à accuser la propriétaire dudit animal… Cela manquait cruellement de galanterie. Tu ne crois pas, Jacques ?

— Ce que j'en crois, moi, c'est que mes filles vont un peu trop souvent se promener loin de la maison…

— Mais nous restons toujours toutes les deux, papa ! Tu le sais bien.

— Je serais davantage rassuré si vous partiez avec Suzon. Pourquoi ne les as-tu pas accompagnées ? demanda-t-il à cette dernière.

— J'avais à faire ! répondit-elle d'un ton chantant tout en apportant une corbeille de pain tranché. Un bon repas à mitonner, notamment !

— Nous avons une cuisinière, tu sais ? Tu ne devrais pas te fatiguer comme ça.

— Louise en fait déjà bien assez. Et quand Jean et Camille viennent à la maison, je préfère me mettre moi-même derrière les fourneaux.

— Et nous ne nous en plaignons pas, bien au contraire !

Qu'as-tu fait de bon, ma chère ? Ne me dis pas que tu as préparé mon plat préféré...

Déjà, Jean se tapotait le ventre du bout des doigts comme s'il se réjouissait à l'avance du menu.

— Oh non ! Jamais je n'oserais me mesurer à ta chère Jeanne ! Tout le monde ici sait qu'elle prépare le meilleur tablier de sapeur de toute la rue ! Et peut-être même du quartier tout entier, ce qui n'est pas peu dire !

— Ah ! ma Jeanne ! Il est vrai ! Oui, il est vrai qu'elle est bien douée !

Puis Jean poussa un gros soupir enamouré. Était-il pour Jeanne, sa femme depuis près de vingt ans, ou pour son tablier de Gnafron adoré ? Pour Rose, comme pour le reste des convives, le doute était permis. Plus qu'un péché mignon, ce plat était une véritable passion pour leur voisin et ami, et une aberration pour Rose qui ne pouvait pas comprendre comment un morceau de gras-double pouvait générer une telle admiration. Et un tel appétit...

— Elle le fait si bien mariner ! poursuivit-il alors, visiblement inspiré par le sujet. Elle le recouvre si bien de chapelure ! Et le fait frire à la perfection ! Mais si réussie soit-elle, cette préparation ne serait rien sans...

— Sa superbe sauce gribiche ! compléta Adeline d'un air entendu, ce qui les fit tous sourire.

— Oui ! Riche en ciboulette et si goûteuse ! Un délice ! Je ne cesse de la complimenter à ce sujet, mais je n'ose plus lui dire qu'elle est ma mère Brigousse à moi... Figurez-vous qu'elle s'est froissée ! N'a-t-on jamais entendu pareille chose ? Se vexer d'une comparaison pourtant si flatteuse !

Les yeux exorbités, comme pour bien faire comprendre que justement il n'y comprenait rien, Jean semblait chercher l'assentiment de l'assemblée.

— La mère Brigousse est vieille et épaisse comme un tonneau. Jeanne a de quoi se sentir vexée, osa Suzon. Sans compter ses drôles de spécialités...

— Allons donc ! s'exclama Jean. Vous, les femmes, vous êtes si compliquées ! Il ne faut pas tout mélanger.

— Dans tous les cas, pour revenir à ce qui nous intéresse, je crains qu'il ne s'agisse que d'un poulet aux morilles ! Mais rassure-toi, Jean, il est bien gras et bien juteux. Et cuit à la perfection, si j'en crois mon expérience ! Mais seulement si on le déguste dès à présent !

Le repas se passa dans la délicieuse camaraderie habituelle. Tous, autour de la table, se connaissaient si bien et s'appréciaient tant qu'il était difficile de croire que ces relations étaient avant tout nées du travail et des affaires plutôt que d'affinités amicales.

L'heure tournait, et Rose, bien que bercée par les sujets habituels – les fils, la Fabrique, les commandes en cours –, ressentait un ennui grandissant. Le cœur lourd, elle ne prenait que peu part aux conversations, se sentant bien loin de ceux qu'elle appréciait pourtant, en temps ordinaire. Si elle n'avait craint les questions insistantes de son père et l'inquiétude de Suzon, elle aurait rejoint sa chambre bien avant l'heure. Il lui semblait que se coucher dans sa chambre sombre et laisser couler ses larmes allégerait un peu la peine qui lestait son cœur.

Adeline, de son côté, regardait la pendule plus souvent qu'à son tour mais peut-être était-ce avec de tout autres idées en tête... Alexandre tardait en effet plus que d'ordinaire. À mesure que les aiguilles avaient poursuivi leur course autour du cadran, Rose avait vu sa sœur perdre en bonne humeur et la belle couleur rose de son teint n'était plus qu'un lointain souvenir. Elle semblait préoccupée, en proie à des sentiments qui n'avaient rien de léger.

Alors qu'elle s'interrogeait sur les raisons d'un tel changement de comportement – Adeline espérait-elle à ce point la venue d'Alexandre ? –, un bruit de pas du côté du hall d'entrée leur fit à tous tourner le visage du côté de la porte. Rose n'eut pas le temps d'y penser, ni même d'espérer qu'en lieu et place du fils de Camille ce fut Raphaël, qu'Alexandre faisait déjà son entrée dans la pièce.

— Bonsoir, mes amis ! On dirait bien que j'arrive à temps pour le dessert ! clama-t-il d'une voix forte, visiblement ravi.

Puis il vint s'asseoir à côté de Rose, lui adressant, au passage, un de ces sourires éclatants dont il avait le secret. Bien qu'elle y réponde avec politesse, la présence du jeune homme à leur table ne lui rappela que plus cruellement le souvenir de celui qui la désertait bien trop souvent.

4

Lorsque Raphaël avait avoué à Rose qu'il l'aimait, plus d'un an plus tôt, ils étaient tous deux en promenade.

C'était le début de l'année, et l'hiver les enlaçait entre ses bras glacés depuis déjà de longues semaines sans faire mine de vouloir un jour les relâcher. Ce jour-là, elle portait une très belle robe de soie bleu pâle qui se voyait à peine tant son manteau de laine était long. Épais, tout comme les jupons qu'elle avait accumulés sous sa jupe pour avoir moins froid, il lui donnait l'impression d'être plus lourde et plus large qu'elle ne l'était réellement, et cette sensation lui était particulièrement désagréable.

Ce n'était pas le pire, cependant.

Les températures étaient si basses, le long du fleuve, qu'à plusieurs reprises il lui avait semblé que son nez, complètement gelé, était sur le point de tomber comme la neige se détache parfois des toits où elle s'agglutine. D'un seul bloc et brusquement.

Ridiculement inquiète à cette idée, Rose avait passé une partie du trajet à le toucher discrètement, du bout de ses doigts gantés, et n'avait été rassurée qu'en sentant qu'il était encore sensible à ce contact.

Moins embarrassé qu'elle malgré une tenue tout aussi hivernale, Raphaël semblait lui aussi souffrir des températures ambiantes, bien que rien, dans sa manière d'être, ne puisse permettre de le deviner. Rose le connaissait assez, cependant, pour noter la légère crispation de ses traits ou pour reconnaître les signes de son inconfort dans le son de sa voix et dans la manière qu'il avait de s'exprimer. Elle devinait qu'il aurait volontiers pressé le pas s'il n'avait pas craint de lui imposer un rythme trop soutenu.

Malgré les inconvénients dus à la saison, elle avait été plus que ravie de passer ces quelques moments avec lui, hors de la maison. Ensemble, ils étaient allés visiter une vieille amie de son père qui désirait rencontrer le jeune dessinateur - cet artiste si talentueux dont Jacques lui avait tant parlé -, et c'est tout naturellement qu'elle s'était proposé de l'y accompagner.

Tout au long de leur visite, Adélaïde s'était montrée douce et pleine d'intérêt quant au parcours du jeune homme et au rôle qu'il avait pris auprès de la famille Roux.

— Quel dommage que ta sœur n'ait pas elle aussi voulu prendre des cours de dessin ! avait-elle noté tout en leur tendant à nouveau une assiette regorgeant de petits biscuits aux amandes. Il faut savoir profiter de telles opportunités ! Si j'en crois les louanges que j'ai entendues à votre propos, monsieur Pelletier, vous êtes un véritable maître.

— Oh ! appelez-moi Raphaël, si vous voulez bien ! Vos mots me vont droit au cœur mais, vous savez, je ne suis qu'un simple dessinateur. Je ne fais rien de particulier. J'ai eu de la chance d'être remarqué par des professionnels comme Jacques et Camille. Je suis leur obligé.

— Non, cela n'a rien à voir avec de la chance, s'était permis de contester Rose. Je crois plutôt que tu le mérites entièrement. L'intérêt que tu suscites à présent est tout simplement la récompense de ton travail et de ton talent. Adélaïde, vous savez, avait-elle ajouté, se tournant cette fois vers la vieille dame, Raphaël a longuement étudié les fleurs d'après nature. Les jeux d'ombres et de lumières n'ont aucun secret pour lui, et ses esquisses sont d'un réalisme sans pareil. Il a également étudié la teinture et maîtrise parfaitement la mise en cartes, ce qui n'est pas commun pour un dessinateur. Il y a de quoi être impressionné.

Sincèrement étonné par un tel enthousiasme, Raphaël n'avait pas répondu, mais le regard qu'ils avaient échangé valait mille mots. Noyée dans des yeux d'un bleu comme il n'en existait que les jours d'été, Rose s'était sentie comme illuminée de l'intérieur. Réchauffée jusqu'au plus profond de son être. Adélaïde, son petit salon poussiéreux et la tasse qui refroidissait devant elle, plus rien n'avait alors compté. L'instant n'avait été que furtif, mais dans son cœur il avait duré près d'une éternité.

L'impression troublante qui l'avait envahie l'avait plongée dans un état contemplatif, passif, et elle avait eu le plus grand mal à se concentrer sur la suite de la conversation. Adélaïde était toujours aussi charmante, mais Rose aurait tout donné pour que sa silhouette s'efface et qu'elle soit à nouveau complètement seule avec Raphaël. Fidèle à lui-même, ce dernier avait heureusement continué à deviser posément avec leur hôtesse, laissant à la jeune femme le loisir de l'observer en douce.

Des mois après l'avoir rencontré, elle ne posait plus le même regard sur lui. Les traits de son visage lui étaient devenus si familiers qu'elle aurait pu les dessiner les yeux fermés. L'intonation de sa voix, le bruit de son pas, son odeur, même, faisaient partie d'un tout qu'elle chérissait en secret depuis le jour où il s'était installé à la table de son père.

Un regard, une parole, et elle avait été sous le charme de ce grand homme brun, large d'épaules, solide et pourtant capable de dessiner les esquisses les plus fines et délicates. Il ne parlait que peu, choisissait ses mots avec soin, et le mystère qui l'entourait avait rapidement captivé la jeune femme. Qui était-il réellement ? D'où venait-il ? Et pourquoi attirait-il ainsi le moindre de ses regards ? Très vite, elle était tombée amoureuse de son talent, de sa modestie et de cette force tranquille qu'elle trouvait si désarmante.

Bientôt, elle n'avait plus pensé qu'à son Raphaël. Et lorsque son père lui avait proposé de prendre des cours de dessin avec ce jeune homme si talentueux, il n'avait évidemment pas eu conscience de réaliser le vœu le plus cher et le plus inavouable de sa fille.

Après cette proposition, chaque vendredi, elle avait eu le droit à son rendez-vous particulier avec lui. Plusieurs heures lui étaient nécessaires pour se préparer à une leçon qui n'en durait jamais plus d'une. Pourtant, à chaque fois que le dessinateur entrait dans la pièce, elle ne regrettait pas tout le soin qu'elle avait apporté à sa mise et se laissait béatement couler dans un état de bien-être intense qu'elle aurait bien eu du mal à expliquer.

Avait-elle appris quoi que ce soit de durable pendant cette année de cours ? Nul n'aurait pu le dire. Jamais elle n'avait pris la peine de présenter ses nouveaux savoirs à son père. À peine en avait-elle parlé à Suzon. Peu lui importait, au fond, puisque ce qui l'intéressait réellement était ailleurs. Dans ces sourires qu'ils échangeaient. Dans leurs conversations. Dans leurs rires complices. Et même dans ces silences qu'elle goûtait plus que tout.

De ces moments de complicité et de ces mains qui se frôlaient sans se toucher était né un sentiment d'attente. Une tension évidente. Une énergie sous-jacente qui semblait si réelle à Rose, si palpable, qu'elle s'étonnait presque qu'une tierce personne puisse se tenir entre eux sans en sentir l'intensité. Lorsqu'ils avaient fini par quitter le logement d'Adélaïde, ce jour d'hiver, Rose n'avait alors plus eu qu'une certitude : cette attente était pour de bon terminée.

Était-ce l'air ? Était-ce la couleur du ciel ? La manière dont il lui avait attrapé le bras pour lui éviter de marcher sur une plaque de neige ? Rose savait. Il n'avait encore rien dit qu'elle avait la certitude que Raphaël allait enfin lui parler et, certainement, lui dire des choses qu'elle n'oublierait jamais.

À cette idée, aussi merveilleuse qu'intimidante, les battements de son cœur avaient gagné en intensité et ses mains s'étaient un peu crispées dans ses gants de cuir sombre. Et quand le pas de Raphaël s'était peu à peu ralenti jusqu'à complètement s'immobiliser, elle s'était naturellement tournée vers lui, attendant un mot, un geste.

Pendant un long moment, ou peut-être seulement quelques secondes, il n'y avait rien eu si ce n'est beaucoup d'hésitation dans ses yeux et entre eux une certaine gêne. Puis, enfin, il s'était décidé à parler.

— Rose...

Soufflé dans l'air glacé, son prénom avait formé un petit nuage blanc. Dans la bouche de Raphaël, il lui avait toujours semblé un peu différent. Comme s'il désignait une autre personne que celle à laquelle s'adressaient son père ou même sa sœur.

D'un simple signe de tête, elle lui avait fait comprendre qu'elle l'écoutait.

— Je voulais te parler depuis longtemps sans jamais trouver l'occasion idéale pour le faire. Du moins, je l'ai attendue et attendue encore pour enfin comprendre qu'elle ne se présenterait pas et... je crois que ce moment est arrivé.

Il avait eu un petit rire embarrassé et avait jeté un rapide regard circulaire autour d'eux tout en attrapant ses mains d'un geste maladroit. Elle avait compris qu'il n'avait pu s'empêcher de parler tout en regrettant que de tels mots soient prononcés en une telle situation. Car ils n'étaient pas seuls, lovés dans l'intimité d'un petit salon. Ou même agréablement installés, un soir d'été, dans le petit jardinet des Roux. Ils étaient dans le froid le plus mordant, exposés aux regards des passants qui, intrigués, les dépassaient d'un pas pressé. Un peu loin, près de l'eau rendue grisâtre par la morosité du ciel, des enfants s'interpellaient, se lançant des noms d'oiseaux que Jacques n'aurait pas voulu entendre dans la bouche de ses filles.

— Tu peux me parler, avait-elle alors tenté de le rassurer. Je t'écoute.

Il lui avait souri, avait difficilement avalé sa salive puis avait repris :

— Eh bien... Peut-être devines-tu ce que je veux te dire ? Je... Comme tu l'as remarqué, au cours des dernières semaines, nous nous sommes souvent vus, tous les deux. J'ai beaucoup aimé nos leçons de dessin. Enfin, ce que je voudrais te faire comprendre, c'est que ces cours étaient importants pour moi. Très importants, même. Mais pas pour des raisons... Tu vois ? Pas pour le dessin. Ils étaient importants parce que je pouvais te voir et rester seul avec toi pendant une heure entière.

— J'en étais très heureuse, moi aussi.

— Vraiment ?

— Bien entendu ! J'attendais ces moments avec tant d'impatience !

— Tu es une élève appliquée.

— Te voir comptait davantage que le dessin, avait-elle finalement avoué, mourant elle aussi d'envie de lui parler de ses sentiments. Je n'ai jamais prétendu devenir une grande dessinatrice. Mes sentiments n'étaient et ne sont pas ceux d'une élève, avait-elle ajouté avec un sourire.

Dans les yeux de Raphaël, Rose avait lu un immense étonnement. Sans doute n'aurait-il pas paru moins surpris en voyant le nez gelé de la jeune femme tomber à ses pieds. Ses mains n'étant plus libres de leurs mouvements, elle n'avait pu vérifier s'il était toujours en place, à son grand regret.

— Et moi, pas ceux d'un professeur... Car je t'aime, Rose. Je ne savais pas comment te le dire, ni comment tu le prendrais. J'avais peur que mes confessions soient mal reçues et de tout gâcher entre nous...

« Je t'aime, Rose. »

Se laissant un instant submerger par ces mots si doux, elle avait fermé les yeux l'espace de quelques secondes puis les avait rouverts sur celui qui lui faisait face. Leurs regards étaient restés ancrés l'un à l'autre.

— Puis-je espérer que mes sentiments soient partagés ? avait murmuré Raphaël d'une voix où perçait une certaine gravité.

— Oui ! Mille fois oui !

L'étreinte de leurs mains s'était alors un peu raffermie, et leurs corps, comme inexorablement attirés l'un vers l'autre, s'étaient encore un peu rapprochés. Bientôt, ils ne feraient plus qu'un, pour l'éternité, avait pensé Rose, émue à l'idée d'avoir enfin trouvé l'amour de sa vie. À ce moment précis, tout lui avait paru d'une simplicité désarmante. Ils étaient faits l'un pour l'autre et, à ce titre, verraient leur souhait rapidement exaucé.

— Alors... voudrais-tu être ma femme, Rose ? Oh ! je sais, je me montre bien impatient mais...

— Plus que tout ! s'était-elle à nouveau écriée, mettant fin à tous les doutes que le dessinateur pourrait encore avoir sur ses sentiments.

Son cœur battait si fort dans sa poitrine qu'il avait semblé qu'il ne tarderait pas à en sortir et à s'envoler vers le ciel, tel un de ces papillons de printemps qu'Adeline et elle aimaient tant observer, au parc.

— Je ne peux pas croire en ma chance, avait soupiré Raphaël, tout en l'attirant contre lui.

Elle s'était laissé faire, étonnée que ce contact lui soit si naturel et, surtout, si agréable.

D'un geste doux mais non moins ferme, Raphaël avait encadré son visage de ses mains gantées et déposé sur ses lèvres un baiser tendre qui n'en promettait pas moins de plus fougueux.

Le temps d'un battement de cœur, le monde autour avait semblé s'arrêter, puis tout avait repris vie. Une femme avait éclaté de rire dans le lointain. Un homme, juché sur une péniche, avait laissé tomber une caisse sur le pied de son camarade qui avait juré. Dans le ciel d'un blanc opaque, une nuée d'oiseaux était passée. Ils étaient des dizaines mais avaient semblé voler d'un seul mouvement, comme si l'ensemble de leurs corps était relié par un fil invisible, les poussant à suivre une seule et même courbe dans un flux gracieux de plumes.

Un spectacle ravissant auquel elle n'avait pourtant accordé que peu d'attention tant elle était émue et heureuse. Le cœur débordant de projets et de rêves, il lui avait été bien difficile de se séparer de Raphaël, et seule la perspective de la joie qui serait la leur, au moment de leurs retrouvailles, leur avait donné la force de se quitter.

5

Quatre longs jours étaient pourtant passés avant qu'ils ne se revoient. Durant cette éternité, Rose avait eu le temps de penser à lui. À la douceur de sa voix. À ses doigts qui s'étaient mêlés aux siens. À ce regard si plein de promesses. Et plus elle y avait songé, plus elle avait eu hâte de le revoir. De revivre de tels instants. De les vivre mieux, aussi, et surtout de davantage en profiter. De se blottir contre lui. De respirer sa peau. De passer les doigts dans ses cheveux. D'en sentir le parfum. Et surtout, de poser ses lèvres sur les siennes et partout où elle s'autoriserait à le faire.

Loin de l'apaiser, ce tout premier baiser partagé n'avait en réalité qu'attisé les braises qui menaçaient de prendre dans son cœur et, envahie d'images et d'idées aussi étonnantes que nouvelles, elle en avait souvent perdu la tête. Alanguie dans son lit, mollement adossée à ses oreillers, elle s'était surprise à rêver à des choses auxquelles elle n'avait jamais pensé. À tout ce que son corps de femme, auquel elle prenait si peu garde en temps normal, lui soufflait à l'oreille, lui faisant deviner des plaisirs et des jeux insoupçonnés. Blottie dans sa solitude, elle s'était si bien monté la tête qu'au moment où Raphaël était entré dans la pièce où elle se trouvait avec sa sœur et Suzon elle avait oublié que ces moments n'avaient été vécus qu'en rêve et éprouvé le plus grand mal à ne pas courir pour se jeter dans ses bras. La silhouette de son père, qui marchait sur les talons du dessinateur, l'avait malheureusement très vite refrénée dans ses ardeurs.

La manière dont se déroulaient leurs retrouvailles n'avait

absolument rien à voir avec ce qu'elle avait espéré. Il lui avait semblé que son père, Suzon et même Adeline leur avaient volé un moment qui ne devait appartenir qu'à eux, et elle en avait conçu une grande contrariété.

Ne pouvant se douter de la déception de sa fille, Jacques avait ménagé son effet et fait patienter ces dames avant de finalement annoncer, se tournant à demi vers Raphaël :

— J'ai le plaisir de vous informer que ce jeune homme est venu me demander la main de Rose. L'ayant en haute estime, j'ai bien évidemment accepté tout en ayant aussi posé une condition à cet accord : que ma fille le souhaite également. Rose ? Dis-nous ? Est-ce bien le cas ?

Tous les regards s'étaient braqués sur elle et, sans pouvoir rien faire pour enrayer le phénomène, la jeune femme avait senti que ses joues s'empourpraient. Si elle avait eu le bonheur de se retrouver seule avec son fiancé, sans doute aurait-elle fait preuve de davantage d'audace, mais en une telle situation elle n'avait pu prononcer qu'un faible « oui » qui avait semblé faire le plus grand plaisir à son père. Aussitôt, Adeline et Suzon, souhaitant toutes deux témoigner leur joie, s'étaient avancées vers elle pour la congratuler sans lui laisser le temps de reprendre ses esprits. Depuis leurs bras ouverts sur elle, Rose avait osé lancer un regard vers son fiancé qui, toujours un peu en retrait, avait semblé aussi décontenancé qu'elle.

Dès le lendemain, il lui avait fait porter un billet pour lui dire à quel point il était heureux et combien il avait envie de la revoir et d'être à nouveau seul avec elle. Ce rendez-vous, qui n'avait été possible qu'avec la complicité d'Adeline, leur donna l'opportunité d'un nouveau rapprochement d'où Rose revint les joues brûlantes et le chignon de travers. Alors, tout lui semblait aller pour le mieux et l'avenir, particulièrement prometteur. Tout allait si vite, mais c'était si plaisant !

La force des sentiments des amoureux n'avait évidemment pas échappé à Adeline, spectatrice amusée de ces premiers émois.

— Vous étiez tellement charmants, tous les deux, lorsque nous étions avec papa et Suzon ! À vous regarder comme on regarde des pâtisseries de derrière une vitrine ! Pour un peu, ma chère Rose, tu t'en pourléchais les babines !

— Tu te moques !

— Pas du tout ! Jamais je n'oserais !

— Bien sûr que si ! Et tu te montres bien cruelle ! Si tu savais à quel point il est difficile de conserver une distance respectable lorsque l'on s'aime tant...

— Oh ! j'imagine bien la torture que cela doit être, crois-moi...

Sans relever, Rose avait poursuivi d'un ton larmoyant, reflet de ses émotions les plus intimes.

— À l'idée de ne pas pouvoir l'épouser avant de longs mois, je crois mourir de tristesse...

Adeline avait levé des sourcils étonnés.

— Cela prendra-t-il tant de temps ?

— Il me demande d'être patiente. Il voudrait être établi avec davantage de solidité. Il veut que tout soit parfait, et je le comprends tout à fait.

— Vraiment ? Est-ce que tu auras le courage d'attendre ?

En répondant par l'affirmative, Rose n'avait pas menti. De la patience, elle en aurait. Parce que son fiancé le lui avait demandé et parce qu'elle le comprenait mieux que quiconque.

Quelques mois plus tard – presque un an ! –, elle se sentait un peu moins compréhensive et, surtout, beaucoup plus pressée.

Les bons jours, elle arrivait à faire contre mauvaise fortune bon cœur. Raphaël travaillait fort, ce qui prouvait sa ténacité et son sérieux. Des qualités que toute femme aimerait trouver chez son futur mari. Elle aurait cependant aimé qu'à ces atouts s'ajoutent un peu de romantisme et, surtout, quelques nouveaux moments d'intimité partagés. Or il semblait constamment préoccupé par des affaires dont il ne lui parlait jamais et sur lesquelles elle ne l'interrogeait pas, de crainte de se montrer indiscrète.

Au moment où Alexandre était revenu parmi eux, elle désespérait de voir jamais son rêve de mariage se réaliser. L'enthousiasme du jeune homme, son bavardage incessant et l'envie évidente qu'il avait d'attirer tous les regards sur lui n'avaient fait qu'attiser son agacement. Elle n'avait pas souvenir que le fils de Camille soit aussi prétentieux et imbu de lui-même. Et en cette soirée ô combien décevante à ses yeux, elle n'avait guère envie d'entretenir la moindre conversation avec lui, et c'est avec une certaine mauvaise humeur qu'elle l'avait vu prendre place près d'elle.

Profitant de ce que les autres convives aient repris leur conversation autour de la table, il lui lança un regard appréciateur.

— Rose, tu es très en beauté, ce soir ! Cette robe bleue te va à ravir ! À quoi ou plutôt à qui devons-nous cette merveille ? Est-ce pour moi ? Non, bien sûr ! C'est certainement pour ce cher Jean !

Malgré elle, Rose ne put retenir un sourire. Avec sa bonne humeur communicative, Alexandre pouvait alléger les cœurs les plus lourds en seulement quelques mots. Les traits de son visage, jusque-là crispés, se détendirent un peu, et elle se tourna plus franchement vers ce visage souriant. Ces lèvres fines, mais expressives, ce nez si joliment dessiné et ces yeux noisette, pétillants et pleins de vie appartenaient à un homme qui n'avait pas à faire les frais de sa contrariété. À sa manière, franche et amicale, peut-être parviendrait-il même à lui faire oublier le manque qu'elle avait de Raphaël et tous les questionnements que son absence avait éveillés chez elle.

— C'est très gentil de ta part, Alexandre. Mais je crains d'avoir déjà beaucoup porté cette robe. Elle n'a rien de particulier.

— Et en plus, tu es modeste ! Quoi qu'il en soit, je l'aime beaucoup. Elle met en valeur la couleur de tes cheveux, mais j'imagine qu'en femme coquette et sûre de tes charmes tu le sais parfaitement. Je me trompe ?

Étonnée par cette répartie, elle se contenta de lui sourire vaguement. Sûre de ses charmes, elle ? Alexandre se moquait-il ouvertement ou alors était-il vraiment sérieux ? Quoi qu'il en soit, elle n'avait aucune envie de se plonger dans un tel badinage.

Détournant le regard, elle posa finalement les yeux sur sa sœur. Postée de l'autre côté de la table, elle était quant à elle vêtue d'une robe blanche vaporeuse qui lui aurait donné des airs de nymphe des bois si son regard n'avait pas été aussi noir. Rose compris immédiatement qu'elle était contrariée. Sans doute aurait-elle préféré qu'Alexandre prenne place de son côté de la table. Mais qu'y pouvait-elle ? Il ne fallait surtout pas qu'Adeline puisse penser qu'elle y prenne le moindre plaisir ou qu'elle s'en amuse à ses dépens.

— Alors, mon fils ?

Heureusement, l'attention de tous se reporta finalement sur Camille qui observait Alexandre, le sourire aux lèvres.

— Et si tu racontais à nos camarades tes premiers jours de travail à l'atelier ? Tout le monde ici est curieux de savoir comment tu t'en sors, et qui de mieux que le principal concerné pour s'exprimer sur la question ? Dis-leur à quel point tu es heureux d'être rentré, mon cher fils !

Dans le regard échangé entre le jeune homme et son père, Rose crut capter des émotions diverses. De la surprise, un peu de défi et peut-être même de la colère. Rien de nouveau, en définitive, ces deux-là oscillant constamment entre entente parfaite et affrontement. Très vite, heureusement, le visage d'Alexandre se décrispa, et ses sourcils, qui s'étaient froncés sous le coup de la contrariété, retrouvèrent rapidement leur forme initiale. Il put alors répondre avec son enthousiasme habituel.

— Oh ! mon cher père, il n'y a rien à dire de particulier. Je suis heureux d'être de retour, mais je commence seulement à prendre mes marques parmi vous. À Tours, je n'ai jamais manqué de travail à l'atelier de Bertier, mon maître, avec qui j'entretenais des rapports des plus cordiaux. Sans parler de mon chef-d'œuvre qui occupait la plupart de mon temps. J'étais de tous les projets les plus importants et j'avoue qu'après tous ces façonnés si complexes je suis content de tisser des unis. Par la suite, j'aurais le temps d'envisager d'autres projets... Des projets qui me correspondront peut-être davantage.

— Vraiment ? Que veux-tu dire par là ? demanda obligeamment Suzon, voyant que nul, autour de la table, ne semblait relever.

Tout comme Adeline, Rose et les autres, elle savait pertinemment à quoi faisait allusion le jeune homme mais était gênée par le silence qui s'éternisait.

— J'aimerais donner un souffle de nouveauté à l'affaire de papa, répondit alors Alexandre, fidèle à son discours habituel. Je persiste à dire que nous sommes à un tournant et qu'il faudrait le prendre avant qu'il ne soit trop tard... Il est temps de délaisser notre matériel antique et nos manières de travailler, qui ne sont pas plus jeunes ! Enfin, vous savez mon avis sur la question...

Puis il se tut, considérant certainement qu'il n'était pas nécessaire d'aller plus loin, ses précédentes allusions ayant toujours été froidement accueillies par Jacques comme par Jean.

Le mal était fait, cependant. Autour de la table, tous, sauf Rose – que tant d'audace et de ténacité rendaient malgré tout admirative –, semblaient subitement s'être renfrognés. Jacques, parce qu'il n'aimait pas la manière dont Camille avait été contré par son fils. Adeline, parce qu'on ne lui accordait plus aucune attention. Jean, parce qu'on lui reprochait d'être antique. Camille, parce que son fils mettait son hôte dans l'embarras. Et Suzon, parce que l'ambiance bon enfant qui avait perduré jusqu'à ce moment était bel et bien morte de sa belle mort. En bonne maîtresse de maison, elle ne pouvait le cautionner.

— Ah ! l'enthousiasme de la jeunesse ! s'exclama-t-elle, avec un large sourire. Ils ne parlent que de demain, de nouveautés et d'avenir quand nous ne pensons bien souvent qu'à notre passé. Heureusement que nos jeunes sont là pour nous dépoussiérer un peu et nous parler de ce qui se fait et de ce qui se fera ! Qui sait ? Bientôt, Alexandre se mettra peut-être à tisser des robes en fils de verre ! chercha-t-elle à plaisanter. Comme cet homme de Manchester ! Tu en as entendu parler, Jean ?

— Que du mal ! gronda leur ami. Décidément, la folie ne semble pas avoir de limites ! Vous savez quoi ? Cela me fait penser à autre chose. Figurez-vous que, pas plus tard qu'hier, je...

Lasse, Rose ne suivit pas la suite de la conversation. Alexandre, qui venait d'enfourner une bouchée de tarte aux pommes dont il s'était généreusement servi, le remarqua et se pencha vers elle pour lui glisser :

— S'il n'est pas question de porc ou de bœuf à un moment

donné dans son récit, je veux bien me jeter du pont d'Ainay avec une pierre à chacune de mes chevilles.

— Voyons, Alexandre ! Tu divagues ! répliqua-t-elle tout en secouant la tête, faussement offensée. Ce n'est pas du tout son genre !

— C'est vrai, concéda-t-il. Je suis injuste. Jean ne parle de nourriture qu'une fois par jour ! Mais à chaque fois, cela dure vingt-quatre heures !

Amusée, Rose pouffa, le regard dans son assiette. Satisfait, Alexandre passa une main nonchalante dans ses cheveux et les ébouriffa encore davantage.

— Qu'as-tu fait d'intéressant, aujourd'hui ? lui demanda-t-il finalement, adoptant soudainement un ton beaucoup plus sérieux. Que peut donc faire de ses journées une jeune femme aussi intelligente et cultivée que toi ?

— Oh ! je... je ne suis pas cultivée...

— Bien sûr que si. Je peux ?

Du doigt, il lui désigna la part de tarte qu'elle avait abandonnée dans son assiette. Elle hocha la tête.

— Merci. Pardonne-moi, mais je meurs de faim. Je n'ai pas eu une seule seconde à moi et je crains d'avoir oublié de manger.

Sans attendre qu'elle lui pose la moindre question, il poursuivit :

— Je suis allé voir plusieurs clients de mon père pour discuter du prix de façon. Il a tendance à être un peu trop faible sur la question. Alors qu'il est important de réévaluer son travail de manière régulière, même auprès de collaborateurs de longue date. Les temps changent, les méthodes et les prix aussi.

— Être raisonnable dans ses tarifs avec des clients fidèles, je ne pense pas que cela soit être faible, se permit-elle de répliquer.

— En réalité, c'est dévaluer son travail, son savoir-faire. On ne peut pas être bon marché lorsque l'on vise l'excellence.

— Tout ce qui est cher n'est pas forcément excellent.

— Peut-être. Mais personne ne veut d'un travail à bas coût. Le prix, c'est souvent ce qui fait la valeur des choses, n'est-ce pas ? Je ne veux pas que le travail de mon père soit considéré comme abordable.

— Je comprends.

Alexandre lui adressa un de ces sourires ravageurs dont il avait le secret. La jeune femme réalisa qu'elle n'avait pas pensé à Raphaël et à sa peine depuis le début de leur conversation et se laissa un peu plus aller à ce soulagement inespéré.

— Oui, je sais. Tu comprends tout, Rose. C'est toujours un plaisir de discuter avec toi. Dis-moi, que fais-tu demain ? Pourrai-je avoir le plaisir de passer un peu de temps avec toi ?

La question avait été posée avec un naturel confondant. Comme s'il était normal de lui proposer un tel rendez-vous. Comme s'il n'était pas inconvenant qu'il envisage un tel moment d'intimité avec elle alors qu'elle était une jeune fille de bonne famille, qui plus est fiancée.

— Je ne suis pas libre demain. J'en suis désolée, Alexandre.

— Vraiment ? Et pourquoi cela ?

— J'ai rendez-vous avec mon fiancé. Un rendez-vous secret. À la roseraie, ajouta-t-elle tout bas.

S'il fut contrarié, Alexandre ne le montra pas.

— Je vois. C'est bien dommage, répondit-il d'un ton qui laissait planer le doute sur qui de lui ou elle devait en être le plus déçu.

Puis il se tourna vers Suzon et la complimenta sur son dessert.

6

Il y a des enfants puis des adultes qui ont le mensonge dans le sang. Que cela les serve ou pas, que cela soit important ou non, ils mentent. Sur de petits détails, pour des faits plus importants ou parfois même juste par fantaisie ou par ennui. Parfois sans même y penser, ils s'arrangent avec la vérité et la modèlent selon leur bon vouloir.

Rose n'était pas de ceux-ci. Enfant, puis jeune femme, elle avait toujours été franche et honnête car c'est ainsi que sa mère aurait voulu qu'elle soit. Elle n'avait jamais trompé autrui, ne s'était jamais rendue coupable d'une quelconque dissimulation, et ce, même lorsqu'un petit mensonge aurait pu arranger ses affaires. Son regard ne cachait nulle malice. Et sa bouche n'avait jamais prononcé la moindre parole factice. Elle était bien trop raisonnable pour cela.

Ainsi, personne, et encore moins Adeline qui croyait si bien la connaître, n'aurait pu soupçonner qu'elle mentait lorsqu'elle pénétra d'un pas lent dans le petit salon, en ce tout début d'après-midi. S'étant déjà fait excuser pour le déjeuner, qu'elle n'avait pu partager avec les siens, à son grand regret, elle vint confirmer ce dont sa sœur se doutait peut-être déjà.

— Je me sens vraiment trop fatiguée. Je préfère que tu ailles chez Antonella sans moi. S'il te plaît, dis-lui que je suis bien désolée et que j'irai la voir au plus tôt. Tu veux bien ?

— Nous pouvons repousser notre visite. Si demain tu...

— Non, non, ne t'inquiète pas. Il vaut mieux que tu y ailles aujourd'hui. Le temps que tu fasses porter un message pour la prévenir de notre absence, elle aura eu le temps de faire sortir boissons et pâtisseries et ce serait gâché.

— Mais... ne préfères-tu pas que je reste avec toi ? Que je te tienne compagnie ? Je pourrais te lire...

— Oh non, tu sais...

Rose porta la main à son front avec une lassitude qui, cette fois, n'était pas feinte et poursuivit :

— J'ai besoin de silence, je crois. Je serai aussi bien seule. Et puis, je ne veux pas t'empêcher d'aller voir notre tante. Il me semble que tu t'ennuies souvent ici, ces derniers temps.

— Absolument pas ! D'où sors-tu une idée pareille ? s'agaça Adeline.

— Eh bien, reprit-elle alors, hésitante, tu sembles parfois errer comme une âme en peine dans la maison. J'ai l'impression... J'ai l'impression qu'avant tu arrivais à t'occuper autrement. Et que ce n'est plus le cas. Vois ! La semaine dernière, tu te souviens ? Tu étais si désœuvrée que tu as littéralement sauté sur ce pauvre Nestor à peine avait-il passé le pas de la porte ! Le pauvre ! Il avait l'air... encore plus bête que d'ordinaire tant il a été surpris de te voir !

Puis elle éclata de rire avec un enthousiasme étonnant pour une jeune femme si malade, du moins selon ses dires... Heureusement, Adeline ne sembla pas accorder plus d'attention que nécessaire à cette brusque manifestation de joie.

— Tu... tu étais là ?

— En haut de l'escalier, oui. Est-ce un problème ?

— Mais pas du tout ! Je ne savais pas que tu m'espionnais, c'est tout.

— Je ne t'espionnais pas, j'allais voir Suzon. Ce que j'ai vu m'a simplement surprise et je vous ai observés un moment.

— Si tu as eu le temps de t'attarder ainsi, c'est que je ne suis peut-être pas la plus désœuvrée de nous deux...

Préférant éviter une dispute qui, à coup sûr, viendrait contrecarrer ses plans pour la suite de la journée, Rose préféra ne pas renchérir. Mais Adeline, dans un état d'esprit bien différent, ne l'entendait apparemment pas de cette oreille.

— Et qu'allais-tu raconter à Suzon ? Allais-tu quémander encore une fois une nouvelle robe ?

— Que veux-tu dire ?

— Rien de particulier. Si ce n'est que tu joues la coquette, ces derniers temps ! Même Alexandre l'a remarqué, hier soir !

— Que vas-tu sous-entendre ?

— Ta robe !

— J'ai déjà porté cette robe cent fois !

— Elle était bien trop élégante pour un simple dîner !

— Mais encore ?

— Les filles, les filles... Vous êtes en train de vous monter la tête et, surtout, de vous monter l'une contre l'autre. Cela ne vous amènera à rien de bon, je vous le dis, intervint soudain Suzon qui se tenait dans un coin de la pièce, son ouvrage sur les genoux.

— Elle a minaudé avec Alexandre toute la soirée ! insista Adeline.

— Elle ne minaudait pas. Elle essayait d'être agréable avec lui. C'est ainsi que nous devons être avec les invités de votre père. N'est-ce pas, Rose ?

— Oui, tout à fait.

— Mais elle est fiancée !

— Et nous savons toutes avec quelle impatience Rose attend le jour de son mariage et la force des sentiments qui la lient à Raphaël. Et Alexandre le sait également. Il n'y a rien d'autre à en dire.

Rose profita d'un court silence pour fausser compagnie aux deux femmes.

— Je vais vous laisser et aller m'allonger un peu, souffla-t-elle d'une toute petite voix. Je vous souhaite un bon après-midi à toutes les deux. Adeline, j'espère que tu m'excuseras malgré tout auprès d'Antonella.

— Ai-je le choix ?

— Repose-toi bien, Rose.

— Merci, Suzon.

— Je dois moi aussi m'absenter cet après-midi, mais n'hésite pas à sonner si tu as le moindre souci. Louise pourra te soulager et t'amener ce que tu souhaites, en cas de besoin.

Le clocher de l'église venait de sonner deux coups lorsque Rose osa à nouveau sortir de sa chambre. La scène désagréable que lui avait faite Adeline l'avait décontenancée et donné envie d'annuler son rendez-vous. Pourtant, la hâte qu'elle avait de revoir son fiancé, ajoutée aux reproches qu'elle avait à lui faire et qu'elle jugeait tout à fait fondés, l'avaient convaincue du bien-fondé de cette escapade. Elle méritait ces instants volés.

Rassérénée par cette idée, elle se glissa dans l'escalier qui menait au hall d'entrée. Par souci de discrétion, elle avait décidé de passer par une porte secondaire, située dans le jardin et qui lui éviterait de sortir à la vue de tous. Suzon avait l'ouïe fine et les yeux partout, et elle n'était pas certaine qu'elle ait déjà quitté la maison.

Un sourire aux lèvres, Rose se faufila comme une ombre dans la cuisine après s'être assurée que Louise n'y était pas. Puis elle ajusta son chapeau dans le reflet d'une vitre. Une fois n'est pas coutume, elle était satisfaite de son reflet. Elle était parvenue à arranger parfaitement ses cheveux sans l'aide de Suzon et était heureuse de voir que ses joues, généralement si pâles, s'étaient teintées de rose. Avec ses pommettes hautes, ses sourcils délicatement dessinés et sa bouche aux lèvres charnues, elle avait en vérité un visage tout à fait harmonieux et se sentait à son avantage. Quant à sa robe d'une soie jaune pâle, elle était gaie et idéale pour une promenade estivale. Quoi qu'Adeline en pense, elle n'avait absolument pas besoin d'une nouvelle toilette pour être élégante !

Contente, elle ouvrit d'un geste vif la porte de service qui menait au minuscule jardin. Situé à l'arrière de la maison, il était des plus modestes mais, si petit soit-il, il leur avait permis de passer bien de bons moments lorsqu'elles étaient enfants. Rose y avait tant de beaux souvenirs ! C'est là que Suzon tendait des draps sur des chaises, de manière à leur faire des cabanes.

C'est également ici qu'elle s'était égratigné les genoux à maintes reprises, qu'Adeline et elle avaient planté leurs premiers rosiers et enterré deux de leurs chats. Et puis il y avait eu ces nombreux goûters d'été. Ces jeux d'automne où, de jour en jour, l'obscurité et le froid les poussaient à rentrer un peu plus tôt à la maison. Mais aussi ces matins d'hiver où tout était recouvert d'une épaisse neige immaculée et où leurs petits cris de joie semblaient résonner de toutes parts, comme si elles n'étaient pas seulement deux mais des dizaines.

Gardien de tant de souvenirs, il n'en était pas moins généralement désert à cette heure de la journée, raison pour laquelle Rose eut un sursaut mémorable en voyant la silhouette de Suzon se déplier devant elle en un mouvement brusque.

— J'arrachais les mauvaises herbes, expliqua cette dernière en désignant le sol. Vous deviez vous en occuper, ta sœur et toi, il me semble ?

— C'est vrai. Nous avons oublié.

— Cela ne m'étonne guère. Vous avez trop à faire pour penser à mon vieux dos...

— Tu n'es pas vieille, Suzon.

— À d'autres !

— Je t'assure !

— Tu es charmante, mais je sais bien que tu mens pour me faire plaisir ! répliqua Suzon avec une petite moue tout en essuyant ses mains sur son tablier. En tout cas, sache que, si je suis déjà trop âgée pour gratter la terre, je n'ai pas perdu la tête pour autant. N'étais-tu pas censée te reposer ? Pour cela, tu as même renoncé à aller voir ta tante. Je t'imaginais couchée en haut, dans le noir, et te voilà sur le départ ? Puis-je savoir à quelle médecine tu dois un si prompt rétablissement ? Que j'aille m'en procurer au plus vite !

Le sourcil levé, comme pour bien montrer sa surprise, Suzon se moquait évidemment d'elle. Rose la connaissait assez pour savoir que la plaisanterie, si légère soit-elle, aurait rapidement une fin et qu'elle devrait lui rendre des comptes. Aussi ne prit-elle pas le risque de raconter un nouveau mensonge : la gardienne de la maison l'aurait immédiatement démasquée.

— Je vais voir Raphaël, avoua-t-elle alors d'une voix calme. Nous devons nous retrouver à la roseraie sauvage.

— La roseraie sauvage ? Celle du jardin abandonné ? Rien que tous les deux ? Mais pour quoi faire ?

— Pour... Oh ! Suzon ! Inutile de me regarder avec ces yeux-là ! Nous n'allons rien faire de mal !

— Vraiment ? Alors nous pouvons aller en toucher un mot à Jacques, n'est-ce pas ?

Le pouls de Rose s'accéléra. Il était hors de question que son père se mêle de tout ça.

— Tu ne vas pas lui dire, n'est-ce pas ? Ma gentille Suzon... Tu ne me ferais pas ça ? J'ai été si triste de ne pas pouvoir le voir, hier, au dîner ! Tu le sais mieux que quiconque !

— Mais il vient ce soir ! Tu peux encore tenir quelques heures, tout de même !

— Vous serez tous là ! Cela n'aura rien à voir, et tu le sais... Oui, tu sais très bien ce que je veux dire ! Tu comprends tant de choses et tu es si gentille !

Devenue caressante, Rose s'approcha encore un peu d'elle et lui prit les mains. Elles étaient étonnamment douces et belles pour une femme de son âge, preuve que Suzon prenait toujours grand soin d'elle. Puis elle en porta une à ses lèvres et, avec une grâce enfantine, y appliqua un baiser sonore. Suzon la lui retira aussitôt, mais non sans un sourire.

— Ah ! Rose ! Tu vas te salir ! Avec ta sœur, vous me rendrez folle, je n'ai jamais su vous refuser quoi que ce soit !

— Cela veut dire que tu es d'accord ? Que je peux aller le retrouver ?

Suzon poussa un long soupir.

— Comment pourrais-je t'en empêcher ? Tu mérites un peu de douceur, ma belle Rose, mais attention ! Ne fais rien de répréhensible ! Vous êtes fiancés, certes, mais pas encore mariés que je sache !

— Je suis la première à le regretter...

— Je le sais bien. Mais justement ! Sois patiente !

— Je n'entends que ça depuis des mois... Je crains d'être justement arrivée au bout de cette patience...

— Alors va le retrouver sans attendre. Mais je t'en prie, ne traîne pas en route, au retour. Je ne voudrais pas que ta sœur rentre avant toi.

— Oh ! nous pouvons faire confiance à Antonella pour la garder plus longtemps que nécessaire auprès d'elle.

— Mmm... Peut-être bien. Elle a toujours eu tendance à s'écouter parler...

Rose acquiesça vivement. Cette prise de position, si elle n'en était pas moins sincère, était tout sauf anodine. Elle savait pertinemment l'animosité que Suzon pouvait avoir pour Antonella.

— Allez, va ! ordonna alors cette dernière. Va retrouver ton beau dessinateur ! Je n'ai rien vu, rien entendu !

Sautant sur l'occasion, Rose planta un baiser sur la joue de Suzon et partit sans se retourner. Dans sa poitrine, son cœur battait à tout rompre. Dans quelques minutes, elle serait à nouveau avec Raphaël, et cela la rendait si heureuse qu'elle en aurait dansé en chemin.

7

À peine était-elle dans la rue que, déjà, Rose accélérait le pas. Les moments avec Raphaël étaient rares et un quelconque retard, impensable. Ses pieds, habitués aux pavés inégaux, évitaient les creux et les aspérités les plus dangereuses. Il lui semblait voler vers celui qu'elle aimait, tel un moineau sur le point de rejoindre son nid. Là était sa place, là était sa raison de vivre.

Tout en jetant un regard nostalgique à celle que l'on appelait la maison du Soleil et devant laquelle sa sœur et elle avaient tant joué, étant enfants, Rose s'interrogeait sur l'attitude à adopter face à son fiancé. Devait-elle se jeter dans ses bras, spontanée et amoureuse, ou attendre qu'il vienne à elle, espérant ainsi lui faire comprendre sa contrariété ? Peut-être même pourrait-elle se montrer un peu réticente à s'approcher de lui ? Cela ne serait que justice et à la fois ne serait-ce pas une bien mauvaise manière d'entamer des retrouvailles qu'elle attendait tant ? Plutôt que de se faire un avis sur la question, elle accéléra encore un peu plus le pas.

Passant devant la cathédrale, elle leva le nez vers sa belle rosace centrale puis vers les trois portails majestueux, tranchant sur sa façade claire. Ce décor, si familier soit-il, avait toujours eu des vertus insoupçonnées sur son âme. Il l'apaisait, rassurait son cœur et, quand Anne-Marie de la Primatiale, le bourdon, sonnait, Rose se sentait pleine de joie.

Le large édifice dépassé, elle poursuivit tout droit pendant une poignée de minutes et, enfin, s'engouffra dans une rue sur sa gauche. En pente raide, elle n'était guère empruntée par les marcheuses qui préféraient généralement les axes plus faciles, mais Rose ne craignait ni l'effort ni la fatigue. Dans quelques secondes à peine, elle serait dans les bras de Raphaël et plus rien d'autre ne comptait. Terminés, les questionnements sur la meilleure façon de se présenter à lui. Elle en était désormais persuadée : une fois le portail de la roseraie ouvert, elle n'aurait qu'à courir vers lui. Il n'y aurait pas de reproches, pas d'explications et aucun mot désagréable. Juste le plaisir immense d'être à nouveau réunis. Le cœur battant à tout rompre, Rose se faufila finalement par un portail entrouvert. Couvert de rouille, il semblait l'inviter à poursuivre et à découvrir toutes les beautés qui se cachaient derrière lui. Elle les connaissait bien, pour les avoir admirées à de multiples reprises, mais fut une fois encore soufflée par ce spectacle qui s'offrait à ses yeux. Dignes des plus beaux contes de fées, ce petit jardin et le mur qui l'entourait étaient en effet couverts de roses d'un rouge éclatant. Délicates et colorées, elles donnaient au lieu un air enchanteur dont elle ne pourrait jamais se lasser…

Très vite, pourtant, ses sens exaltés durent se faire à une triste vérité. Tournant les yeux de gauche à droite, en vain, elle dut se rendre à une terrible évidence : Raphaël n'était pas là. Comme figée par la surprise, la jeune femme se laissa tout d'abord submerger par la déception avant que l'inquiétude ne vienne la saisir entre ses doigts crochus. Raphaël avait-il eu un problème ? Un empêchement ? À moins qu'il n'ait eu tout simplement un grave accident ? Oui, cela ne pouvait qu'être grave puisqu'il avait promis de venir la voir à la roseraie. Et une promesse, ce n'était pas rien !

Passant à nouveau le portail, elle alla jeter un coup d'œil circulaire dans la rue. Elle ne vit tout d'abord personne avant qu'un homme, au loin, n'apparaisse dans son champ de vision. Son cœur sembla rater un battement avant que ses yeux ne se chargent de rétablir la vérité : ce n'était pas lui. Non, Raphaël n'était pas là et certainement pas près d'arriver. De contrariété, elle rentra à nouveau dans la roseraie, non sans prendre la peine de laisser le portail grand ouvert derrière elle.

Pour patienter, elle déambula quelques minutes parmi les fleurs, s'exhortant à admirer leur beauté avant qu'une évidence ne s'impose à elle : Raphaël ne viendrait tout simplement pas. Ni maintenant ni plus tard. Elle le sentait si fort dans son cœur qu'elle ne put s'empêcher d'y porter la main, comme pour s'assurer qu'il battait encore. Geste inutile s'il en était car, sous le coup de la colère qui montait à présent en elle, ses pulsations avaient gagné en force.

Délaissée une fois encore, déçue, elle voyait soudainement tous ses désirs de romance être réduits à néant par celui qui aurait dû les combler. La frustration était telle qu'elle en serra les poings. Pourquoi l'avait-il laissée rejoindre la roseraie, si c'était pour mieux l'y abandonner à sa triste solitude ? Comment osait-il se montrer si cruel avec elle, qui n'attendait qu'un peu d'attention de sa part ? Qu'un peu d'amour ? Lorsque les larmes commencèrent à ruisseler le long de ses joues, elle ne fit rien pour les retenir. À quoi bon lutter ?

Adossée au mur de pierre, face au portail, elle était sur le point de se laisser pleinement aller à la peine quand un bruit lui fit tendre l'oreille. Quelqu'un approchait, et ce n'était ni le pas d'un enfant ni celui d'un animal égaré. Se pouvait-il que... S'était-elle désespérée trop tôt ? D'une main rapide, elle essuya à la va-vite les traces de larmes sur son visage, tentant de se composer une mine plus sereine, quand une silhouette familière se matérialisa à l'entrée de la roseraie...

Alexandre ! Lui ? Mais que pouvait-il bien faire ici ?

Hésitant entre la surprise et une vive déception née d'un espoir fugace, Rose le laissa venir à elle sans bouger d'un pouce, les bras ballants.

Il l'interpella comme si la situation était tout à fait normale et comme si c'était lui, et non pas Raphaël, qu'elle avait attendu avec tant d'ardeur.

— Ma chère Rose ! Comment vas-tu ? Tu avais raison, cette roseraie est vraiment magnifique à cette époque de l'année !

commenta-t-il tout en jetant des regards appréciateurs autour de lui. Hier, tu as attisé ma curiosité. J'étais à la Croix-Rousse ce matin, pour certaines affaires, alors, en revenant, j'ai décidé de passer par là.

Rose garda le silence, peu convaincue par les explications du jeune homme. S'il avait retenu ses indications pour trouver la fameuse roseraie, avait-il également oublié qu'elle était censée s'y trouver avec son fiancé ?

Comme s'il lisait dans ses pensées, Alexandre demanda soudainement :

— Te voilà donc seule ? Ton fiancé aurait-il déjà pris la poudre d'escampette ?

Elle songea un instant à lui dire qu'il était bien venu mais qu'une urgence l'avait fait partir aussi vite, mais pour une raison inconnue – le grand sourire d'Alexandre ou ses manières si chaleureuses ? – elle ne put se résoudre à lui mentir.

— Il n'est pas venu.

Loin de déclencher le rire moqueur auquel elle s'était attendue, l'annonce sembla le surprendre au plus haut point.

— Comment ça ? Ne me dis pas... Oh ! je vois. Il t'a laissée seule ici, sans même te donner la moindre nouvelle ? Et tu l'attends sans savoir si tu dois rester ou rentrer chez toi ?

Elle acquiesça d'un signe de tête, faisant de son mieux pour retenir les larmes qui menaçaient de couler à nouveau.

— Alors, j'espère qu'il avait une bonne raison, commenta Alexandre d'un ton grave. Car on ne fait pas attendre une belle jeune fille comme toi, Rose. D'ailleurs, quelle que soit la raison, il n'aurait pas dû te laisser seule ici. Moi, je n'aurais jamais pu faire une chose pareille ! Jamais de la vie ! Mais tu sais quoi ?

— Non ?

— Je suis d'autant plus heureux d'être venu. Au moins, j'aurai pu te tenir un peu compagnie dans ce moment difficile. Dommage que tous les hommes ne soient pas aussi soucieux de leurs devoirs... Mérite-t-il réellement ton amour, Rose ? demanda-t-il ensuite, prenant la jeune femme de court.

La question lui sembla si saugrenue que Rose en resta un instant muette.

— Ce mariage est-il réellement envisagé ?

— Mais bien évidemment ! s'étonna-t-elle enfin, indignée qu'il ose ainsi insister. Que vas-tu croire ? Nous sommes fiancés. Tout le monde le sait. Même toi !

— Sans doute, mais je vous ai si peu vus ensemble ! Il n'a pas l'air très empressé de te revoir... Et aujourd'hui, je te trouve là, seule... Et tu as pleuré. Je le vois bien, et cela m'attriste...

La jeune femme baissa les yeux, touchée par la sollicitude qu'elle avait perçue dans sa voix.

— Je...

— Si je peux me permettre, Rose, je ne suis pas certain qu'il soit le genre d'homme dont tu as besoin.

Surprise par tant de franchise, la jeune femme n'osa tout d'abord relever les yeux vers lui. Lorsqu'elle le fit, il put y lire un certain étonnement, conjugué à la colère de voir son couple être contesté. Jamais elle n'avait entendu un tel discours, tout son entourage s'accordant à dire que Raphaël et elle étaient, bien au contraire, faits l'un pour l'autre.

— Que peux-tu avoir contre lui ? Tu le connais à peine.

Alexandre haussa les épaules.

— Je n'ai rien à redire à son propos. Pelletier est un excellent dessinateur. Il a fait ses preuves durant mon apprentissage. Et je sais très bien que mon père a une grande estime pour lui. Mais...

Rose fronça les sourcils. Elle avait l'étrange impression qu'Alexandre allait dire du mal de Raphaël. Or personne n'avait jamais eu quoi que ce soit de négatif à raconter sur cet homme honnête, travailleur et discret. Il attirait généralement le respect. Non les convoitises et les critiques. Elle ne pouvait en entendre davantage.

— Je suis désolée de t'interrompre, mais je pense sincèrement que tu as tort, l'interrompit-elle alors d'un ton qu'elle espérait ferme. Raphaël est un homme pour lequel j'ai beaucoup d'estime. Il a énormément de talent et beaucoup de volonté. En plus d'être fort de qualités de cœur qui me sont chères. C'est l'homme avec qui je souhaite passer ma vie tout entière...

— Mais c'est aussi un homme qui n'est jamais là, ajouta Alexandre tout en jetant un coup d'œil critique autour d'eux. Même doté des meilleures qualités, un homme absent est un homme sur lequel on ne peut pas compter.

— Je peux compter sur Raphaël. Il a simplement beaucoup de travail en ce moment.

— Et il fait passer sa fiancée après tout le reste ?

Piquée au vif, Rose sentit ses lèvres trembler et les larmes, poindre sous ses paupières. Quels que soient les efforts qu'elle faisait pour ne pas y accorder foi, les mots d'Alexandre faisaient douloureusement écho à ce qu'elle pensait en son for intérieur. L'avouer à voix haute n'aurait pourtant rendu ce constat plus réel, et cela, elle ne pouvait s'y résoudre.

— Si tu veux bien, fais comme si je n'avais rien dit, reprit Alexandre, à qui sa peine n'avait pas échappé. Parle-moi plutôt un peu de cette roseraie, veux-tu ? Il ne me semble pas qu'elle existait, lorsque je vivais encore ici...

— Je crois que ce jardin était encore tenu par quelqu'un à l'époque, expliqua-t-elle d'une toute petite voix, heureuse de changer de sujet. Depuis, il semble avoir été abandonné et la nature a repris ses droits de manière fort étonnante en seulement quelques années. Cinq, tout au plus !

— Cinq ans, c'est beaucoup. Mais c'est parfois le temps qu'il faut aux plus belles fleurs pour éclore, ajouta-t-il avec un regard appuyé sur sa silhouette.

Ne trouvant rien à répondre, Rose se détourna d'Alexandre. Elle peinait à comprendre ce qu'il attendait exactement d'elle mais ne voulait pas rentrer dans son jeu et encore moins accorder de l'importance à ses paroles. L'instant était déjà bien assez gênant ! La pauvre Suzon, qui l'avait laissée partir à regret, serait catastrophée si elle la voyait en une telle compagnie. Car il y avait pire que de se retrouver seule au fond d'un jardin abandonné avec son fiancé. C'était de se retrouver au fond de ce même jardin avec un homme dont elle ne savait rien, ou si peu.

Alexandre, fidèle à son habitude, n'avait pas dit son dernier mot et tenta de retenir à nouveau son attention.

— Sais-tu que je dessine, moi aussi ? lui demanda-t-il nonchalamment.

— Vraiment ?

— Oui. Et on dit que je me débrouille plutôt bien.

— Cherches-tu à faire de la concurrence à Raphaël ?

— Et pourquoi pas ? répondit-il d'un ton tranquille, ne semblant pas comprendre sa taquinerie. Il faut savoir se montrer compétitif dans tous les domaines. Nul ne peut se targuer d'être indispensable, en ce bas monde. Qu'en penses-tu ?

— Je...

— Seules les femmes peuvent occuper une place éternelle dans le cœur des hommes. Le reste ? Ce n'est qu'une vaste valse. Ceux qui n'en maîtrisent pas les pas se retrouvent vite au fond de la salle. Moi, je veux être près de l'orchestre et avec la plus jolie de toutes les danseuses, ajouta-t-il avec un clin d'œil. Alors j'essaye de faire mes armes. Puis-je prendre le temps de faire quelques esquisses ? Après, nous pourrions rentrer ensemble, si tu le souhaites... À présent, Pelletier ne viendra plus, crut-il nécessaire d'ajouter.

D'un signe de tête, elle lui fit comprendre qu'il pouvait dessiner autant qu'il le souhaitait et qu'elle l'attendrait. Elle n'était pas pressée de retrouver les murs de la maison familiale, ni les sentiments amers qui ne manqueraient pas de la submerger, une fois revenue dans l'intimité de sa chambre.

Elle alla se poster à quelques mètres de lui, autant pour le laisser tranquille que pour penser plus à son aise. Raphaël serait-il présent au dîner ? Rien n'était moins sûr et, à la perspective d'une nouvelle déception, elle se sentait vidée de toutes ses forces et plus triste que jamais.

8

Comme pétrifiée au bas des marches, incapable de faire un pas supplémentaire, Rose écoutait attentivement les voix qui provenaient du salon. Celle, si familière, de son père qui s'esclaffait à intervalles réguliers – preuve s'il en était qu'il se considérait en très bonne compagnie – et celle, plus jeune mais non moins grave, de Raphaël.

Cette voix… Cette voix si chaude, elle l'avait toujours aimée, la trouvant aussi douce que du coton, aussi confortable et apaisante qu'un bon lit chaud un soir d'hiver. À l'entendre ainsi, de derrière la porte, elle réalisait avec d'autant plus d'amertume à quel point cette voix lui manquait. Que Raphaël mérite ou non toute son attention, il l'avait, quoi qu'il fasse, quoi qu'on puisse en dire, et pourtant… elle se sentait pleine de ressentiment et maussade alors qu'elle n'aurait dû être que joie et enthousiasme.

Quelques heures plus tôt, réchauffée par le bavardage intarissable d'Alexandre et amusée par les mille et une anecdotes de ce dernier, elle avait pensé pouvoir digérer d'autant plus aisément l'absence de son fiancé et l'attente à laquelle il l'avait soumise bien malgré elle. Alors qu'elle l'entendait discuter avec son père, de derrière la porte, elle comprenait qu'il n'en était rien et qu'en réalité elle lui en voulait toujours autant. Et peut-être même encore un peu plus !

Car ce n'était pas avec Alexandre mais bien avec Raphaël qu'elle aurait dû discuter et rire, au milieu des fleurs. C'était sur lui qu'elle aurait dû se pencher pour observer ses dessins. C'était son trait qu'elle aurait dû admirer, c'étaient ses yeux qu'elle aurait dû chercher et c'était de sa bouche qu'elle aurait dû entendre les plus beaux compliments. Pas d'un autre. Comptait-elle si peu, pour lui ? Dans un passé pas si lointain, ce n'était pas ce qu'elle avait cru. Il s'était montré si tendre avec elle, si empressé à la satisfaire, à lui plaire qu'elle ne pouvait comprendre une telle indifférence. Et pourtant...

— Qu'est-ce que tu attends ?

Sursautant violemment, Rose fit volte-face pour se trouver nez à nez avec Adeline qui avait silencieusement descendu l'escalier dans son dos. D'un simple coup d'œil, elle comprit que sa sœur n'avait rien su de son escapade et ce qui suivit acheva de la rassurer.

— Tu as l'air d'aller mieux. Te reposer t'a visiblement fait du bien, et tu pourras davantage profiter du dîner. As-tu dormi ?

— Comment va Antonella ? éluda la jeune femme, peu désireuse de s'enfoncer davantage dans le mensonge.

— Oh ! tu sais... Elle est fidèle à elle-même.

— C'est-à-dire désespérément cynique ?

— Avec une touche de macabre.

— Rien de nouveau sous le soleil. J'en conclus que tout va bien.

— Elle se porte en effet comme un charme et était désolée de ne pas te voir. Tu es invitée à lui rendre visite dès que ton état se sera amélioré. D'ici là, il serait plutôt de bon ton de quitter ces marches et de nous rendre au salon, tu ne crois pas ? Tu ne devrais pas être ici, seule dans l'obscurité. À te voir hésiter, on pourrait presque douter de ton envie de revoir ton Raphaël !

La remarque sembla perfide aux oreilles de Rose sans que rien, dans le ton ou dans l'attitude de sa sœur, n'ait pu faire croire qu'il s'agissait d'une pique en vue de la provoquer. Aussi, sans prendre la peine de répondre, elle fit quelques pas dans le couloir et poussa la lourde porte qui les séparait de leur visiteur.

D'un même mouvement, les deux hommes se tournèrent vers elle, le sourire aux lèvres. Elle vit tout d'abord son père, immense, imposant. Comme toujours, la main glissée dans son gilet et la jambe gauche légèrement en avant. Puis Raphaël, plus svelte, moins grand et avec cet air d'ange tombé du ciel qui la frappait après chaque longue période sans le voir.

— Mes filles ! s'exclama Jacques qui avait également noté la présence d'Adeline, entrée à la suite de sa sœur. Vous voilà ! Nous étions sur le point de passer à table et de manger votre part !

— Cela m'aurait fort étonnée de la part de Raphaël, lança Suzon, depuis le fond de la pièce.

— Pourquoi cela, ma chère ?

— Parce qu'il est un galant homme, voyons !

— Contrairement à moi ?

— Qui sait ?

Étrangement susceptible, Jacques se renfrogna légèrement. La journée avait été mauvaise, à moins que Suzon et lui ne se soient déjà affrontés plus tôt dans l'après-midi.

— Rose, Adeline...

Ayant profité de cet intermède pour se rapprocher des deux jeunes filles, Raphaël s'inclina galamment devant elles, puis posa son regard brûlant sur Rose. Sous ce dernier, ses ressentiments semblèrent fondre comme neige au soleil, son souffle se fit un peu plus court et elle s'interrogea soudainement sur sa mise et, surtout, sur cette coiffure qu'elle avait à peine pris le temps de rafraîchir... La trouvait-il à son goût ? Était-elle aussi charmante que dans ses souvenirs ? Soudain, elle eût tout donné pour qu'autour les objets et les humains ne s'effacent et qu'elle puisse à nouveau se jeter dans ses bras... Il ne le méritait pas, mais à la fois... comment lui résister ?

Elle lui répondit d'un sourire qui, si parlant soit-il, ne disait pas la moitié de ce qu'elle ressentait pour lui.

— Passons à table, je vous prie ! s'exclama Suzon à qui elle avait caché sa déception du jour et sa rencontre avec Alexandre.

Sa chère mère de cœur se faisait déjà tant de souci pour elle... Pourquoi l'inquiéter davantage ?

Si, la veille, l'ambiance avait été pleine de camaraderie, quelque chose, un petit rien, avait malgré tout maintenu une certaine retenue entre les différents convives. Cette fois, il y avait assurément quelque chose de plus familial dans l'air, de plus intime. Comme s'ils étaient, pour ce repas, un peu entre eux. Comme si Raphaël, tout étranger à la famille qu'il soit, en faisait déjà partie intégrante, venant idéalement compléter leurs rangs.

Tout le monde semblait ravi de l'avoir à table. On lui souriait, on lui demandait obligeamment de ses nouvelles, on s'intéressait à son travail, à ses projets. Rose, de son côté, le dévorait du regard sans s'embarrasser de la moindre discrétion. Mangeant peu, elle s'abîmait dans des réflexions qui l'amenaient parfois très loin de la conversation en cours à laquelle elle n'accordait aucune importance.

Il lui semblait que Raphaël, si souriant qu'il soit, avait les traits tirés et la mine fatiguée de ceux qui, sans doute, travaillent trop. À moins qu'il n'ait perdu un peu de poids ? Elle n'était pas certaine qu'il prenne la peine de prendre tous ses repas et avait le cœur serré en pensant aux sacrifices qu'il faisait au quotidien. Qu'importe, fatigué ou pas, amaigri ou non, elle le trouvait toujours aussi beau, et son corps lui faisait mal de ne pas pouvoir le serrer contre elle.

— Nous avons mangé avec Camille hier, comme je te l'ai dit, continua Jacques qui parlait, parlait et parlait encore, incapable d'imaginer les pensées qui pouvaient tourbillonner dans l'esprit de sa fille aînée. C'est un véritable bonheur de voir un père aux côtés de son fils ! Alexandre nous a d'ailleurs raconté qu'il a commencé à tisser. Il était temps ! Mais dis-moi... Toi qui es davantage au courant, comment s'en tire-t-il vraiment à l'atelier ? Est-il à la hauteur de son père ?

Fidèle à lui-même, Raphaël reposa la fourchette qu'il venait de prendre, leva les yeux vers la petite assemblée et sembla chercher ses mots.

— Alexandre a appris auprès des meilleurs. Il fera sans aucun doute la fierté de son père, finit-il par répondre de son éternel ton calme.

— Oui, mais toi, insista Jacques, Raphaël, toi ! Qu'en penses-tu ?

— Moi ? Je...

— Oui, dis-nous ! À quoi faut-il s'attendre ?

Qu'Alexandre soit médiocre était la grande peur de Jacques,

bien qu'il ne s'en soit encore jamais explicitement ouvert à son entourage. Car les tisseurs, qu'ils soient reconnus ou non par leurs pairs, travaillent toujours en famille. C'est en famille qu'ils réussissent. Mais c'est aussi en famille qu'ils connaissent la misère à cause d'une mauvaise gestion ou de l'un de ces soucis de santé qui touchent parfois durement ceux et celles qui répètent inlassablement les mêmes gestes, journée après journée. La qualité du travail de l'un n'est rien sans le soutien et l'efficacité de l'autre. Si Alexandre, malgré ses cinq années d'apprentissage à Tours, revenait sans être digne de la réputation de son père, cela serait un véritable drame pour un artisan qui ne visait rien de moins que l'excellence...

Et c'est pourquoi tous étaient pendus aux lèvres du dessinateur en cette belle soirée... Passant du visage de son père à celui de son fiancé, les yeux de Rose ne savaient plus vraiment où se poser. Consciente de la tension qui planait dans l'air, elle en voulut au premier de poser de telles questions et au second d'être aussi embarrassé. N'aurait-on pas pu parler d'autre chose ? Comme de leur mariage à venir, par exemple ? N'était-il pas plus que temps de fixer une date ?

— Si tu ne sais pas comment nous faire part de ton avis, mon brave, c'est que ce n'est pas joli joli à entendre ! bougonna Jacques. Je me trompe ? On est généralement plus prompt à faire des compliments qu'à lancer quelques critiques bien senties. Si tu le considérais comme doué et digne de confiance, tu l'aurais déjà dit !

— Je... Ce n'est que mon avis, expliqua enfin Raphaël, mais je trouve que le fils de Camille manque un peu de modestie. Qu'il ait envie de prouver sa valeur, je veux bien le comprendre et le croire mais, pour tout vous dire, il ne semble pas avoir le respect qu'il devrait avoir pour son père et son travail. Je regrette qu'il ne soit pas plus attentif, ni plus soucieux de comprendre comment Camille travaille. Il n'est là que depuis quelques semaines, mais il semble vouloir mettre à mal le labeur de plusieurs décennies en un simple claquement de doigts. Il n'écoute rien ni personne.

Il voudrait changer tout le matériel, il veut appliquer d'autres tarifs, il...

Raphaël poussa un énorme soupir et s'arrêta brusquement, ne laissant plus beaucoup de doute sur son avis sur la question. Puis il tourna les yeux vers Rose et lui sourit. Se sentant fondre à cette vue, elle aurait voulu lui prendre la main sous la table et la serrer fort dans la sienne mais craignait qu'autour on ne devine ce geste.

— Est-ce un mal ?

Assise de l'autre côté de la table, comme à son habitude, Adeline semblait agacée.

— Ce n'est pas ce que j'ai voulu dire, reprit Raphaël de sa voix douce.

— Vraiment ?

— Je n'ai rien contre les nouvelles idées, mais je pense qu'à chaque jour suffit sa peine et, surtout, qu'il est impossible de tout transformer en même temps. Tout ce qui vaut la peine se fait dans le temps. Il me semble inutile de vouloir tout précipiter.

— C'est une question de point de vue, rétorqua Adeline avec une petite moue. Certains pensent qu'au contraire il faut savoir prendre les choses à bras-le-corps.

— Je n'aurai pas l'impudence de croire ma vision des choses partagée de tous, mais Jacques m'a demandé mon avis. Je me suis permis de le donner.

— Allons, allons, tempéra alors ce dernier, comprenant que l'atmosphère s'était tendue sans en saisir pleinement les raisons. Peu importe ce que pense Alexandre, ce qu'il veut faire ou ce qu'il ne fera pas. Camille saura le cadrer et lui faire respecter le travail de ses aïeux. Pour le moment, mangeons en paix ! Nous ne savons pas de quoi sera fait demain, mais au moins pouvons-nous être certains de passer un bon moment, ici et maintenant. Et en très bonne compagnie, qui plus est, ajouta-t-il en regardant Suzon.

Lui lançant un regard rayonnant en retour, cette dernière commença à leur servir le premier plat.

— Dis-moi, papa, commença Adeline non sans avoir goûté

du bout des lèvres au potage qui venait de se glisser sous son nez, est-ce que l'inventaire aura bien lieu à la date prévue ? Hier, j'ai cru comprendre, en t'écoutant en discuter avec Camille, qu'il serait repoussé de quelques jours ?

— Non, pas du tout, ma chérie ! Il sera fait en temps et en heure, comme toujours !

— Ah ? Très bien, très bien, commenta-t-elle finalement, d'un air très sérieux.

Rose tiqua. Décidément, sa sœur était bien étrange, ce soir. Prendre les choses à bras-le-corps ? Vraiment ? Le pensait-elle réellement ou ne faisait-elle que reprendre à son compte les propos d'Alexandre ? Et depuis quand la date de l'inventaire l'intéressait-elle au point de poser la question à leur père ?

Pour sa part, Rose avait totalement oublié ce rituel immuable, jour capital pour les tisseurs, leurs ateliers mais également les fabricants qui leur passaient commande. Durant une journée entière, il était question de faire le point sur les matériaux en circulation, et ce, aussi bien au sein de l'atelier qu'à l'extérieur de ce dernier. Ce qui était finalement le plus long et le plus compliqué car il aurait été faux de croire que le travail de la soie se réduisait aux métiers présents dans les ateliers. Au contraire, mille et une petites âmes gravitaient autour de ces derniers !

Il y avait des cartonniers, qui fabriquaient les cartons nécessaires au tissage, aux dimensions indiquées. Mais également toutes celles qui, comme les brodeuses, travaillaient à domicile. On leur confiait bien de petits travaux, dont le travail des jointes de couleur. Patiemment, avec minutie, elles masquaient les éventuels défauts du tissage et participaient à la réputation d'excellence des ateliers pour qui elles travaillaient.

Les brasse-roquets avaient également leur importance. Leur rôle était de réunir ces bobines de bois sur lesquelles on enroulait les flottes de soie. Partir en quête de tous les roquets en circulation n'était pas une affaire des plus simples, et Vincent, l'un des employés de Jacques, perdait de nombreuses minutes pour les récupérer tantôt chez les dévideuses, tantôt chez les ourdisseurs ou même chez les tisseurs qui prenaient rarement la peine et le temps de les retourner à l'envoyeur.

— Et ensuite ? Il y aura une certaine accalmie, n'est-ce pas ? demanda Rose qui ne perdait pas de vue ses propres priorités.

Après tout, son espoir était parfaitement légitime. Une fois l'inventaire terminé, Raphaël aurait peut-être davantage de temps à lui consacrer. Peut-être pourraient-ils enfin faire la promenade sur l'étang qu'il lui promettait depuis si longtemps ? Elle l'espérait avidement. Lui, les manches de sa chemise retroussées sur ses bras puissants. Elle, alanguie dans la barque, laissant nonchalamment traîner ses doigts dans l'eau claire. Cela serait si plaisant et si romantique...

Malheureusement, son beau canoteur vint mettre à mal ses beaux rêves en seulement quelques mots.

— Je crains que cela ne soit pas le cas, non. J'ai tellement de projets en cours qu'il ne sera pas question de pause pour moi.

— Tu travailles pour plusieurs fabricants, Raphaël ? finit par demander Suzon.

— Oui ! Depuis quelques mois, en réalité...

— Mais cela ne te fait pas trop de travail ?

— Si. Mais j'ai le sens des priorités, alors je m'en sors sans trop de mal.

Rose se crispa imperceptiblement. Le petit rire qui ponctua cette remarque, plus que les mots qui l'avaient précédée, était bien plus que son cœur de femme ne pouvait accepter. Le sens des priorités ? Vraiment ? Après l'avoir abandonnée à la roseraie, le jour même, il osait faire de telles déclarations devant sa famille ? De colère, elle posa rudement son verre sur la table, attirant sur elle le regard clair et interrogateur du dessinateur.

— Avoir le sens du devoir est une qualité chez un homme, nota Jacques, tout en se resservant du vin.

— Mais prendre soin des siens et accorder du temps à ceux qui nous aiment est également important, rétorqua Rose, de l'amertume dans la voix.

Surpris par un tel ton, Raphaël se tourna à nouveau vers elle, des questions plein les yeux. Il ne dit rien mais, alors que

Suzon servait le plat suivant, Rose sentit une main attraper la sienne sous la table et ne put s'empêcher de lui jeter un coup d'œil furtif. Dans ses prunelles, elle vit tout l'amour du monde et n'eut cette fois encore qu'une envie : oublier tout ce qui la contrariait et être à nouveau heureuse. La seconde suivante, elle se souvint de son attente dans la roseraie, de ses larmes et de sa détresse. Elle retira sa main.

Alors que Suzon, fière de son dessert, posait une grande assiette au centre de la table, Raphaël parvint enfin à attirer son attention.

— Qu'ai-je fait ? chuchota-t-il, sincèrement inquiet.

Pour toute réponse, elle haussa les épaules.

Un peu plus tard, Rose quitta la table au moment où Raphaël se levait pour aller dans le bureau de son père et fut soulagée que Suzon ne cherche pas à la retenir auprès d'elle.

9

Sa première idée avait été d'aller se terrer dans sa chambre. Le repas, les bavardages et sa grande lassitude lui avaient donné envie de s'isoler dans un lieu d'où personne ne viendrait la tirer. Puis, à l'idée de n'avoir, pour seul décor, que ces quatre murs trop familiers, elle avait préféré retourner à la cuisine et aller s'asseoir dans le petit jardin où elle n'avait fait que passer, quelques heures plus tôt. À ciel ouvert, ses pensées pourraient peut-être s'envoler plus facilement et permettraient à son cœur de s'alléger un peu.

Ils avaient l'habitude de dîner très tôt ; aussi, il faisait encore jour et relativement bon lorsqu'elle alla s'asseoir sur le vieux banc en chêne, posé le long de la façade, à côté d'une fenêtre dont les jardinières débordaient de fleurs. L'air y était doux et chargé de parfums agréables. En bien des moments difficiles, Rose était venue s'y poster pour rêvasser, profiter de la lumière ou même coudre, mais elle savait pertinemment que la magie n'opérerait pas cette fois. Elle le sentait à sa nuque crispée, à l'impatience dans ses jambes et aux battements de ses pieds qui ne voulaient pas rester en place.

Elle s'en voulait d'être aussi triste et contrariée. Raphaël n'avait rien fait pour se rendre désagréable. Il l'avait regardée avec amour tout au long du repas, lui avait pris la main, lui avait même glissé quelques compliments sur la robe qu'il aimait tant et qu'elle ne portait que pour lui… Mais elle lui en voulait encore, voilà tout.

Elle pensait si fort à lui qu'elle ne fut pas surprise de le voir apparaître devant elle, quelques minutes plus tard. Se glissant par la porte d'où elle était elle-même sortie, il demanda :

— Rose ? Je peux m'asseoir près de toi ?

D'un signe de tête, elle lui indiqua le banc où il prit place à distance respectable.

— Que fais-tu ici ? Tu ne souhaitais pas parler avec papa ?

— Si. Mais ce fut rapide. De toute manière, je ne suis pas venu pour le voir, lui.

— Pour qui, alors ?

— Mais pour toi ! Comment peux-tu poser une telle question ? s'écria-t-il, sincèrement étonné.

— Oh ! je ne sais pas... Ces derniers temps, j'ai surtout pris l'habitude de t'attendre et, surtout, de t'attendre en vain !

— Oh ! je vois...

Il y eut un court silence, puis il reprit :

— Je sais que j'aurais dû t'écrire un billet pour te prévenir, mais j'ai simplement manqué de temps.

Rose, qui avait jusque-là gardé les yeux baissés au sol, les releva brusquement sur le jeune homme.

— Manqué de temps ? Vraiment ? Certes, je ne suis pas un dessinateur que tout le monde s'arrache, mais j'aurais préféré éviter de perdre le mien !

— Que veux-tu dire par là ?

— Que je me suis sentie ridicule d'avoir été délaissée ! Tu m'as abandonnée à mon sort !

— Abandonnée ? Ne fais pas l'enfant, Rose...

— Ce n'est pas faire l'enfant que d'être attristée par un tel égoïsme ! Tu aurais pu au moins me faire prévenir par quelqu'un d'autre !

Raphaël se rembrunit encore un peu plus.

— Je ne comprends pas... J'ai pourtant bien demandé à Suzon de te faire passer le message.

— Suzon ? Mais quel est le rapport avec elle ?

— C'est à elle que j'ai parlé, hier après-midi. C'est elle que j'ai prévenue. J'ai demandé à te voir, mais elle m'a dit que tu étais au parc avec ta sœur et...

— Je te parle d'aujourd'hui !

— Aujourd'hui ?

Rose sentit l'exaspération la gagner. Raphaël s'amusait-il à ses dépens ? Voulait-il la rendre folle, plutôt que de la consoler comme il aurait dû le faire ? Sans aucun doute ! Et pourtant... Les yeux qui la regardaient avec la plus grande innocence la faisaient douter de cette évidence. Elle sut alors qu'il disait vrai et qu'il ne comprenait absolument pas de quoi elle parlait.

— J'ai oublié, c'est ça ? demanda-t-il finalement, après un court silence. Nous devions nous voir ?

— C'est ça.

— Et tu m'as attendu ? Où ?

— À la roseraie.

— Bien évidemment, la roseraie... Écoute-moi, Rose, je...

D'un geste de la main, elle tenta de le faire taire.

— Je n'ai pas besoin de tes excuses, Raphaël. Il est trop tard pour cela. J'ai compris, en t'écoutant parler ce soir, que tu as plus important à penser, voilà tout. Je dois me faire une raison, même si cela me fait de la peine.

— Plus important que toi ? C'est ce que tu crois ?

— Oui, affirma-t-elle en le regardant droit dans les yeux. C'est exactement ce que je crois.

D'un mouvement vif, Raphaël réduisit à néant la distance qui les séparait et l'attrapa par la taille avant de la soulever du banc et de la poser sur ses genoux. Autant pour rétablir son équilibre que pour se rapprocher de lui, elle passa ses bras autour de son cou et leva les yeux vers lui. Leur étreinte était étroite et le plaisir qu'elle en tirait, coupable, mais peu lui importait à présent.

— Si j'avais su que tu étais seule à la roseraie, commença-t-il en l'enlaçant un peu plus fort, j'aurais couru te rejoindre dans la seconde ! Rose ? Tu me crois, n'est-ce pas ?

— J'ai pris des risques pour venir te voir. Tu m'avais promis. Suzon ne m'a laissée partir qu'avec réticence et si papa l'avait su... Tout ça pour que tu ne viennes pas !

— Que faire pour que tu me pardonnes ?

— Il n'y a rien à faire.

— Oh si, crois-moi !

Se penchant sur elle, il l'embrassa comme elle rêvait de l'être depuis longtemps. Si longtemps, même, qu'elle en avait presque oublié l'odeur de sa peau, le goût de sa bouche sur la sienne, la douceur empressée de ces mains qui semblaient toujours plus la presser contre lui... À mesure que leur baiser se faisait plus profond, plus intense, elle sentait même son cœur s'affoler dans sa poitrine, lui procurant une douce sensation d'ivresse.

— Pardon, je suis désolé, murmura-t-il à son oreille lorsque, enfin, ils s'éloignèrent un peu l'un de l'autre. Je pense à toi depuis si longtemps que j'en oublierais presque que nous devons respecter quelques limites...

Se rappelant qu'il existait un monde, tout autour d'eux, Rose se redressa un peu. Il serait en effet regrettable que quelqu'un les trouve en pareille posture, d'autant plus que la lumière avait largement décliné depuis la fin du dîner. Elle n'en descendit pas de ses genoux pour autant, laissant ses doigts jouer avec le col de sa chemise, et ses yeux s'attarder longuement dans ceux de son fiancé.

Un sourire naquit sur ses lèvres, intriguant Raphaël.

— À quoi penses-tu ?

— Je pense que tu te crois naïvement sorti d'affaire. Or il n'en est rien. Tu n'es toujours pas pardonné.

— Vraiment ? s'offusqua-t-il faussement. Alors je répète ma question : comment faire ?

Elle n'hésita pas.

— Eh bien... Tu m'avais promis une promenade sur l'étang, il y a quelque temps... Je n'ai pas oublié.

— Et cela suffirait-il à me faire pardonner ?

— Peut-être bien. Nous verrons.

— D'accord. Alors tu auras ta promenade. Je te le promets, ajouta-t-il tout en attrapant ses mains et en les serrant dans les siennes. J'ai eu quelques problèmes ces derniers temps. Je n'ai pas pu disposer de mes journées comme je le voulais, mais j'espère que cela changera très vite. De belles choses nous attendent.

Passant volontairement sur la mention de ces fameux « problèmes », Rose préféra se concentrer sur ce qui était le plus doux à son cœur et à la perspective d'une promenade avec lui.

— Faisons-la demain, proposa-t-elle spontanément.

— Demain ?

— Oui ? Qu'est-ce qui nous en empêche ?

— Oh ! Rose...

La lueur de regret qui passa dans les yeux de Raphaël n'échappa pas à la jeune femme. Elle regretta immédiatement son impatience. Après tout, peut-être était-elle l'enfant qu'il lui avait reproché d'être.

— Une autre fois, ajouta-t-elle alors immédiatement. Dès que tu le pourras.

— Je te le promets. Dès que je le peux, je viendrai. Tu me crois ?

Résignée, elle hocha la tête avec une vigueur feinte et savoura les minutes qui suivirent.

Lorsqu'elle comprit qu'il s'apprêtait à partir, elle se blottit un peu plus contre lui. Comme si, en l'entourant de son amour, elle espérait le retenir encore un peu, mais... il finit par la repousser doucement et la mettre sur pied avant de se lever lui-même et de l'entraîner vers le fond du jardin. Tristement, elle l'accompagna jusqu'à la petite porte d'où elle s'était échappée, quelques heures plus tôt.

Il fallait se quitter, une fois encore. Accepter que Raphaël déserte ce jardin où elle aurait aimé le voir rester pour toujours. Se détacher de ses bras. Oublier à nouveau le contact de son corps contre le sien. Attendre la prochaine occasion pour le revoir, voler quelques baisers, quelques mots... Quelques souvenirs à chérir.

— Nous nous marierons, Rose, je te le promets, lui murmura-t-il comme pour lui en donner la force, la bouche dans son cou. Il n'y a rien que je ne souhaite plus que cela.

— Tu me le promets ?

— Je te le promets sur ma vie. Et sur celle que je veux avec toi. Sur les enfants que nous aurons ensemble. Sur le bonheur qui sera le nôtre. Tu verras.

Ils restèrent longtemps dans les bras l'un de l'autre, avant qu'elle ne consente à relâcher son étreinte et à le laisser partir dans la semi-obscurité. En le voyant disparaître au coin de la rue, après un dernier signe de la main à son intention, elle sentit son cœur se serrer avec une violence qui la surprit et même l'inquiéta. Pourquoi une telle détresse ? Ce sentiment d'abandon et de tristesse n'avait pas lieu d'être ! Ne devaient-ils pas se retrouver dans quelques jours, seulement ?

Sans s'attarder davantage sur ces émotions désagréables, elle passa à nouveau dans la cuisine puis dans le hall d'entrée, et monta les quelques marches de l'escalier d'un pas lent.

Elle espérait trouver sa chambre vide pour se repaître longuement de son échange avec Raphaël, revivre en pensées leurs baisers et s'imaginer encore dans ses bras mais, à son grand désarroi, Suzon l'y attendait, assise au bout de son lit.

— Raphaël est parti ?

— Oui, à l'instant. Et moi, je suis fatiguée. Je pense me coucher sans attendre...

Si elle espérait ainsi la pousser d'autant plus efficacement vers la sortie, elle comprit vite que Suzon ne l'entendait visiblement pas de cette oreille. Loin de se lever, cette dernière affirma sa position confortable sur le matelas et lui fit même signe de venir à elle.

— Ma petite ! murmura-t-elle après un court silence. Je vais aller droit au but... Je me suis permis de t'attendre ici car tu m'as inquiétée, tout à l'heure, pendant le repas. Tu n'avais pas l'air bien. Est-ce que quelque chose te tracasse ? Peux-tu me raconter ce que tu as sur le cœur ? Lorsque l'on porte un poids à deux, il paraît toujours un peu plus léger.

Un instant, très court, Rose fut tentée de se blottir contre Suzon et de poser la tête sur sa poitrine généreuse, endroit qu'elle considérait encore comme le plus confortable et le plus rassurant au monde. L'envie fut immense, presque dévorante, puis s'évapora finalement aussi rapidement qu'elle était arrivée.

Ses pensées n'appartenaient qu'à elle et, si douloureuses qu'elles soient, faisaient partie du peu de choses qui la reliaient à Raphaël. Elle ne voulait pas les partager.

— Rose, ma chérie ? insista pourtant Suzon, désireuse d'obtenir des réponses. Tu n'es pas malade, tout de même ? Une de ces fièvres malignes qui ne se découvrent qu'au dernier moment ? Dis-moi ? Que se passe-t-il ?

Sans attendre de réponse, elle plaça le dos de sa main sur le front de la jeune femme avant de l'en écarter, une moue peu convaincue sur le visage.

— Non, il ne me semble pas que tu sois...

— Je vais bien, rassure-toi.

Suzon lui sourit avec douceur et, comprenant peut-être qu'elle occupait trop de place, se recula un peu sur l'édredon, offrant ainsi plus d'espace à celle qui lui faisait face.

Comme rassurée par ce geste, Rose se détendit un peu et avoua :

— J'étais juste un peu lasse.

— Pour quelle raison ? Est-ce ton mariage qui te travaille ?

— Oui, concéda-t-elle. Je trouve les journées longues. Je ne sais plus quoi faire de moi.

— Eh bien, il y a les promenades avec ta sœur et puis le dessin ? Pourquoi ne dessines-tu plus ?

— Oh !

— Tu n'as plus guère d'intérêt pour le dessin sans ton cher professeur, n'est-ce pas ? J'aurais dû m'en douter... Tiens ! Pourquoi ne pas aller à Saint-Jean, demain ? Il y a une messe à 9 heures, tu sais ? En souvenir de notre voisine ! Déjà un an qu'elle nous a quittés ! Comme le temps passe ! Cela occupera un peu ta matinée.

La jeune femme fit une moue dubitative. Ce n'était a priori pas le genre d'occupations qui mettrait un peu de baume à son cœur...

— Tu devrais y aller, lui conseilla à nouveau Suzon. Tu représenteras la famille et tu en profiteras pour réfléchir à tout ce qui te turlupine. Rien de tel qu'un moment de calme, dans un lieu apaisant, pour retrouver un peu de sérénité, tu ne crois pas ?

Acquiesçant mollement, Rose lui répondit par un sourire. Après tout, pourquoi pas ? Elle irait s'asseoir sur les bancs de l'église, écouterait la liturgie, ferait quelques signes de tête et, suite à cela, en profiterait pour aller rendre visite à sa tante qui habitait non loin. Sans Raphaël, elle n'avait, de toute manière, rien de mieux à faire de sa journée.

10

Rose fut l'une des premières à sortir de la cathédrale, alors que la cérémonie se terminait à peine. Elle n'avait pas à cœur de rester davantage et encore moins le courage d'échanger quelques mots avec ceux qui, comme elle, avaient répondu présents pour la célébration.

Serrant contre son cœur sa petite bourse, elle glissa une pièce dans la main de la femme en haillons qui s'était présentée devant elle et prit le temps d'emplir ses poumons d'air frais avant de descendre les deux petites marches. Elle avait de la chance, le temps était clément en cette belle matinée et la promenade qui l'attendait serait agréable.

L'oreille tendue, elle écouta les dernières notes de l'orgue de tribune dont on avait terminé la restauration quelques mois plus tôt et qui faisait la fierté de tout le diocèse. Bien des commères avaient fait le déplacement pour venir admirer le résultat. Rose voyait en l'horloge astronomique, également présente dans le bâtiment, davantage de raisons de s'émerveiller. Vieille de plusieurs siècles, elle était dotée d'un étrange cadran ovale et de toute une petite communauté d'automates qui s'animaient à heure fixe en un petit spectacle ravissant.

Comprenant que la foule des fidèles s'était levée et ne tarderait pas à arriver dans son dos, elle se décida à poursuivre sa route. Elle s'était à peine éloignée qu'une voix, qu'elle savait familière sans parvenir à l'identifier clairement, la poussa à se retourner.

— Mademoiselle Roux ! Bonjour ! Veuillez m'excuser de vous

interpeller ainsi, mais... vous êtes partie si vite que je craignais de ne pas pouvoir vous retrouver si, d'aventure, vous empruntiez l'une de ces petites rues. Vous savez comme moi qu'elles sont labyrinthiques...

Étonnée par une telle entrée en matière, Rose planta son regard dans celui de l'homme qui était venu à elle d'un pas pressé. Nestor Vial, l'employé de son père, n'était a priori pas quelqu'un avec qui elle aimait passer du temps. Depuis leur rencontre, survenue une paire d'années plus tôt, elle n'avait jamais échangé plus de quelques mots avec lui, raison pour laquelle elle trouvait très étrange son empressement à lui parler.

— Vous avez bien fait, répondit-elle, non sans l'avoir gratifié d'un léger hochement de tête. Vous étiez à l'église ? Je ne vous ai pas aperçu.

— Je suis venu pour ma mère. Elle est malheureusement malade et n'a pu se rendre elle-même à la cérémonie. Elle m'a demandé d'observer les gens autour de moi et de lui ramener quelques nouvelles intéressantes. Je crains de la décevoir sur ce point. Je suis un piètre observateur et j'oublie généralement le nom des gens.

Surprise par ces confidences, Rose réalisa alors qu'elle ne savait rien de Nestor. Or, si gauche qu'il lui paraisse parfois, il avait forcément une maison et une famille à aller visiter. Il ne se contentait pas d'apparaître par l'opération du Saint-Esprit devant leur porte ou dans le bureau de son père...

— J'espère que cela n'est pas trop grave, se contenta-t-elle de répondre platement. Pour votre mère...

— Oh ! vous savez... je crains qu'elle n'aille jamais à nouveau tout à fait bien. Je me suis fait une raison.

Nestor eut une petite moue triste qui s'effaça très vite pour finalement laisser place à son expression habituelle. Celle qui était invariablement associée à son visage lisse, parfaitement symétrique et troué de deux yeux dont Rose aurait bien eu du mal à définir la couleur. Étaient-ils marron ? À moins qu'ils ne soient vert foncé ?

Comprenant que le silence entre eux allait s'éterniser, elle reprit :

— Je suis venue moi aussi représenter ma famille sur les bancs de l'église, mais je suis partie avant la fin de l'office. J'ai à faire. Je dois aller voir ma tante...

— Alors passez-lui le bonjour. Il y a bien longtemps qu'elle ne nous a pas fait l'honneur de sa présence.

— Je n'y manquerai pas, répondit Rose, tout en sachant pertinemment qu'elle n'en ferait rien.

Et pour cause : sa tante avait la fâcheuse habitude de ne retenir aucun nom, n'en ayant qu'un à la bouche... Celui de Paolo, son amant italien, dont elle ne s'était jamais remise de la perte. Nestor Vial, si présent soit-il auprès de son propre frère, ne lui inspirerait certainement rien.

— Suzon se porte-t-elle bien ?

Un sourire naquit sur les lèvres de la jeune femme, comme à chaque fois qu'il était question de celle à qui elle devait tout.

— Elle va bien. Elle est en grande forme. Elle a décidé de faire un véritable ménage de printemps à l'étage et s'est levée très tôt ce matin.

— Et votre sœur ?

— Adeline ? Elle va bien, elle aussi. Peut-être est-elle légèrement de mauvaise humeur en ce moment. D'ordinaire, Adeline est toujours gaie. Mais ce sont de petites histoires de famille sans beaucoup d'importance, ajouta rapidement Rose, se rappelant que cette question n'avait été posée que par politesse et non avec la volonté de connaître la vie de la famille Roux dans les moindres détails.

Mais loin d'être aussi détaché, Nestor semblait au contraire éprouver un vif intérêt pour le sujet. Les sourcils froncés, il fit même un pas en avant, comme pour mieux entendre la suite.

— Vraiment ? Est-elle triste ? Vous a-t-elle semblé être dans un état de faiblesse ? Avez-vous fait venir un médecin ?

Si elle avait osé, Rose aurait levé les yeux au ciel devant tant d'empressement. Un médecin parce que Adeline se levait du mauvais pied depuis plusieurs jours ? Avec son air sage et ses manières distinguées, Nestor en faisait tout simplement trop. Elle l'avait toujours pensé trop honnête pour pouvoir se montrer aussi hypocrite, mais elle s'était apparemment trompée. Et tout cela dans l'espoir de plaire à son père, à qui il espérait sans doute qu'elle rapporte sa sollicitude...

— Je ne pense pas que cela soit indispensable, Nestor, répliqua-t-elle d'un ton condescendant. Ce sont simplement de petites crises de nerfs. Rien de bien grave...

— Oh ! je vois. Vous avez certainement raison. Je sais que vous prendrez bien soin d'elle, en cas de problème. Je n'ai pas de doute sur votre fidélité et l'amour que vous avez pour votre sœur. Elle pourra compter sur vous en toutes circonstances.

Étonnée par de tels propos, Rose resta muette, ne sachant que lui répondre. Quelque chose lui échappait, c'était évident, et Nestor semblait plus gêné que jamais. Traversée par une illumination, elle demanda :

— Depuis quand êtes-vous de retour à Lyon ? Vous étiez absent, n'est-ce pas ? Vous ne deviez rentrer que dans quelques jours, il me semble. Papa disait même que vous ne seriez peut-être pas là pour l'inventaire... Et vous voilà ici, ce matin ? Non pas que cela me regarde, mais...

— Oh ! il n'y a rien de bien mystérieux dans cette affaire. J'ai pu prendre un bateau plus tôt et je suis arrivé hier, en fin de journée. Cependant, mademoiselle Roux...

— Oui ?

Nestor lui adressa un sourire contraint, puis reprit, hésitant :

— Pourriez-vous ne pas parler de notre rencontre à votre père ?

— Pourquoi cela ?

— Comme vous l'avez souligné, personne ne s'attendait à un retour aussi précoce et... j'ai besoin de temps pour régler certaines affaires. Des affaires qui me concernent personnellement et qui n'ont rien à voir avec mes fonctions auprès de votre père.

Pour un homme souhaitant être discret, il s'était montré bien imprudent en venant lui parler...

Ne pouvant lui faire part de ses réflexions, elle hocha la tête en signe d'assentiment.

— Je vous remercie, mademoiselle Roux. J'espère que garder le silence à mon sujet ne vous sera pas trop difficile.

— Oh ! ne vous inquiétez pas ! On ne parle généralement pas de vous, à la maison. Je ne vois pas pourquoi je serais amenée à dire que je vous ai rencontré.

— Ah ! très bien. Dans ce cas, je vous souhaite une bonne journée, mademoiselle.

Puis, avec un mouvement discret de la main, il la salua et disparut bientôt au milieu de la foule des dévots qui avait entretemps envahi le parvis.

11

La montée des Épies était raide, et Rose ralentit légèrement le pas afin de ne pas arriver trop essoufflée à la porte de sa tante. Depuis qu'elle était veuve et que ses meubles et ses nombreuses malles avaient discrètement quitté le très huppé quartier d'Ainay, Antonella ne sortait que très peu de chez elle et encore moins pour de longues promenades. Mais si sa nièce arrivait un tant soit peu fatiguée et échevelée, elle l'accueillerait certainement par une remarque fort peu agréable, et la jeune femme tenait à éviter une telle entrée en matière.

Suzon disait souvent qu'Antonella pourrait peindre le soleil en noir si elle trouvait une échelle assez grande pour monter jusqu'à lui. Moins catégoriques, ses nièces avaient toujours essayé de lui trouver des circonstances atténuantes. Après tout, leur tante n'avait pas eu la vie facile. À la mort de son mari n'avait-elle pas dû quitter sa belle demeure avec la place Louis-le-Grand en point de mire pour une résidence secondaire moins vaste et bien moins élégante ? Épouse frivole et infidèle, Antonella Douet, née Antoinette Roux, n'avait pu espérer davantage d'un héritage qui avait favorisé son beau-fils Ernest, enfant unique de son mari, né d'une première union plus heureuse.

Bien qu'Antonella l'ait toujours négligemment désignée comme « une petite bicoque sans prétention », la maison dans laquelle elle vivait depuis son veuvage n'était heureusement pas sans charme. Certes, elle n'était pas luxueuse, mais sa propriétaire pouvait profiter librement d'une très jolie terrasse qui lui offrait une vue panoramique sur le fleuve. Dès que les beaux jours le permettaient, Antonella descendait dans le petit jardin ceint de hauts murs en pierre et bichonnait les magnifiques rosiers qui l'avaient précédée en ces lieux.

Après s'être démenée autant que sa frêle constitution le permettait – les mains dans la terre ou le sécateur fièrement brandi –, elle pouvait passer de longues heures à siroter de la citronnade tout en feuilletant nonchalamment les revues de mode auxquelles elle était restée abonnée malgré une absence cruelle de vie sociale. Car Antonella était terriblement seule, comme à l'écart d'un monde qu'elle ne comprenait plus, raison pour laquelle les deux sœurs mettaient un point d'honneur à ne pas trop espacer leurs visites.

Quittant enfin la voie principale, la jeune femme se faufila dans une rue perpendiculaire et parcourut les derniers mètres qui la séparaient de son lieu de visite. À mesure qu'elle se rapprochait, une légère inquiétude vint comme toujours se poser sur ses épaules, rendant sa démarche un peu moins légère. Antonella serait-elle de bonne humeur ? Ou bien se plairait-elle à lui raconter quelques nouvelles horreurs, juste pour le plaisir de voir son nez se froncer ?

Car Antonella aimait parler des mauvaises nouvelles – des maladies, des morts humaines ou même animales –, et avait un sujet de prédilection : la peste. Même si elle devait vivre cent ans, Rose n'oublierait jamais ce jour où, venant lui rendre visite seule pour la toute première fois, elle avait écouté, pétrifiée, des anecdotes dont elle n'aurait même pas voulu connaître l'existence.

Puis il y avait eu l'histoire des martyrs lyonnais ainsi que de sombres récits au relent de sorcellerie, autant de charmantes chroniques qui avaient plongé l'enfant qu'elle avait été dans les tréfonds de l'angoisse. S'il était difficile de ne pas ouvrir grand ses oreilles en écoutant cette femme si éloquente et finalement si charismatique, ses nombreux cauchemars, sombres et déprimants, prouvaient à quel point ces mots avaient impacté sa jeune âme. Il ne restait plus qu'à espérer qu'elle n'ait plus de terribles récits à lui raconter. En ce jour, elle n'avait ni le courage ni l'envie de l'écouter. L'accueil qui lui fut fait fut heureusement chaleureux.

— Oh ! ma petite Rose ! Je savais que tu viendrais aujourd'hui !

— Vraiment ? s'étonna la jeune femme tout en déposant son chapeau sur un coin de table. Pourtant, je ne t'ai pas fait porter de message… Est-ce qu'Adeline…

— Adeline ? Non, non ! Elle ne m'a prévenue de rien. D'ailleurs, elle s'est montrée bien peu bavarde lors de sa visite. Entre nous, pourrais-tu me dire pourquoi elle est d'une humeur aussi terrible ?

— Je n'en sais rien.

— Vraiment ? Je croyais que les sœurs Roux se disaient tout ?

S'asseyant finalement dans un fauteuil, en face d'Antonella, Rose garda le silence.

— Ne vous appelle-t-on pas « les jumelles » ?

— Plus à présent, avoua-t-elle pourtant, presque à contre-cœur. C'était le cas quand nous étions enfants.

— Vraiment ? Le temps passe décidément trop vite pour moi car il me semblait que c'était hier… Je n'arrive plus à le suivre. C'est ainsi, quand on devient une vieille femme.

Antonella poussa un énorme soupir voué à exprimer sa grande affliction. À moins qu'elle n'espère ainsi provoquer la vive dénégation de Rose.

Mais bien sûr que non ! Tu n'es pas du tout vieille, Antonella !

La jeune femme ne lui fit pas ce plaisir, s'interrogeant néanmoins sur l'âge réel de sa tante. À peine une quarantaine d'années ? Mais non ! Impossible ! N'était-elle pas l'aînée de son père ? Mais dans ce cas, pourquoi son visage était-il moins ridé que celui de Jacques ? Pourquoi conservait-elle cette silhouette si mince quand lui avait tant grossi ? À quel miracle devait-elle ce teint d'albâtre ? Et ces cheveux noirs remontés en cet énorme chignon ? Étaient-ils véritables ou bien teints ? À moins qu'il ne s'agisse en réalité d'une perruque ? À bien y regarder, ils semblaient presque trop épais pour être vrais, le doute était donc permis. Il faudrait qu'elle en parle avec Adeline… Quant à ces éternelles longues robes de deuil au col et aux poignets en dentelle, Rose savait qu'elle les portait davantage pour cet amant qui avait quitté ce monde bien trop tôt – ce si passionné Paolo ! – qu'en souvenir de son défunt mari.

— On m'a dit que tu avais été malade ?

Rose sursauta piteusement. Ses yeux quittèrent le bouquet de roses séchées qui trônait comme à l'accoutumée au centre de la table pour revenir sur le visage d'Antonella. Elle se sentit absolument ridicule. Comment pouvait-on penser si fort à quelqu'un tout en oubliant qu'il était dans la même pièce que soi ?

— Je n'étais pas malade. Enfin, si, se reprit-elle, j'étais fatiguée. Je ne me sentais pas bien du tout et j'ai préféré me reposer. J'espère que tu ne m'en tiens pas rigueur.

— Absolument pas ! Je sais me montrer compréhensive, contrairement à ce que certaines personnes de ton entourage peuvent penser...

Comprenant qu'il était question de Suzon, Rose préféra ne pas accorder plus d'importance que nécessaire à la remarque. Déçue, Antonella quitta son large fauteuil puis alla se poster un peu plus loin, juste devant la fenêtre. Le visage de sa tante lui apparaissant à contre-jour depuis son propre siège, Rose ne pouvait en discerner clairement les traits. Ainsi eut-elle tout le mal du monde à comprendre l'intention de sa tante lorsqu'elle reprit :

— Ta sœur m'a semblé bien sombre. J'ai trouvé cela étonnant, puis je me suis dit qu'au fond cela pouvait être compréhensible... L'heure n'est assurément pas à la joie et à la fête. Je parle de l'atmosphère générale, ajouta-t-elle, comme pour répondre à la question muette de sa nièce.

— L'atmosphère ?

— Oui, tu sais bien... Ce que l'on sent dans l'air...

— Il n'y a rien de particulier...

— J'imagine que Jacques cherche à vous protéger, mais vous n'êtes pas des imbéciles, ta sœur et toi, et vous savez très bien que ses affaires ne sont plus si bonnes, et ce, depuis un moment.

Craignant de se ridiculiser devant sa tante, Rose hocha la tête avec un air entendu.

— Les temps sont difficiles. La soie est passée de mode, on

dirait bien. Voilà tout ! Et notre cher Bonaparte n'est plus là pour la promouvoir auprès des grands de ce monde. Nous devons nous en sortir seuls.

— Il faut garder confiance. Papa est...

— Oh ! ton père !

Antonella eut un petit geste agacé.

— Il faudrait déjà qu'il commence à fréquenter les bonnes personnes ! S'il était moins naïf, il pourrait tirer son épingle du jeu, c'est certain !

Tentant de lutter contre l'agacement qui commençait à l'envahir - après tout, sa tante, qui ne participait ni de près ni de loin à l'affaire familiale, en sous-entendait certainement davantage que ce qu'elle en savait réellement -, la jeune femme se contenta de sourire obligeamment, espérant que son manque de répartie finirait par réduire Antonella au silence. Elle n'avait aucune envie de parler des affaires de son père et encore moins des personnes qui l'entouraient. Malheureusement, sa tante ne l'entendait pas de cette oreille et insista.

— Tu ne vois vraiment pas de qui je veux parler ?

— Non, pas réellement. Mais...

— Jean, voyons ! Jean Bonnet. Tu le connais bien, non ?

— Euh... Oui. Plutôt, répondit-elle avec un petit rire, tant la question lui semblait saugrenue.

— Ce cher Jean Bonnet ! Est-il toujours aussi gras ?

— Eh bien...

— Bien entendu qu'il l'est ! Eh bien, sache qu'il fait partie de ceux dont il faut se méfier.

Voilà qui était nouveau... Rose soupira, soudainement très lasse.

— Il est notre ami ! Jamais il ne chercherait à nous nuire !

— Oui, oui, bien entendu ! Jean fait partie de ceux dont on ne se méfierait pas plus que d'une mouche, mais il n'en est a priori pas une, de mouche ! Par le passé, il a fait beaucoup de mal à ton père. Tiens, tu lui poseras la question quand tu en auras l'occasion ! Tu verras bien ce qu'il te dit... En tout cas, si j'étais lui, je le tiendrais à distance ! Et sans attendre ! Car des choses graves vont arriver, je le sens ! Et je ne me trompe jamais !

Du plat de la main, elle frappa la grande table centrale, dont elle venait de s'approcher. Le vase de roses tremblota légèrement.

— Mais changeons de sujet, tu veux bien ? Celui-ci m'échauffe les sens. L'injustice m'a toujours rendue à moitié folle, je ne supporte pas quand les mauvais s'en sortent ! Peut-être parce que j'ai toujours fait partie de ceux qui souffrent ? Bref ! Dis-moi... Quelles bonnes nouvelles m'apportes-tu pour me changer les idées ? Ton mariage ? Où en sont les préparatifs ? La dernière fois, il n'y avait pas encore de date. A-t-elle été fixée ? Il serait plus que temps !

Incapable de se détacher du malaise que ces étranges mises en garde avaient allumé dans son esprit, Rose répondit d'un ton morne.

— Je crains de n'avoir rien de nouveau à t'apprendre à ce sujet.

— Vraiment ? Mais pourquoi cela ? Y a-t-il un problème entre vous ?

— Non. Nous attendons simplement le bon moment.

Antonella leva un sourcil interrogateur.

— Le bon moment n'est-il pas le prochain ? Pourquoi attendre ? Mon Paolo et moi... Si nous avions eu la chance de pouvoir nous marier, cela aurait été notre plus grand bonheur ! Nous n'aurions pas attendu une heure de plus pour convoler !

— C'est plus compliqué qu'on ne pourrait le penser, essaya de lui expliquer Rose. Tu sais, Raphaël a beaucoup de travail et... il a certaines priorités, pour l'instant. Chaque chose en son temps, comme dirait Suzon.

D'un sourire confiant, elle tenta de lui faire comprendre que les choses lui échappaient mais qu'il en était ainsi.

— Le grand amour donne des ailes, quels que soient les obstacles ! croassa pourtant Antonella, indifférente. Lorsque nos âmes se sont reconnues, à Paolo et moi, le jour de notre rencontre, j'ai su qu'il me pousserait à faire de grandes choses et à me dépasser. Alors non, nous n'aurions certainement pas attendu, quels que soient les prétendus problèmes. Ton fiancé est-il aveugle ? Ne voit-il pas à quel point tu souffres de la situation ?

Rose planta son regard dans celui de sa tante. À nouveau assise dans son fauteuil, cette dernière l'observait avec attention, avide de confidences qu'à sa grande surprise Rose songeait à lui faire.

La veille, au moment de se coucher, elle avait été persuadée d'être davantage en accord avec elle-même et d'avoir la patience que lui demandait Raphaël. Ses baisers, ses caresses avaient atténué sa peine mais, aujourd'hui, ils n'étaient plus qu'un souvenir sur sa peau et elle recommençait à douter.

Bien loin de lui apporter la sérénité dont lui avait parlé Suzon, l'heure qu'elle avait passée à l'église l'avait, de plus, confortée dans ce mal-être. Au milieu de la foule, elle s'était sentie bien seule et comme incomprise.

Raphaël souhaitait-il réellement ce mariage, au fond ? Antonella disait peut-être vrai : quand on le voulait vraiment, on pouvait passer au-dessus des obstacles les plus difficiles. Elle aurait dû être sa priorité, celle qui l'emportait sur tout le reste... Et qu'importe si les premières années étaient difficiles. Au moins auraient-ils été ensemble...

— Tu sais, je peux tout entendre, insista Antonella tout en croisant les mains sur sa jupe sombre. Tu peux parler sans crainte...

Alors, bien qu'elle ait refusé de tels aveux à Suzon, la veille, Rose se décida à parler. Elle n'omit rien. Ni les baisers de Raphaël, au fond du jardin, ni l'irruption d'Alexandre à la roseraie et le soulagement qu'il lui avait finalement apporté. Muette, sa tante hocha longuement la tête, absorbant les ressentiments, les souffrances et les regrets de sa nièce comme une plante se nourrit du soleil qui inonde ses feuilles.

12

13 juin 1860

Puis ce fut le jour de l'inventaire.

Lorsque Rose ouvrit les yeux, le ciel était d'un bleu pur, et Camille et ses compagnons se trouvaient à l'atelier depuis une bonne heure déjà.

Ce jour-là, tout était ordonné selon une danse dont les pas ne variaient jamais. Dès 7 h 30 du matin, ils avaient commencé à peser les soies grèges sur une grande balance aux plateaux de cuivre. Puis ils étaient passés à toutes les soies teintes présentes dans la salle des matières premières. Si le résultat obtenu ne correspondait pas à celui de la comptabilité, ils seraient contraints de tout recommencer. Et une fois tout cela terminé, chaque pièce serait à nouveau enveloppée dans un papier kraft et ficelée avec soin.

Après cela, on faisait le point sur les pièces en cours de transformation, qu'elles soient présentes sur les métiers de l'atelier ou chez ceux et celles qui travaillaient à leur domicile. Chez Camille Martin, on n'omettait jamais les étoffes en cours de finition depuis le terrible oubli d'une soie chez un dégraisseur. Accusé de vol, l'un des compagnons avait menacé de se jeter d'un pont et il avait fallu beaucoup de patience pour faire la lumière sur ce malentendu.

Tous ces efforts seraient heureusement récompensés par le dîner d'inventaire qui suivrait, quelques jours plus tard, et au cours duquel Jacques Roux récompenserait généreusement tous les ateliers avec lesquels il travaillait régulièrement.

Bien que capital, cet événement n'aurait guère eu d'impact sur le quotidien si tranquille d'Adeline et de Rose si elles n'avaient pas tenu à participer à leur manière à l'effort collectif. Ainsi, chaque année, fidèles à un petit rituel qu'elles n'auraient abandonné pour rien au monde, elles se rendaient à l'atelier de leur ami Camille avec plusieurs bouteilles de café bien chaud et quelques dizaines de bugnes, de délicieux beignets frits du matin même. Loin de passer inaperçue, leur venue était jalousée par les ouvriers des autres ateliers. Elle représentait ni plus ni moins la toute première pause d'une longue journée, et quelle pause ! Conviviale et gourmande : de quoi mettre du baume au cœur à ceux et à celles qui en bénéficiaient.

Si Rose n'avait aucun doute sur l'activité qui devait animer l'atelier de Camille, elle était également certaine d'une autre chose : à moins d'un miracle inattendu, il y avait peu de chances pour que la préparation des beignets change quoi que ce soit à l'ambiance morose qui persistait entre Adeline et elle.

Trois jours plus tôt, perturbée par les conseils que lui avait donnés Antonella suite à sa confession, la jeune femme s'était montrée peu accommodante avec sa sœur qui, au lieu de laisser passer ce mouvement d'humeur, s'en était offusquée si fort qu'une dispute monumentale avait explosé entre elles. Il avait été question de tout mais surtout de rien, et seule la crainte d'alerter leur père qui, une fois n'est pas coutume, travaillait dans son bureau un étage plus bas les avait poussées à y mettre un terme. Depuis, elles ne s'adressaient la parole que pour donner le change en public. Une petite comédie très mal jouée, selon les termes de Suzon.

En ce beau matin, les visages tout comme les cœurs étaient donc fermés à double tour et les gestes manquaient de naturel. Alors qu'elle ne cassait jamais rien, Rose avait déjà laissé échapper un verre et un bol en terre cuite, et Adeline semblait s'être mis en tête de répandre l'intégralité de la farine à terre et sur la table devant laquelle elle s'était installée avec une lassitude évidente.

— Ne peux-tu pas faire un peu attention ? Si tu continues à la gaspiller ainsi, nous n'en aurons plus assez et je devrai encore en acheter ! vociféra Rose qui avait le plus grand mal à supporter cette maladresse.

— Crois-tu que je le fais exprès ? Parce que, à t'entendre, on dirait que c'est ma nouvelle activité favorite !

Bien qu'elle sentît parfaitement son agacement, Rose ne parvint pas à mettre en sourdine sa propre contrariété.

— On ne peut pas être aussi maladroite, à moins de le vouloir !

— Eh bien, si cela te pose à ce point problème, je veux bien te laisser terminer seule puisque tu fais tout mieux que moi ! Toi et ta farine, vous n'avez qu'à rester en tête à tête !

Une cuillère en bois brandie telle une arme, son tablier de travers et une mèche sur les yeux, Adeline semblait véritablement être sur le point de quitter la pièce, attitude qui, plus que ses mots, déstabilisa terriblement Rose.

— Tu veux vraiment me laisser ? Qu'est-ce qui t'arrive ?

— Rien ! Ou plutôt si ! Il m'arrive que j'en ai juste assez ! Tu me houspilles sans cesse depuis que nous avons commencé ! Rien de ce que je fais n'est assez bien ! Je suis trop lente ou alors je ne suis pas assez précise parce que je vais trop vite ! J'étale trop la pâte ou pas assez ! Ce n'est pas plaisant ! Et puis cette odeur de friture... elle m'écœure. Oui, elle me dégoûte littéralement, ajouta-t-elle avec une grimace. J'ai ouvert la fenêtre, mais c'est encore trop pour moi. Dis-moi, pourquoi sommes-nous les seules à faire des beignets au mois de juin ? Passé Carnaval, plus personne ne se donne cette peine ! C'est bien pour une raison !

— Peut-être mais... c'est un rituel, expliqua Rose, comme si sa sœur ne connaissait pas l'histoire. Nous le tenons de maman. Jadis, elle cuisinait toute la matinée et allait retrouver papa et les ouvriers avec ses beignets et du café.

— Je sais, soupira Adeline après un court silence.

— C'est pour elle que nous avons fait le choix de continuer. Nous n'étions pas obligées de prendre la suite. Si tu ne veux plus le faire, il faut le dire.

— Ce n'est pas ça...

— Alors quoi ? Quelle mouche t'a donc piquée ?

Les poings sur les hanches, plantée au milieu de la cuisine, Rose avait l'étrange impression d'être une mère de famille en train de demander des comptes à sa progéniture...

— Alors rien.

Les deux sœurs se regardèrent longuement sans émettre un seul son, et Rose eut pleinement conscience de l'incongruité de la scène. Jamais encore elles n'avaient vécu une telle situation. Jamais encore elle ne s'était sentie aussi seule face à celle qu'elle connaissait pourtant si bien. Jamais elles n'avaient été aussi loin, l'une de l'autre, tout en se trouvant malgré tout dans la même pièce. Si les pensées d'Adeline étaient à moitié aussi embrouillées que les siennes, il n'y avait finalement rien d'étonnant à cela. Décidément, elles n'avaient plus rien de ces « jumelles » dont on parlait jadis. D'ailleurs, l'avaient-elles jamais été ? Il n'y avait que ceux qui les connaissaient mal pour croire qu'elles étaient identiques.

L'instant dura un moment indéterminé puis, comme d'un commun accord muet, chacune se remit à la tâche qu'elle avait abandonnée au début de leur échange, et bientôt la cuisine s'emplit à nouveau de bruits de casseroles. Les beignets s'empilèrent sur les plats et, lorsque le café fut lui aussi prêt, les deux sœurs firent un brin de toilette, sortirent dans la rue et prirent le chemin de l'atelier.

Encombrées par leur chargement, elles marchaient lentement, maîtrisant leurs gestes et leurs pas. De temps en temps, Rose se risquait à observer sa sœur du coin de l'œil et s'inquiéta très vite de sa mauvaise mine. À la voir si fatiguée et lasse, on aurait pu la croire victime du sorcier auquel elles pensaient parfois, lors de leurs promenades au parc, et de ses petites poupées ensorcelées. Mais qui aurait pu avoir choisi sa sœur pour cible ? Et surtout, pourquoi un sorcier aurait-il accepté de faire de la vie d'Adeline, qui était l'innocence même, un calvaire ?

Rose secoua la tête, honteuse d'avoir des pensées aussi risibles. Voilà qu'elle considérait ces histoires à dormir debout comme possiblement vraies. Il n'y avait pas grand-chose qui tournait rond, ces derniers temps. Confuse, elle préféra baisser les yeux et se plonger dans l'observation silencieuse des pavés. L'état de santé d'Adeline ne pouvait être si grave. Sinon, sa sœur lui en aurait touché mot. C'était évident.

Lorsqu'elle releva finalement le menton, Rose reconnut au loin l'enseigne rose bonbon d'une pâtisserie où elle était venue acheter une brioche avec Raphaël, au printemps dernier. Son cœur s'emballa brusquement à l'idée de le croiser à l'atelier de Camille. Le hasard favoriserait-il une entrevue, même brève ? Lorsqu'elle en poussa la porte, quelques minutes plus tard, c'était donc lui et non pas le maître tisseur qu'elle cherchait du regard.

Or, à son grand étonnement, elle ne vit ni l'un ni l'autre, la pièce principale de l'atelier semblant terriblement vide. Rien d'étonnant à ce calme apparent, cependant. En cette journée particulière, personne ne travaillait sur les métiers. Nulle navette n'était jetée dans les fils de chaîne. Nulle poignée ou marche n'étaient actionnées. Aussi, les deux sœurs ne s'étonnèrent pas de ne pas entendre le bruit caractéristique de ces machines. Le silence ambiant n'en était pas moins impressionnant pour ces jeunes femmes habituées au tac-tac-tac continu des métiers.

Une fois n'est pas coutume en un tel contexte, leur arrivée ne fut pas applaudie, ni même remarquée. Rose et Adeline, les bras pleins de victuailles, restèrent un instant immobiles, puis décidèrent finalement de se débarrasser elles-mêmes de leur chargement. Avec précaution, elles le déposèrent plus loin, du côté opposé aux métiers à tisser afin de ne pas prendre le risque d'abîmer quoi que ce soit.

En passant, Rose leur jeta un regard intéressé. Laissant comme souvent courir ses yeux sur un bois usé par plusieurs générations de travailleurs, elle distingua sur l'un d'entre eux une trame d'un beau blanc crème. Sur un autre, on commençait à peine à travailler un merveilleux bleu cobalt. Où finiraient ces créations délicates ? Chez une famille riche de la ville ? Ou partiraient-elles pour un plus long voyage, plus loin qu'elle-même n'irait jamais ?

Après avoir fait en sorte que le café soit maintenu au chaud, la jeune femme retourna à l'entrée de la pièce et se plut à s'imaginer une autre destinée. Un quotidien qui ne serait pas synonyme d'oisiveté. Une vie où elle devrait se rendre à l'atelier chaque matin pour faire sa part. Une existence où elle aurait un talent, un savoir-faire à proposer, tout comme Émilie qui, ombre silencieuse, se détacha finalement du décor pour venir à elles.

S'étonnant de ne pas l'avoir remarquée plus tôt, Rose l'accueillit d'un large sourire, heureuse de voir arriver la jeune tisseuse. Si elles se connaissaient peu, n'ayant pas l'occasion de se voir fréquemment, elle appréciait sa présence discrète et l'intelligence qu'elle croyait lire dans ses grands yeux sombres. Peut-être était-ce son âge, qui était proche du sien, ou simplement de la curiosité mais, touchée par la jeune femme, elle l'avait souvent interrogée sur son parcours. De sa formation, effectuée dans l'une de ces usines pensionnats que l'on avait vues naître au cours des décennies précédentes, Émilie n'avait finalement que peu parlé, préférant expliquer la chance qu'elle avait eue d'intégrer l'atelier de Camille Martin.

Après les avoir remerciées pour leurs attentions, Émilie mit fin à leurs questionnements :

— Ils sont tous dans l'arrière-salle. Il y a... Il y a un imprévu, apparemment.

— Oui, comme cela arrive tous les ans, répondit obligeamment Rose.

Mais l'ouvrière secoua vivement la tête.

— Non, c'est différent, cette fois.

— Comment expliquez-vous ça ?

Inquiète, Adeline avait fait un pas de plus vers la jeune femme et fronçait les sourcils, comme si Émilie elle-même était coupable d'un quelconque méfait.

— Je ne suis au courant de rien. Je suis une simple ouvrière.

Puis, sentant la tension de ses visiteuses, la tisseuse haussa les épaules et disparut aussi discrètement qu'elle était arrivée, laissant les deux sœurs face à elles-mêmes.

— Où est-elle allée ? murmura alors Adeline, sincèrement étonnée par ce comportement.

— Je ne sais pas. Tu lui as fait peur, je crois...

— J'ai simplement posé une question.

— Émilie est discrète. Elle n'aime pas se mêler de ce qui ne la regarde pas. Elle a été laissée seule, ici. Elle ne sait rien.

Perdues, elles regardèrent un long moment le fond de l'atelier sans oser s'y rendre ou même élever la voix.

— Faut-il partir ? demanda enfin Adeline.

— Allons au moins dire bonjour aux autres, tu ne penses pas ?

— Ils doivent être occupés à quelque chose d'important. Peut-être faudrait-il...

— Papa serait-il déjà arrivé ?

— Non, il doit venir plus tard.

— Alors c'est peut-être Nestor qui improvise un petit discours dans la réserve ?

Adeline secoua vivement la tête.

— Nestor ? Certainement pas. Il n'est pas encore rentré de son dernier voyage.

— Bien sûr que si. Je l'ai croisé il y a peu.

— Tu dois te tromper.

— Non, non ! J'en suis certaine, répondit Rose, oubliant la promesse qu'elle avait faite au maître de fabrication. Il m'a même dit être rentré plus tôt que prévu.

Adeline grimaça ostensiblement, mais Rose n'eut pas le temps de s'interroger sur la raison d'une telle réaction. S'étant enfin décidé à venir à elles, Camille se tenait désormais devant les deux sœurs. Rose lui trouva l'air à la fois affairé et terriblement contrarié.

— Rose, Adeline... Je vous remercie d'être passées nous voir, fidèles à vos promesses, commença-t-il après un rapide hochement de tête à leur intention. Je vous suis très reconnaissant du mal que vous vous êtes donné pour nous, comme à votre habitude. Malheureusement, si je peux me permettre de vous parler à cœur ouvert, vous tombez bien mal.

— Que se passe-t-il ? osa demander Adeline, semblant enfin sortir de son étrange stupeur. Émilie n'a pas voulu nous expliquer quoi que ce soit.

— Disons… Disons que tout ne se passe pas comme prévu, cette année. L'inventaire risque d'être long et compliqué.

— Vous avez des incohérences ?

— Oui, plusieurs. Et certaines sont très préoccupantes. C'est un problème. Un gros problème.

Son ton était grave, mais son explication, trop brève, fit naître davantage de questions qu'elle n'apporta de réponses aux deux sœurs.

— Mais je ne comprends pas, intervint Rose, après un temps d'hésitation. De quoi parlez-vous exactement ?

— Nous avons été victimes de vols répétés, finit-il par ajouter, comprenant que les filles de Jacques Roux ne partiraient pas sans avoir obtenu ne serait-ce qu'une vague réponse. Des vols certainement commis en interne. Ici, dans mon atelier.

La jeune femme porta la main à sa bouche. Des vols ? Elle n'était pas sans connaître l'existence du piquage d'onces qui pouvait être une véritable plaie pour les maîtres tisseurs comme Camille. Pour les fabricants comme son père, les pertes pouvaient également être grandes. Très malins, ces voleurs se servaient généralement directement dans les stocks, puis s'amusaient à gonfler les bobines ou jouaient sur le taux d'humidité de la soie pour dissimuler leur larcin. Dans un second temps, ils vendaient tout simplement les matières premières ainsi dérobées sur un marché parallèle et pouvaient ainsi profiter de sommes substantielles.

— Nous avons fait appeler votre père car, comme vous pouvez le deviner, il est directement concerné par cette affaire. Il ne tardera plus à présent.

Et en effet, un battement de cils plus tard, comme s'il n'avait attendu que cela pour arriver, Jacques Roux était parmi eux.

Droit comme un I, leur père portait la belle veste de damas gris qu'il réservait aux occasions importantes. La lumière qui entrait à flots par les grandes fenêtres de l'atelier ne laissait aucun doute sur la qualité du tissu mais, à n'en point douter, l'heure n'était pas aux considérations esthétiques ni aux politesses.

Il jeta à peine un coup d'œil aux visiteuses avant de s'enfoncer d'un pas lourd dans l'atelier.

— Mes filles, rentrez à la maison ! Vous n'avez rien à faire ici !

Sa voix, ferme, ne leur laissait pas le choix ; alors, elles quittèrent l'atelier sans demander leur reste. Ce n'est qu'une fois rentrée chez elle que Rose s'étonna de n'avoir croisé ni Raphaël ni Alexandre.

13

— Se faire jeter dehors, comme des malpropres ?

Bien qu'il se soit passé plusieurs heures depuis leur retour à la maison, Adeline ne décolérait pas, ses pensées négatives tournant et tournant encore tel un carrousel lancé à toute vitesse.

— Adeline, je crois que tu exagères un peu.

— Pas du tout !

Loin de s'offusquer d'une telle saute d'humeur, Suzon posa sa main sur l'épaule de la jeune femme avec une infinie douceur, comme on caresse un cheval rétif. Rose comprenait parfaitement la colère de sa sœur, ayant elle aussi mal vécu leur renvoi. Surtout, devait-elle se l'avouer, après avoir passé tant de temps en cuisine… À présent, elle était davantage inquiète qu'agacée. Leur père n'était toujours pas rentré…

— Je n'en sais pas bien plus, avait soupiré Suzon, lorsqu'elle les avait vues revenir au pas de course. Votre père ne m'a rien dit du tout. Mais il avait l'air assez soucieux. N'êtes-vous pas de cet avis, vous qui l'avez vu après moi ?

— Nous n'avons pas échangé un seul mot avec lui, avait expliqué Rose. Mais je ne l'avais pas vu aussi sombre depuis longtemps.

— Et il risque d'être plus sombre encore, s'il persiste à ne pas écouter la voix de la raison ! Ce qui arrive aujourd'hui n'est pas de son ressort mais, s'il continue à se montrer si buté, il aura d'autres soucis. Et dans un avenir proche !

Rose s'était vivement tournée vers sa sœur.

— Que veux-tu dire ?

Sans daigner ajouter quoi que ce soit, Adeline avait tourné le dos et était montée se réfugier dans sa chambre, laissant Rose dans l'incompréhension la plus totale.

— Quelle mouche la pique ? De quoi parlait-elle ?

— Je crois que ta sœur est tout simplement fatiguée et très contrariée. Elle reviendra quand elle se sera calmée.

— Alors, elle risque d'être longtemps absente !

En milieu d'après-midi, la cadette de la famille s'était pourtant glissée jusqu'au salon où Suzon et Rose essayaient de passer le temps en brodant. Si elle était un peu plus calme, en apparence, elle ne semblait pas s'être fait une raison pour autant.

— Vous n'avez pas bougé ? interrogea-t-elle d'une voix aiguë, sitôt dans la pièce. Comment pouvez-vous être aussi calmes ?

Sans attendre de réponse, elle se jeta dans un fauteuil avec une brusquerie qui ne lui ressemblait pas. Rose lui trouva le teint brouillé mais n'osa pas lui en faire la remarque, de peur d'aggraver son humeur.

— Nous prenons tout simplement notre mal en patience. Ce qui se passe est malheureux, mais il est important d'être confiantes, tenta d'expliquer Suzon. Qui sait ? Les nouvelles seront peut-être bonnes. Peut-être aura-t-on finalement retrouvé ce qui semble avoir disparu ? Il arrive que les choses rentrent dans l'ordre d'elles-mêmes.

— Cela m'étonnerait, ronchonna Adeline. La plupart du temps, elles choisissent plutôt d'empirer.

— Je ne te savais pas si cynique… Dans tous les cas, nous pouvons faire confiance à ton père pour tout mettre au clair. Il ne nous reste plus qu'à attendre son retour.

Adeline sembla vouloir répliquer quelque chose mais referma la bouche aussi sec.

— Dis-moi, reprit Suzon en s'adressant cette fois à Rose, est-ce que tu as vu Raphaël ce matin, à l'atelier ? J'ai complètement oublié de te poser la question. Peut-être pourrait-il nous en apprendre davantage ?

— Il n'était pas là, non. Peut-être n'était-il pas encore arrivé.

— Mmm… Cela semble peu probable car il était déjà tard quand vous êtes parties à l'atelier. Peut-être est-il malade ? Veux-tu que j'envoie Louise chez lui pour prendre de ses nouvelles ?

— Je…

— Alexandre n'était pas là non plus, l'interrompit Adeline. C'est étrange, non ? Le fils du tisseur absent en un tel moment ?

— Que veux-tu dire ? répliqua Rose.

Les deux sœurs s'observèrent un instant.

— Rien de particulier.

— Je crois qu'au contraire tu sous-entends quelque chose, s'agaça Rose. Si tu as une quelconque information, il ne faut pas me la cacher !

— Que vas-tu croire ? s'énerva Adeline. Que je suis une cachottière ?

— Oui, parfaitement !

— Mes filles, mes filles !

Une voix grave, provenant du seuil de la pièce, les fit toutes les deux taire. Leur père était rentré sans qu'elles ne s'en rendent compte et semblait vouloir mettre un couvercle sur leurs émotions respectives.

— Je vous entends vociférer depuis la porte d'entrée ! Comment est-il possible que deux jeunes femmes polies et bien élevées comme vous fassent autant de bruit ? On se croirait dans une basse-cour ou, pire, à l'étal de la poissonnière, un jour de marché !

Rose ouvrit la bouche pour répliquer mais n'alla pas au bout de son élan, reconnaissant que, malgré l'injustice du ton paternel, sa sœur et elle n'étaient pas tout à fait l'incarnation du calme et de la sérénité. Certes, elles avaient leurs raisons, mais comme souvent son père ne souhaiterait pas les connaître. Sage, elle fit donc le choix de se taire et se tourna vers lui, attendant qu'il parle et mette fin à leur attente.

Mais son père ne reprit pas immédiatement la parole. Figé, face à elles, il tournait et tournait encore son chapeau entre ses dix doigts, semblant chercher ses mots.

— Jacques ? Pourquoi un tel silence ? Les nouvelles sont-elles à ce point mauvaises ?

Suzon, à qui l'expression désabusée du maître de maison n'avait pas échappé, eut le mérite de le décider à parler.

— Elles le sont. Les pertes dont je fais l'objet comptent évidemment dans la balance, et Dieu sait que cela n'est pas le moment, mais elles sont finalement anecdotiques en comparaison du reste.

— Que veux-tu dire, papa ?

— Je... je ne sais comment l'annoncer, mais...

Jacques Roux s'éclaircit la voix avec une certaine brusquerie puis, contre toute attente, se tourna finalement vers son aînée.

— Si, ici, nous allons tous être touchés par cette nouvelle, toi, Rose... tu risques d'être la plus affectée. Je n'irai pas par quatre chemins : c'est Raphaël. Oui, c'est Raphaël qui nous a volés, ajouta-t-il sans lui laisser le temps de poser la moindre question. Je n'ai rien d'autre à dire et rien à ajouter de particulier à ce sujet. Les mots me manquent, comme ils vous manqueront certainement à vous toutes.

Rose regarda Suzon devenir plus blanche que le col de sa robe, et Adeline, porter sa main délicate à la bouche, comme pour étouffer un cri de surprise. Pour sa part, elle n'avait ressenti qu'un immense vide avant que son cœur, comme piqué par une nuée d'aiguilles, la force à chercher secours auprès des siens. En état de choc, elle voulut parler et interroger son père plus en détail sans qu'aucun mot n'arrive à passer la barrière de ses lèvres. Les oreilles bourdonnantes, les jambes fébriles, elle vacilla et manqua de tomber. Suzon, comprenant sa détresse, mit fin à son calvaire et la guida jusqu'à un fauteuil où elle tomba lourdement.

14

Elle était restée longtemps assise, les yeux dans le vague, écoutant sans entendre les mots qui fusaient autour d'elle.

Impossible ! Erreur ! Complot !

— Mais où est-il passé, à la fin ? demanda Adeline pour la troisième fois. Il faut le retrouver ! Il faut lui poser la question !

Alors tous les regards se tournèrent vers l'aînée de la famille. Doucement, Suzon vint s'agenouiller à ses pieds et lui demanda :

— Ma chérie, as-tu une idée de l'endroit où pourrait se trouver Raphaël ? Il ne s'est pas montré à l'atelier ce matin. Il faudrait le retrouver afin qu'il puisse s'expliquer et qu'il...

La réponse, instinctive, fusa en un cri de détresse :

— Mais Raphaël n'a rien fait !

Surprise par cette violence, Suzon eut un mouvement de recul.

— Ce n'est pas ce que je dis, n'en répondit-elle pas moins avec calme. Mais nous avons besoin de lui poser quelques questions pour...

— Pour éclaircir toute la situation ! compléta Adeline, campée à leurs côtés.

— Je ne sais pas où il est, dut avouer Rose, après un long soupir.

— Il ne t'a rien dit ? Tu ne sais vraiment rien ?

— Rien du tout. Ces derniers temps, Raphaël était tout simplement insaisissable. Je ne le reconnaissais pas toujours...

— S'est-il montré désagréable avec toi ? s'inquiéta son père, les sourcils froncés.

— Pas du tout ! C'est juste... juste qu'il travaillait énormément.

La dernière fois, il m'a assuré que tout cela allait bientôt avoir une fin, que...

— Que quoi, Rose ?

M. Roux, qui s'était à son tour approché, braquait désormais son regard dans celui de sa fille, en quête d'un mot, d'un détail qui pourrait expliquer la situation.

— Que ses problèmes seraient bientôt terminés, finit par murmurer la jeune femme, mortifiée.

Elle releva les yeux juste à temps pour voir son père et Suzon échanger un regard inquiet.

— Cela ne veut rien dire du tout, s'obstina Adeline, qui l'avait également noté. Il ne faut pas en déduire quoi que ce soit.

— Certes, concéda M. Roux. Mais cela ne nous dit pas où il est depuis ce matin, ni pourquoi il reste introuvable.

— Il y a forcément une explication, tenta de se persuader Rose. Il est peut-être introuvable mais, jusqu'à nouvel ordre, cela ne veut pas dire pour autant qu'il est coupable de ces vols. Allons, papa ! Tu le connais comme moi ! Tu sais qu'il est incapable de faire une mauvaise chose et encore moins de te voler, toi !

Et comme pour mieux prouver l'incongruité d'une telle supposition, elle eut un petit rire sans joie que nul ne partagea. Le visage de Suzon resta de marbre, et son père se contenta de secouer gravement la tête.

— Malheureusement, il n'y a aucun doute sur la question, expliqua-t-il. Camille a immédiatement remarqué que les fils de soie qui se trouvaient dans sa réserve n'étaient pas ceux qu'on lui avait fournis à l'origine. Qu'ils étaient d'une qualité inférieure, voire très inférieure. Et lorsqu'il a cherché à faire le point sur la question en consultant ses livres de comptes, il a réalisé que ces derniers lui avaient été tout bonnement subtilisés.

— Ils ont peut-être tout simplement été perdus, avança Adeline. Ce sont des choses qui arrivent.

— Pas chez Camille. Il tient un livre par métier, de manière scrupuleuse, et note absolument tout...

— Je ne vois pas en quoi tout cela concerne Raphaël.

— Attends la suite... M'étonnant de son absence, je me suis

permis d'aller chez lui avec Nestor afin de tirer toute cette affaire au clair. Comme vous, je ne voulais pas y croire ou plutôt j'espérais qu'il y aurait une bonne raison à toute cette histoire. Comme il ne s'est pas présenté à l'atelier, j'avais une bonne raison d'aller le trouver ! Mais une fois chez lui, nous avons dû nous rendre à l'évidence : sa porte était ouverte, mais il n'était pas là.

— Vous ne vous êtes tout de même pas permis de...

— Eh bien, si. Nous sommes entrés.

— Vous auriez dû attendre qu'il rentre ! Papa ! Quelle idée terrible !

— Rose, voyons ! vociféra M. Roux, les sourcils à nouveau froncés. Ne te trompe pas de coupable ! Je te dis et je te répète que nous avions besoin de tirer cette affaire au clair et que cela devait être fait sans délai ! Et puisque tu m'y pousses à présent, voici le pot aux roses : nous avons trouvé des preuves de ses vols sans même avoir à chercher. Il n'avait même pas pris la peine de dissimuler ses méfaits, ajouta-t-il avec une moue pleine de mépris qui peina douloureusement Rose. Les fameuses bobines mais également les livres de comptes se trouvaient dans un coffre, au fond de la pièce. Ils n'étaient pas bien loin, tout compte fait...

— Je n'y crois pas, murmura Adeline, désormais tout aussi sonnée que son aînée.

— Moi non plus !

Tous les regards se portèrent cette fois sur Suzon qui s'était faite discrète.

— Je ne suis peut-être qu'une pauvre femme qui ferait mieux de revenir à la cuisson de ses volailles mais, mon cher, je ne comprends pas. Non, je ne comprends pas, répéta-t-elle un ton plus haut tout en marchant de long en large dans la pièce, le bas de sa jupe venant régulièrement claquer sur les pieds des fauteuils qu'elle frôlait de justesse. Raphaël n'avait aucun intérêt à voler. Non, aucun ! Pourquoi l'aurait-il fait ? Il n'en avait aucun besoin ! Et puis, tout de même ! Il allait épouser Rose ! Ta fille, Jacques ! En agissant ainsi, il aurait ni plus ni moins trahi sa propre famille ! Cela ne lui ressemble pas. D'ailleurs, n'a-t-il pas dit à Rose que ses problèmes étaient bientôt terminés ?

Il ne pouvait pas être naïf au point d'ignorer qu'en réalité ils commençaient à peine !

— Eh bien, peut-être pensait-il avoir le temps de dissimuler certaines preuves avant que tout ne soit découvert. En tant que fiancé de Rose, il se croyait peut-être protégé. Par le passé, j'ai déjà vécu des déconvenues qui m'ont poussé à revoir mes belles croyances sur la nature humaine… Je ne veux penser ainsi mais, ajoutée aux preuves que nous avons trouvées, son absence est dans tous les cas une preuve criante de sa culpabilité. On ne fuit pas lorsque l'on n'a rien à fuir.

— Il est peut-être malade, quelque part ? avança Adeline, d'une voix moins assurée.

— Il peut avoir été victime d'un accident ! clama Rose.

— Le jour où on découvre ses vols ? Non, mes filles ! Votre innocence pourrait être belle à voir dans d'autres circonstances mais, en cette triste journée, elle frôle la bêtise ! Je ne peux en entendre davantage !

— Ne lui en voulez pas, supplia Suzon, une fois qu'il eut quitté la pièce à grand fracas. Il n'est pas dans son état normal. Il ne voulait pas dire que…

— Cette journée est vraiment horrible ! s'exclama Adeline avant de quitter à son tour la pièce.

À peine avait-elle disparu que Suzon se tournait vers Rose, le regard humide.

— Ma chérie, que puis-je faire pour toi ? Pour alléger un peu ta peine ? Garde espoir, si tu veux bien. Raphaël va bientôt revenir et alors…

Avec douceur, Rose repoussa les bras qui étaient sur le point de se refermer sur elle.

— Je voudrais être seule.

— Tu… D'accord. Va. Et appelle-moi si besoin, je serai là.

Torturée par des sentiments contraires, la jeune femme ne dormit que très peu et, en se levant, le soleil la trouva assise dans son lit, le cœur vide de toute émotion et les paupières lourdes.

Il n'y avait toujours eu aucune nouvelle de Raphaël, et ce

silence, qui s'éternisait, allait malheureusement dans le sens de ceux qui l'accusaient. Parfois, il lui semblait que son père faisait partie de ces derniers. À d'autres instants, il semblait attendre, tout comme elle, la révélation qui prouverait l'innocence du jeune dessinateur.

Quand, enfin, il se décida à quitter la maison pour une nouvelle journée de travail, elle commença à errer entre la salle à manger et le hall d'entrée sans trop savoir qui ou quoi elle attendait. Dans la demeure régnait un silence presque insupportable, comme si l'ensemble de ses occupants l'avait désertée. Or elle savait très bien que sa sœur et Suzon étaient toujours là, quelque part, en proie à leurs propres inquiétudes. Étonnée de leur manque d'empressement à venir la voir, elle se sentait délaissée et redoutait en même temps d'avoir à leur parler et, surtout, d'avoir à affronter de nouveau leurs regards compatissants.

Lorsque la grande pendule du hall sonna onze coups, elle alla finalement s'asseoir dans le petit salon, complètement désœuvrée. Si rien n'avait encore été dit en ce sens, elle devinait que son mariage à venir avec Raphaël ne serait bientôt plus qu'un souvenir amer au milieu d'une mer de regrets. Que la fille de Jacques Roux ne pouvait épouser un voleur. Et qu'il ne lui restait plus aucun espoir d'être un jour à nouveau heureuse.

Fermant les yeux pour ne plus voir le décor familier qui l'entourait, Rose ne parvenait plus à faire son choix entre la tristesse et la colère. La veille, au moment de l'annonce, la vague de désespoir qui l'avait submergée avait été si grande qu'elle avait semblé emporter au loin tous les autres sentiments. Tout était perdu. Leur amour. Leur mariage. Et la vie qu'elle avait imaginée pour eux.

Si la nuit ne lui avait pas porté conseil, elle n'en avait pas moins apporté quelques nuances qui, si difficiles soient-elles à accepter, l'avaient peu à peu poussée à revoir son jugement. Après tout, il se pouvait que Raphaël ait fauté, d'une quelconque manière, mais il ne pouvait être le voleur que tous voyaient en lui. Son père tout comme Camille étaient des hommes droits qui n'avaient jamais caché leur admiration pour le dessinateur. Ils ne pouvaient avoir donné leur confiance à un homme qui ne la méritait pas. Raphaël ne pouvait être cet individu sans morale et sans vertu. Non, ce n'était pas possible. C'était même impensable ! Mais dans ce cas, pourquoi se sentait-elle si mal ? Pourquoi lui semblait-il que son cœur, si douloureux, n'allait jamais pouvoir se remettre d'une telle peine ? Perdue dans des pensées qui n'avaient rien d'agréable, Rose sursauta violemment en entendant frapper vigoureusement à la porte. Sans attendre que Louise aille ouvrir au visiteur, elle se précipita dans l'entrée avec l'espoir fou de voir Raphaël apparaître sur le seuil. Cela ne pouvait être que lui ! Il venait enfin s'excuser auprès d'elle et, surtout, s'expliquer ! Et elle ne lui pardonnerait qu'à une condition : qu'ils se marient dans le mois ! Et tant pis si cela faisait jaser dans le voisinage : après un tel épisode, elle ne voulait plus jamais être séparée de lui !

À son grand désarroi, pourtant, elle ouvrit la porte non pas sur le grand absent, mais sur Alexandre, plus souriant que jamais. Campé dans l'encadrement, la veste sur l'épaule et le regard pétillant, il ne semblait ni fatigué ni torturé par des pensées désagréables. Sa physionomie contrastait tant avec son propre état d'esprit que Rose, profondément frappée par le décalage, ne pensa même pas à le saluer.

— Bonjour, Rose ! s'exclama-t-il alors, sans sembler lui en tenir rigueur. J'ai beaucoup de chance que tu sois venue m'ouvrir en personne ! Je ne m'y attendais absolument pas. Pourrais-je parler à ton père ? Je viens de l'atelier, et on m'a dit qu'il était ici...

— Alors on t'aura mal informé. Je crains qu'il ne soit pas là.

— Oh ! et... est-il malgré tout possible d'entrer ? Puisque tu es là, j'aimerais te parler... Je me doute que tu ne dois pas aller très bien, en cette triste matinée.

Son sourire, jusque-là rayonnant, perdit un peu de sa superbe. Il eut soudainement l'air si malheureux pour elle, si attentif, qu'elle ne put que s'effacer pour le laisser passer. Elle n'avait de toute manière aucune raison valable pour l'abandonner sur le pas de la porte, si ce n'est son besoin de solitude.

— Allons dans la salle à manger, proposa-t-il avec autorité. Nous ne serons pas dérangés.

Comme un automate privé de tout esprit d'initiative, elle se laissa faire et fut bientôt seule, face à lui, derrière les portes fermées d'une pièce silencieuse où, d'ordinaire, éclats de voix et rires résonnaient.

Alors qu'elle allait lui proposer de s'asseoir, il fit quelques pas, vint à sa hauteur et prit ses mains dans les siennes avant de plonger son regard dans le sien. Ces mains... Elles étaient immenses. Chaudes, douces et si réconfortantes... Apaisée par ce contact, Rose tenta d'y puiser un peu de force et de se composer une mine un peu moins douloureuse.

— Rose, je suis vraiment désolé pour ce qui arrive, commença-t-il d'un ton plus bas qu'à l'ordinaire. Désolé que l'atelier de mon père soit mêlé à cela. Désolé que ton fiancé ait... Enfin, tu sais à quoi je veux faire référence. Inutile de revenir là-dessus. Cela doit être très désagréable pour toi.

— Ne sois pas désolé, tu n'y es pour rien...

— Quand bien même ! Tu me vois déçu pour toi. Dans quel état dois-tu être ! Je n'ai cessé d'y penser depuis hier. L'homme auquel tu étais promise ! Qui vole ton propre père ! N'importe qui serait complètement déboussolé. Tu es déjà très courageuse d'être debout... Comment fais-tu pour être aussi forte ?

Rose continua à le regarder en silence, ne trouvant pas les mots. Comment pouvait-il la voir sous un jour si lumineux alors qu'elle n'avait jamais été aussi fébrile ? Comment pouvait-il être aussi concerné par sa détresse alors que son propre père était également impacté par cette triste histoire ? Il n'y avait vraiment que lui pour être aussi positif, généreux et gentil avec elle. Et ce fut cette pensée, plus que tout le reste encore, qui vint fissurer l'armure qu'elle avait tenté de se forger et qui n'était finalement plus grand-chose face à quelques paroles.

Bien vite, il lui parut alors impossible de jouer cette comédie, et d'énormes larmes se mirent à couler sur ses joues pâles. Le regard tourné vers le sol, elle ne vit pas Alexandre s'approcher, et elle sursauta de surprise lorsqu'il la prit finalement dans ses bras. Pour autant, elle n'eut aucun mouvement de recul et se laissa faire, étonnée que ce contact soit si naturel pour elle et si agréable. Telle une enfant désireuse d'être consolée, elle osa enfouir son visage contre le tissu rêche de sa chemise et s'autorisa à pousser un soupir à fendre l'âme.

— Je sais, murmura-t-il, la bouche dans ses cheveux. Je sais que tu ne vas pas bien et je sais que ce n'est pas le moment de parler de tout cela, mais je voulais que tu saches que tu comptes beaucoup pour moi. Je veux que tu saches également que je serai toujours là pour toi, quoi qu'il arrive. Je ne te ferai jamais de mal. Tu peux avoir confiance en moi. D'accord ? Il ne faut pas que tu restes seule avec ta peine.

Lorsqu'elle leva les yeux vers lui, elle crut lire dans son regard toute la compassion du monde avant que tout ne s'emballe et que les lèvres du jeune homme ne se posent doucement sur les siennes. Bientôt, ce fut comme s'il buvait son souffle et aspirait son cœur au travers de sa bouche, et ce, sans qu'elle puisse faire quoi que ce soit pour se libérer de l'emprise qu'il avait sur elle. Enfin, elle parvint à poser les deux paumes bien à plat sur son torse, et le repoussa, doucement mais avec une fermeté qu'il comprit immédiatement.

— Je n'aurais pas dû, s'excusa-t-il. Je suis désolé, j'ai l'impression d'avoir profité de la situation, mais je n'ai pas pu résister. Est-ce que tu m'en veux, Rose ?

Choquée par un baiser auquel elle ne s'attendait pas et qu'elle n'avait pas voulu, Rose allait lui demander de quitter la pièce sans attendre quand un bruit dans le hall d'entrée les fit tous deux sursauter. Suzon ! C'était forcément elle qui, alertée par cette visite surprise, venait voir ce qu'il en était ! Et il ne fallait surtout pas qu'elle se méprenne sur ce qui se passait dans cette pièce !

La jeune femme avait à peine pris ses distances avec son visiteur que la porte s'ouvrait sur... Raphaël. En personne !

Du moins, sur un homme qui ressemblait à Raphaël car, de ses vêtements sales à ses cheveux mal peignés, en passant par la lueur étrange de son regard, tout en lui semblait étranger. Était-ce de la peur ? Peut-être de la panique ? Sa physionomie et la fébrilité de ses mouvements commencèrent par effrayer la jeune femme avant qu'elle ne se reprenne. Il était là ! Près d'elle ! Enfin !

Elle s'apprêtait à s'élancer vers lui quand, le regard braqué sur Alexandre, il demanda d'une voix cassante :

— Que fais-tu ici ? Avec Rose ?

Figée par une agressivité qu'elle ne lui connaissait pas et qui lui fit peur, elle laissa Alexandre répliquer. Loin d'être aussi impressionné qu'elle, il demanda en retour :

— La question serait plutôt ce que, toi, tu fais ici, Pelletier ! Sais-tu que tout le monde te cherche depuis hier matin ?

L'ignorant sciemment, Raphaël fit quelques pas en direction de Rose.

— Je suis venu te voir. J'ai des choses à te dire, des choses à t'expliquer. Il faut...

— Il n'y a rien à expliquer, le coupa Alexandre, s'immisçant dans l'échange avant que Rose n'ait eu le temps de réagir. Tu ferais mieux de déguerpir avant d'avoir affaire à moi ! N'as-tu pas déjà fait assez de mal ?

— Ce n'est pas à toi d'en juger.

— Raphaël ! s'exclama enfin Rose. J'espérais tant que tu viennes hier soir ! J'ai passé une nuit terrible et...

Elle avança d'un pas vers lui avant qu'Alexandre, protecteur, ne l'attrape par le coude et ne lui conseille de garder ses distances.

— Qui sait ce dont il est capable ? ajouta-t-il, comme si Raphaël n'était pas présent et ne pouvait entendre leur conversation. Ne lui parle pas. Il en profiterait pour plaider sa cause, et tu sais tout comme moi qu'elle est perdue. Il n'est plus des nôtres. Il a trahi notre confiance. Pense à ton père ! Pense au mien !

— Lâche-la !

En deux pas, Raphaël fut auprès d'eux. Sans un mot supplémentaire ou la moindre excuse, il attrapa l'autre bras de Rose et tenta de l'attirer à sa suite. Sans doute espérait-il, par ce geste maladroit et brusque, faire lâcher prise à Alexandre et entraîner sa fiancée dans une pièce. À leur grand étonnement à tous, ce fut pourtant Rose qui résista. La colère qu'elle voyait dans ses yeux, sa brutalité et sa mine négligée lui donnaient pour la toute première fois envie de le fuir. Elle réalisa alors qu'au-delà de la peine immense qu'elle éprouvait elle était pleine de rancune et de défiance à son égard.

Dans quelle histoire terrible Raphaël était-il allé se mettre ? Et pourquoi ne l'avait-il pas jugée digne de confidences ?

— Pelletier ! Arrête ! Tu vois bien qu'elle ne veut pas !

D'un geste ferme, Alexandre les avait séparés et l'avait finalement attirée auprès de lui, de l'autre côté de la pièce, sans qu'elle oppose la moindre résistance. Meurtri, le poignet de Rose la faisait souffrir, mais cette douleur n'était rien en comparaison du désespoir qui s'était peint sur le visage du dessinateur. À présent sorti de l'énergie désespérée dans laquelle il semblait plongé au moment de son arrivée, il paraissait perdu et même honteux. Ses traits fins, à présent défigurés par l'émotion intense qui le traversait, traduisaient sa souffrance et son incompréhension.

— Tu ne veux vraiment pas me parler, Rose ? J'ai des explications à te donner. Seulement quelques minutes, s'il te plaît...

Une fois encore, la voix forte d'Alexandre s'imposa.

— Elle ne veut rien entendre. Tu ferais mieux de quitter une maison dans laquelle tu n'es plus le bienvenu ! Et en passant, n'hésite pas à aller te plonger dans une fontaine car ton odeur soulèverait le cœur du plus endurci des tanneurs !

Les yeux écarquillés de surprise, comme s'il prenait subitement conscience de son apparence, Raphaël eut l'air si désemparé que le cœur de Rose, pourtant glacé par la trahison, fut traversé d'une émotion plus tendre. Comme si, se souvenant subitement de tous ces moments passés à ses côtés, il lui conjurait de se montrer plus clémente. Malgré l'inquiétude et le malaise qu'il lui inspirait à ce moment précis et qu'elle ne pouvait pas ignorer, une part d'elle-même mourait d'envie de lui apporter l'aide dont il semblait tant avoir besoin.

Alexandre, qui ne tenait plus en place, fit à nouveau quelques pas vers Raphaël, menaçant de l'attraper par le col et de le jeter sur le trottoir, tel le malfrat qu'il était. Les poings serrés, le visage dur, Raphaël sembla sur le point de répliquer mais préféra une nouvelle fois se tourner vers Rose.

— Dois-je partir ? Est-ce vraiment ce que tu veux ?

— Je...

— Si tu restes là une seconde de plus, Pelletier, tu le regretteras ! prévint Alexandre. Il y a des gens qui te cherchent et qui risqueraient bien d'être moins compréhensifs que moi ! Reste ici et tu auras affaire à eux !

La menace eut malheureusement davantage d'effet sur le jeune homme que l'hésitation de sa fiancée. À nouveau pris de panique, il se dirigea vers la porte d'un pas pressé. Son dernier regard fut pour Rose. Et ses derniers mots furent prononcés si bas qu'elle dut les lire sur ses lèvres.

— Je reviendrai.

Puis il disparut, la laissant les bras ballants, le cœur en miettes.

Profitant de sa stupéfaction, Alexandre s'approcha à nouveau d'elle et la prit dans ses bras.

— C'est bien, Rose, la félicita-t-il d'un ton grave. Tu as fait ce qu'il fallait. Nos pères seraient fiers de toi. Il ne faut pas laisser la moindre opportunité à ce genre de personne de s'expliquer. Sinon, ils s'arrangent toujours pour faire passer le faux pour du vrai. Crois-moi, j'en ai déjà croisé des hommes comme lui. On leur donne le bon Dieu sans confession avant de se rendre compte qu'ils ont déjà signé un pacte avec le diable. Il t'aurait certainement troublée avec ses belles paroles, tu aurais été complètement perdue alors qu'au fond de toi tu sais ce qui est réel ou non. Tu sais qu'il n'est pas bon pour toi. Tu sais ce qu'il a fait.

— Tu crois ?

— Non, j'en suis sûr.

— Mais...

La jeune femme jeta un regard désemparé à la porte qui s'était refermée sur celui à qui elle avait cru pouvoir lier sa vie.

— Tu as sans doute raison, mais je crois que je regrette déjà. J'ai été si surprise ! Il m'a fait peur, mais... il a peut-être une bonne raison. Tout le monde le cherche, et il a pris la peine de venir jusqu'ici, pour moi... Il me faisait confiance, et je...

Alexandre la serra un peu plus fort.

— Ne confonds pas tout. Il n'est plus question de confiance entre vous depuis qu'il l'a brisée. Tu as agi comme il le fallait.

— Je ne me sens pas du tout bien, Alexandre, lui avoua-t-elle alors, des sanglots plein la voix.

— Tout va bien se passer. Tu as simplement besoin que l'on prenne soin de toi.

Alors qu'elle brûlait de courir dans la rue pour retrouver celui qui, sans nul doute, venait de quitter son existence à jamais, Rose s'abandonna un peu plus aux bras d'Alexandre. Sous le choc, elle tentait de puiser en lui un peu de courage et surtout la force d'accepter une réalité que son cœur se refusait toujours à admettre.

15

16 juillet 1860

Près d'un mois était passé depuis la dernière visite de Raphaël et, si la brûlure de la trahison et du manque la tourmentait encore quotidiennement, Rose arrivait à nouveau à sourire et même à apprécier les bons moments qui se présentaient à elle.

Les premiers jours, elle avait compté sur ses proches et s'était souvent reposée sur Alexandre et sa présence rassurante. S'il n'avait pas tenté à nouveau de l'embrasser, il s'était tenu là, fidèle au poste et à ce qu'il lui avait promis en cette triste journée. Il avait pris soin d'elle d'une manière charmante, lui avait offert des fleurs, et l'avait écoutée avec patience et compréhension. À sa manière, douce et légère, il lui avait permis de se changer les idées et réappris à rire. Il était sa bouffée d'air frais, son rayon de soleil et, en cela, était devenu très cher à son cœur.

Occupées par les mille et une tâches que lui confiait Suzon pour la maintenir active et par les visites d'Alexandre, ses journées passaient rapidement. Les nuits étaient plus compliquées et douloureuses. Souvent, elle s'endormait en croyant avoir le cœur serein, mais ses rêves la ramenaient inexorablement à Raphaël. Ses baisers, ses caresses, ses regards... tout ce qu'elle croyait avoir relégué dans le passé faisait à nouveau partie de sa vie et faisait palpiter son cœur. Ces moments vécus en rêve étaient si réels, si agréables, qu'au réveil elle en avait souvent le souffle coupé. Leur douceur se retournait alors contre elle, faisant de la journée qui commençait une suite d'heures tristes et sans saveur.

Elle ne retrouvait le sourire qu'avec Alexandre et cherchait sa présence plus souvent qu'à son tour. Bientôt, elle dut se rendre à l'évidence : elle avait besoin de lui, de sa voix et de son sourire pour se sentir un peu plus légère.

Était-ce une bonne chose ou alors un sentiment à combattre ?

Choisissant de ne pas se pencher plus avant sur la question, Rose se laissait porter par la béatitude qu'elle ressentait en sa présence. Elle acceptait avec plaisir ses sourires, les baisers légers qu'il déposait sur le dos de sa main dès qu'il en avait l'opportunité, et elle se délectait de sa délicatesse sans savoir, au fond, où tout cela pourrait bien les mener.

Le reste du temps, elle l'écoutait parler de tout et de rien, et se confiait tout autant. L'importance qu'il accordait à son avis et au point de vue qu'elle pouvait avoir sur l'activité de leurs pères lui donnait de l'assurance et l'impression d'être écoutée avec sérieux pour la toute première fois de sa vie. Elle se découvrait bavarde et avait un avis sur tout. Des fournisseurs de son père à ses contacts à l'étranger, en passant par toutes les histoires qui avaient marqué la vie familiale et professionnelle de Jacques Roux, Alexandre n'ignorait désormais plus grand-chose de ce qui était leur petit monde. Et cette sensation, loin d'être oppressante, lui donnait au contraire l'impression délicieuse d'être beaucoup plus proche de lui.

Elle n'avait qu'un seul regret : ne pas pouvoir parler de leurs échanges à Adeline. Était-ce seulement par discrétion ou parce que l'aura de Raphaël commençait à peine à perdre de ses couleurs ? Elle n'aurait pu le dire. Tout ce qu'elle retenait, c'est qu'Alexandre ne supportait pas qu'elle parle de Raphaël et ce qui, jadis, les liait. Paradoxalement, il refusait que soit mis à jour leur lien si particulier.

— Ce n'est pas que j'aime faire des mystères, avait-il expliqué, le jour où elle avait ouvertement osé lui faire part de sa frustration. Mais nous ne devons pas nous montrer aussi égoïstes.

Nous avons tous vécu des moments difficiles, et je ne voudrais pas que la situation devienne plus compliquée encore.

— Mais…

— Attendons encore un peu, tu veux ? Quel intérêt de raconter tout cela à ta sœur ? Ne m'as-tu pas dit qu'elle-même semblait te cacher des choses ? Tu n'as pas besoin d'être un livre ouvert avec elle !

Rose s'était rembrunie. Le comportement d'Adeline, de plus en plus étrange, n'était en effet pas sans lui donner quelques soucis. De plus en plus renfermée sur elle-même, elle n'avait que rarement répondu favorablement à ses propositions de sortie et semblait tourmentée par des pensées qu'elle ne voulait pas partager. De guerre lasse, Rose avait fini par la laisser vaquer aux maigres occupations qui semblaient encore être les siennes.

— Je pensais… Je pensais justement que cela aurait pu enfin être quelque chose de positif à échanger avec elle, avait-elle piteusement soufflé.

Comprenant que la tristesse était à nouveau prête à la submerger, Alexandre s'était un peu adouci et avait posé une main consolante sur son épaule.

— Sois un peu patiente. Attendons que les esprits se soient un peu calmés. Chaque chose en son temps, tu ne crois pas ?

D'un signe de tête, elle avait acquiescé, consciente d'être déraisonnable.

— Et puis, tu sais, avait-il finalement ajouté d'un air entendu, il y a aussi des avantages au secret. Moi, j'aime assez te retrouver ainsi, en toute discrétion. Nous passons des moments à part, qui me sont très agréables !

— À moi aussi, avait-elle avoué, rougissante.

Après de telles confidences, son goût pour la compagnie d'Alexandre ne fit que croître. Chaque entrevue, chaque conversation était toujours trop courte à son goût, et elle ne vivait que pour le plaisir que lui apporterait leur prochain rendez-vous. Rien d'autre n'avait d'importance ou d'intérêt car ce n'était qu'à cette condition qu'il lui semblait respirer à nouveau normalement. Et si, de temps en temps, elle sentait la culpabilité l'envahir, elle devait se rappeler que Raphaël ne faisait plus partie de sa vie. Et qu'il en était le seul responsable.

— Il faudrait que tu ailles voir ta tante, lui conseilla Suzon, un jour où elle l'avait sentie un peu plus encline à la discussion.

De peur qu'elle ne lui parle encore et toujours de ce fiancé que nul n'avait retrouvé, Rose ne passait que peu de temps avec la maîtresse de maison.

— Pourquoi cela ? Je viens juste de lui rendre visite !

— Pas du tout. C'était juste avant. Avant le triste événement, précisa-t-elle, comme si Rose pouvait ne pas avoir compris l'allusion. Il y a donc plusieurs semaines... Il y a eu beaucoup de changements dans nos vies, depuis. Autant de changements dont ta tante n'est pas au courant puisqu'elle n'a pas daigné se joindre à la fête qui a suivi l'inventaire...

Rose haussa les épaules.

— Il n'y a que toi pour t'en étonner. Elle ne vient jamais.

— Elle est parfois venue.

— Je ne m'en souviens pas.

Suzon ne put réprimer un mouvement d'humeur.

— Peu importe. Cette année, elle aurait au moins pu venir pour soutenir ton père ! Il en aurait eu bien besoin. Dans des moments compliqués comme celui-là, sur qui compter si ce n'est sur sa famille ? Peut-être aurions-nous dû l'annuler, de toute manière... Le temps n'était certainement pas aux réjouissances.

— Et priver tous ces gens d'une fête qu'ils attendent toute l'année ?

— Cela aurait été un geste fort qui serait peut-être revenu aux oreilles de Raphaël. Alors, il aurait su que nous étions toujours ses amis et qu'il pouvait nous faire confiance.

— Je ne pense pas que papa soit d'accord avec cette vision des choses...

— Ton père n'est pas le seul à vivre dans cette maison, ni le seul à être attristé par la situation présente...

Contrairement à Suzon, la jeune femme ne se souvenait pas de la fête d'inventaire avec amertume. Ce jour-là, il y avait eu des visages joyeux, des jeux et des boissons qui coulaient à flots. Les maîtres tisseurs, leurs compagnons et les fabricants avaient l'habitude d'y faire bonne chère et ils avaient encore une fois été fidèles à leur réputation. Durant de longues heures, ils avaient joué aux cartes, à la boule lyonnaise et, surtout, ils avaient bu du beaujolais par tonneaux entiers. Et si certains avaient certainement noté et regretté l'absence de Raphaël Pelletier, beaucoup avaient sans doute considéré qu'il n'avait eu que ce qu'il méritait.

Lors de son arrivée, ce soir-là, Rose avait senti des regards interrogateurs se poser sur elle, mais elle avait refusé de se sentir mal à l'aise ou seulement touchée par toutes les questions indiscrètes qui allaient de pair. Malgré leur curiosité, nul n'était évidemment venu lui parler du grand absent. Seul le jeune Vincent, le petit brasseur de roquets de son père, avait eu le courage – ou la naïveté ? – de venir se confier à elle sur le sujet.

— Je n'arrive vraiment pas à croire qu'il ne soit plus là, m'zelle Rose, avait-il commencé d'une voix plaintive, comme si le dessinateur était passé de vie à trépas.

Ce qui était plus ou moins vrai, avait alors songé la jeune femme tout en répondant d'un simple signe de tête. Du moins, aux yeux de ses pairs. Dans leur monde, une réputation se construisait au cours de longues années de labeur, mais elle pouvait se défaire en moins de temps qu'il n'en fallait à un fil de soie pour s'échapper de sa trame. Désormais, nul ne voudrait plus avoir affaire à lui, de près ou de loin, de peur d'être entaché par sa désormais bien triste renommée.

— On dit qu'il a été vu à la Croix-Rousse, avait-il poursuivi sans prêter garde au trouble qu'il avait généré chez la jeune femme. Enfin, vous l'savez déjà, m'zelle.

— Il n'y connaissait pourtant personne...

— Si, si ! Émilie ! Mais elle n'a pas voulu lui parler. On les a vus ensemble le lendemain de l'inventaire, avait-il précisé. Il la tirait par le bras pour l'attirer on ne sait où et elle... elle le frappait au visage pour qu'il la laisse tranquille.

— Oh !

Imaginer une scène aussi violente était douloureux pour

la jeune femme. Campé face à elle, le jeune garçon triturait désormais sa casquette en tous sens, embêté.

— Peut-être il fallait pas vous le dire ?

— Non, non, tu as bien fait ! Mais dis-moi, pourquoi serait-il allé la voir, elle ? Ils n'étaient pas amis ?

— Non. Mais... les derniers temps, c'est vrai qu'ils étaient souvent ensemble.

— Je ne le savais pas, avait-elle avoué, du bout des lèvres.

— Ah ! ça m'étonne pas !

À son regard fuyant, elle avait compris qu'il voulait lui en dire plus sans oser pourtant le faire.

— Que penses-tu qu'ils faisaient, ensemble ? Ils travaillaient ?

— J'ai pensé qu'ils étaient... Enfin... Vous comprenez...

— Et l'étaient-ils ?

— Je ne sais pas. Tout ce que j'sais, c'est qu'Émilie voulait plus lui parler et que Raphaël était en colère.

Les lèvres de Rose s'étaient pincées en un pli si droit qu'il aurait pu servir de règle à son père pour tracer de grandes marges dans ses registres. Voilà qu'elle était prise à son propre piège. À force de poser des questions et de se laisser aller au regret sans avoir l'air d'y toucher, voilà qu'elle apprenait des détails qu'elle n'aurait voulu connaître pour rien au monde.

— De toute manière, on sait plus où il est maintenant, avait finalement repris Vincent. Y en a quand même qui disent qu'il vit dans les égouts et même qu'il a fait de la mise en cartes pour des personnes pas bien, ajouta-t-il comme si la seconde suggestion était encore pire que la première. Vous vous rendez compte ?

— Qui dit cela ?

Pour toute réponse, Vincent avait haussé les épaules.

— C'est peut-être faux, avait-il concédé. Mais c'est c'qui se dit.

C'en avait été trop pour Rose.

— Tu ferais mieux de profiter de la fête au lieu de rapporter des commérages. Vois ! avait-elle ajouté tout en désignant d'un geste large l'immense tablée qui était dressée devant eux. Il y a de quoi manger pour tous. De la musique et des jeux. Oublie

Raphaël ! Le temps du travail reviendra bien assez vite, et alors tu regretteras de ne pas t'être assez amusé.

Vincent s'était enfin éloigné, la laissant reprendre un peu de souffle et de couleurs. Raphaël, vivant dans les égouts de la ville ? Elle aurait aimé ne pas le savoir. Tout comme elle aurait voulu ne pas avoir à deviner ce que le garçon avait voulu insinuer au sujet d'Émilie. Qu'il avait entraîné la jeune femme dans sa chute ? Ou pire encore ? Quoi qu'il en soit, la jeune tisseuse avait elle aussi repoussé Raphaël, preuve qu'il lui inspirait des sentiments similaires aux siens. Et il n'y avait rien de plus à en déduire ou à comprendre.

16

Quelques jours après la suggestion de Suzon, alors que la chaleur menaçait de s'abattre pour de bon sur la ville, Rose se décida enfin à aller rendre visite à sa tante. Avant de la rejoindre, elle prit le temps de faire un détour par le marché afin de lui acheter un énorme bouquet de mimosas. S'il ne suffirait sans doute pas à contrer la noirceur de sa parente, au moins pourrait-il apporter un peu de gaieté à son intérieur.

— Quelle jolie couleur ! s'exclama Antonella, dès qu'elle passa le pas de la porte. Ce jaune est si vivant, si ensoleillé ! Tu sais, je crois qu'il me fait penser à la soie que tu tiens de ta mère ! Du moins, d'après le souvenir que j'en ai. N'es-tu pas d'accord ?

— Oui, c'est bien vrai. Bien qu'elle soit davantage curry jaune que mimosa.

— Mmm... Tout comme ton père, tu as le sens du détail... Pour moi, jaune, c'est jaune, un point c'est tout ! Tu n'as toujours rien trouvé à en faire ?

— Non, toujours pas. J'attendais d'être mariée pour m'y faire tailler une jolie robe. Mais... mon mariage n'aura finalement pas lieu, ajouta-t-elle avec une certaine brusquerie, comme pour se libérer immédiatement de ce sujet délicat. As-tu entendu certaines rumeurs ?

— Absolument pas. Dis-moi tout !

La mort dans l'âme, Rose fit alors rapidement mention de Raphaël, de ses vols et de la tristesse terrible qui l'avait envahie en apprenant la vérité.

— Je n'ai pas voulu le croire. Cela me semblait tellement… tellement impossible !

Plissant les yeux comme un chat observant sa proie, Antonella demanda :

— Tu dis qu'il est venu te voir le lendemain, mais est-il revenu depuis, comme il te l'a promis ?

— Non.

— Alors, il est coupable ! S'il était innocent, comme il a voulu te le faire croire, il…

— Il n'a rien dit.

— Pardon ?

— Il ne m'a rien dit. Ni s'il était coupable ni s'il était innocent. Il voulait me parler, il…

Très sombre, Antonella hocha doucement la tête.

— Ma pauvre Rose, finit-elle par souffler. Je te vois en proie à des sentiments difficiles et dans un profond mal-être pour un homme qui sans nul doute ne mérite pas de telles émotions. Où est-il, à l'heure qu'il est ? Nul ne le sait ! Ce que tu dois retenir, c'est qu'il n'a tenu aucun de ses engagements. Ni envers toi ni envers ton père ! Il ne faut pas regretter ceux qui n'ont fait que du mal autour d'eux. Mon Paolo, lui, je l'ai regretté ! Oh oui ! C'était un ange tombé du ciel et, comme tous les anges, il est reparti trop vite…

Piquée, Rose garda le silence. Elle avait eu tort d'espérer le moindre soutien de sa tante. En présentant son calvaire sous le jour le plus touchant, elle n'avait fait que tendre le bâton pour se faire battre.

— Mais qu'attendais-tu de ma part ? demanda Antonella, qui avait pleinement saisi son malaise.

— Peut-être un peu de compassion. Ces dernières semaines ont été difficiles pour moi.

— Oh ! si Dieu nous a donné des yeux, c'est pour pleurer ! Nous avons tous notre part de drame. Crois-moi ! J'ai reçu davantage que la mienne le jour où je suis venue au monde !

— Je rêvais de ce mariage.

— Eh bien, tu te marieras avec un autre, voilà tout ! Mon

Paolo ne m'était pas destiné et pourtant il fut l'homme de ma vie ! Alors dis-moi, qu'est devenu ce beau tisseur dont nous avons longuement parlé la dernière fois et qui semblait si charmant ? Ne t'avais-je pas conseillé de lui accorder davantage d'attention ? Il n'est pas impliqué dans cette affaire, n'est-ce pas ?

— Non, soupira Rose. Heureusement.

— Te rend-il visite ?

— Il est très prévenant avec moi. Il vient me voir tous les jours, ou presque. J'apprécie beaucoup sa présence. Nous passons des moments agréables à discuter, à rire…

De son index, Antonella pointa la bouche de Rose.

— Tu as vu ce sourire, quand tu parles de lui ? Je crois qu'il veut dire beaucoup de choses… Tu devrais accorder tout ton temps à ce jeune homme ! Il faut savoir chercher son plaisir là où il se trouve !

— Il y a peu, j'étais fiancée à un autre…

— Et alors ? Si j'en crois ce que tu me dis, ton mariage est désormais une histoire ancienne et il te faut continuer à avancer. Tu dois devenir une nouvelle femme, Rose ! Et certainement pas une vieille fille ! Ne prends pas exemple sur Suzon ! Surtout pas !

— Suzon n'est pas une vieille fille…

— Bien sûr que si ! Elle n'est pas mariée, n'est-ce pas ? Et elle est d'un âge respectable. Elle est de ce fait une vieille fille.

— Cela n'a rien à voir…

— Et en quoi, je te prie ?

— Suzon n'a jamais voulu se marier !

Antonella éclata d'un rire faux.

— Tu ne crois tout de même pas que Suzon est venue par bonté de cœur chez ton père et qu'elle s'est dévouée à vous tous juste pour le plaisir ? Elle n'a jamais pu trouver de mari, voilà tout !

— Elle est venue aider à la maison après la mort de maman, assura pourtant Rose, sans baisser les yeux. Elles étaient de grandes amies. Elle… Et ensuite, elle est restée pour nous. Parce qu'elle nous aimait…

Comme toujours drapée dans ses dentelles noires, Antonella, qui s'était levée, passa un doigt scrupuleux sur le manteau de la cheminée, comme pour s'assurer qu'il n'y avait pas le moindre grain de poussière, et s'avança vers sa nièce avec un drôle d'air sur le visage.

La douce lumière de ce matin d'été aurait fait paraître n'importe qui plus beau qu'il n'était en réalité, mais la jeune femme trouva que la saison seyait fort mal à sa tante. De près, Rose voyait à sa peau qu'elle avait déjà trop chaud et que le fard blanc qu'elle s'appliquait sur le visage – certainement pour masquer ses rides, à moins qu'elle ne soit toujours fidèle à une ancienne mode ? – commençait à faire des petites irrégularités sur son épiderme. Son parfum de lavande était quant à lui si fort qu'il aurait pu être écœurant si la fenêtre n'avait pas été largement ouverte sur le jardin.

— Tu veux tout savoir, ma petite ? Tu veux la vérité ?

Rose n'eut pas besoin de décider si, oui ou non, elle la voulait, cette fameuse vérité. Comme lors de ses récentes révélations sur Jean, sa tante se fit visiblement une joie de la lui raconter :

— Votre Suzon... Votre chère Suzon n'est restée que parce qu'elle espérait avoir, au final, une récompense...

— Que veux-tu dire ?

— Votre père ! Elle voulait votre père ! Dès la mort de votre mère, elle a accouru tel un vautour pour prendre la place encore chaude ! Dieu merci, cela n'est jamais arrivé car mon frère, si fou soit-il, a encore un peu de jugeote ! Mais elle aura tenté pendant des années de se faire accepter par une famille qui n'était pas la sienne et dans laquelle elle n'avait rien à faire ! ajouta-t-elle, plus virulente que jamais.

— Ce n'est pas vrai !

La voix de Rose, stridente, sembla surprendre Antonella qui sursauta légèrement.

— Suzon n'a jamais voulu prendre la place de qui que ce soit ! C'est une personne bienveillante. Elle s'est occupée de nous avec toute la gentillesse dont elle est capable car c'est ce que maman aurait voulu.

— Je n'ai pas dit le contraire. Je dis simplement que les événements se sont idéalement enchaînés pour cette bonne vieille Suzon qui a su tirer profit de la situation. Tout le monde cherche son propre intérêt, dans l'existence, et Suzon n'est pas plus blanche que les autres. Ton Raphaël s'est certainement bien joué de vous tous et il a pris la poudre d'escampette dès qu'il s'est su en difficulté. Tu devrais donc penser à toi car personne d'autre ne le fera ! Et si c'est avec cet Alexandre, ainsi soit-il ! Nul ne pourra t'en vouloir ! En tout cas, pas moi !

Rose se rembrunit, en proie à l'inquiétude. En avouant la cour que lui faisait Alexandre, elle n'avait pas menti. Elle avait cependant omis de préciser que leur belle entente s'était un peu altérée depuis leur dernière entrevue. Pour la toute première fois, peut-être, le jeune homme s'était ouvert à elle et lui avait fait part des difficultés qu'il rencontrait. De fil en aiguille, il en était venu à lui demander une aide qu'elle avait refusée catégoriquement, considérant qu'elle n'avait pas à se mêler des affaires de son père, ni de celles de qui que ce soit d'autre. Il avait semblé l'accepter mais, depuis, se faisait plus discret et même, selon les jours, complètement absent, ce qui la chagrinait beaucoup.

À sa façon, désagréable et brusque, Antonella l'avait forcée à se confronter à une vérité qu'elle avait essayé d'oublier, au cours des dernières semaines. Elle n'était plus fiancée. Pire que cela : elle avait été la fiancée d'un fugitif et d'un menteur. Qui voudrait d'elle, à présent ? Quel destin l'attendait ? Serait-elle vraiment la vieille fille dont parlait sa tante ?

Elle n'avait plus rien ou, plutôt, elle n'avait plus qu'Alexandre comme point de mire, comme repère et comme espoir pour un avenir qui restait incertain. Peut-être était-il temps après tout de lui donner la place qu'il méritait.

17

On entendait les couverts s'entrechoquer au-dessus des assiettes, mais Rose n'aurait pu dire si ce silence était dû à la saveur délicate des mets qu'ils dégustaient ou si la morosité ambiante en était en réalité la cause.

Comme pour apporter une réponse à sa question muette, Camille posa brusquement fourchette et couteau sur le bord de son assiette et recula sa chaise de la table sans faire pour autant mine de se lever.

— Il y a un problème, mon ami ? demanda Jacques, sa fourchette restée en suspension entre l'assiette et sa bouche.

— J'en suis vraiment désolée ! J'étais certaine que servir à nouveau du poulet aux morilles était une mauvaise idée, soupira Suzon. Mais je l'ai quand même fait, par facilité, et je m'en veux. Te voilà fatigué d'un menu qui ne t'apporte aucune surprise.

— Oh non, Suzon ! Détrompe-toi ! Cela n'a rien à voir avec le repas. Il est délicieux, comme d'habitude…

Les lèvres un peu pincées, Suzon hocha la tête pour lui montrer qu'elle acceptait ses compliments tout en restant mécontente d'elle-même.

— Je suis simplement mal à l'aise et soucieux, expliqua-t-il finalement. J'en suis désolé, mais aujourd'hui je n'arrive pas à aller au-delà de mes préoccupations. Rien ne peut y faire. Ni un bon repas ni une bonne compagnie.

— Mais que se passe-t-il ? demanda obligeamment le maître de maison.

— Ce qu'il se passe ? Eh bien, rien de nouveau, en réalité ! Les pensées qui me hantent tournent et tournent encore dans ma tête depuis des jours, et je ne comprends pas.

— À quel sujet ?

— À ton avis ?

— Ah ! cela...

— Je persiste à dire que toute cette histoire ne tourne pas rond.

Jacques fit une petite moue contrariée mais déposa finalement sa fourchette dans son assiette et, les coudes sur la table, vint croiser les mains devant son visage.

— Explique-toi. Qu'on en finisse une bonne fois pour toutes.

— Je ne cesse d'y penser et... je pense qu'il faut faire quelque chose et cesser d'attendre. L'enchaînement des événements me semble trop simple et finalement peu crédible. Un jour avant l'inventaire, j'ai eu une longue conversation avec Raphaël. Je lui ai parlé de projets que je comptais lui confier, et il a paru sincèrement ravi et même soulagé. Je ne peux pas croire qu'il jouait la comédie. Il s'est forcément passé quelque chose...

— Mon ami, répondit Jacques, non sans s'être longuement raclé la gorge, je crains qu'il faille tourner la page une bonne fois pour toutes... Il n'est plus question d'attendre quoi que ce soit, à présent. Personne n'a pu mettre la main sur lui. Il faut accepter et poursuivre nos tâches.

— Ces papiers que l'on trouve chez lui juste au moment où on les cherche, poursuivit malgré tout Camille, lui qui est absent et qui ne refait surface que le lendemain, dans un état déplorable que nul ne s'explique... Puis qui disparaît à nouveau... Cela n'a pas de sens.

Repoussant lui aussi son assiette avec une mine désolée à l'intention de Suzon, Alexandre semblait décidé à mettre fin à une conversation dont Rose se serait elle aussi bien passée.

— Papa, je pense que Jacques a raison. Tu devrais te concentrer sur ton travail et oublier toute cette affaire. Avec tes jérémiades, tu couperais l'appétit au plus affamé des loups. Cela ne peut plus durer.

— Difficile d'oublier le passé quand il affecte encore si fort notre présent. Je suis et je resterai encore longtemps sous le coup d'une vive déception et, si je me permets de l'évoquer à nouveau ce soir, c'est parce que je sais à quel point ceux et celles qui entourent cette table sont eux aussi déçus.

À la grande gêne de cette dernière, Camille se tourna vers Rose et lui demanda :

— Ton mariage ? Alors, c'est bien vrai ce que j'ai entendu ? Il est officiellement annulé ?

— En de telles circonstances, c'est évident, expliqua alors Jacques, prenant la parole à la place de sa fille. Rose est tout à fait d'accord avec cela, n'est-ce pas ?

Elle hocha mollement la tête, ne sachant que répondre. Plus en verve qu'elle, Alexandre se redressa encore un peu sur son siège.

— La seule chose qui devrait encore motiver des recherches serait la volonté de le faire enfermer. Car c'est le sort qui est réservé à tous les voleurs ! Mais attendre des explications dans l'espoir d'arranger les choses, c'est faire preuve de faiblesse ! Il n'y a rien à comprendre de plus à l'affaire : Pelletier a cédé à l'appât du gain, tout simplement, et vous n'arrivez pas à vous faire à cette idée. C'est pourtant une réalité que personne ne peut contester. Il y a des preuves, et son attitude confirme son implication. Vous l'aviez tous en grand respect, mais il a prouvé qu'il n'était pas l'homme que vous espériez.

— L'appât du gain, tu dis ? répondit Camille dans un soupir. Mais Raphaël avait bien plus à perdre qu'à gagner dans cette histoire ! Il avait un très bel avenir en perspective. Je n'ai pas vu de jeune homme aussi talentueux et aussi précis depuis plus d'une décennie, et encore ! Pourquoi aurait-il pris un tel risque ? C'est cela que je n'arrive pas à comprendre.

— On ne peut pas comprendre les personnes que l'on ne prend pas la peine d'écouter.

La voix de Jean avait résonné gravement dans le silence qui s'était installé. Rose, tout occupée qu'elle était à écouter Alexandre, en aurait presque oublié sa présence. Pourtant, comme à l'accoutumée, l'ami de la famille était bien là, parmi eux, amical et attentif.

— Tout le monde louait les qualités de Raphaël, mais qui a réellement pris le temps de le connaître ? Lorsqu'un acte paraît incompréhensible, il devient souvent plus clair lorsque l'on prend la peine de creuser sous la surface.

— Jacques ! ricana Alexandre. Tu ne considères tout de même pas que c'est notre faute, tout de même ! Ce serait un comble !

— Je n'ai pas dit cela. Je dis simplement que nul n'est à l'abri de faire un faux pas.

— Un faux pas qu'il faudrait oublier ? demanda Suzon d'une voix douce, comme emplie d'un nouvel espoir.

Malgré elle, Rose leva le nez de son assiette. La réponse tomba, implacable.

— Non. Pas oublier mais pardonner, peut-être !

À ces mots, Alexandre se leva brusquement de sa chaise en faisant grincer les pieds sur le parquet.

— Assieds-toi ! ordonna son père.

— Pas tant que vous continuerez sur ce chapitre ! Pelletier vous a bernés, et vous, vous êtes prêts à revoir votre jugement sur lui ? Les faits ont parlé ! Qu'attendez-vous ? Qu'il recommence ? Qu'il vous vole à nouveau ?

— Un voleur ne laisse pas de traces évidentes de ses rapts, expliqua Camille avec un grand sérieux. À ce niveau-là, ce n'est pas un manque de jugeote, c'est de la bêtise pure et dure !

— Eh bien, Pelletier était peut-être moins malin que ce que vous pensiez tous.

— Ce qui semble bien t'arranger, Alexandre, intervint Adeline qui jusque-là s'était fait oublier. Raphaël prenait un peu trop de place à ton goût, n'est-ce pas ? Maintenant, tu vas pouvoir t'imposer comme tu rêves de le faire depuis ton retour. Ai-je tort ?

Tous les regards se tournèrent alors vers elle. Une fois n'est pas coutume, elle n'avait pas dit un mot de tout le repas. Ce silence n'était en rien dû à une appétence particulière pour les plats puisqu'elle avait à peine touché aux assiettes qui lui avaient été servies. Comme tournée en elle-même, elle n'avait fait qu'écouter d'un air absent ce qui se disait autour d'elle.

En silence, Rose apprécia que sa sœur ose prendre la parole

tout en regrettant de voir le beau visage d'Alexandre se fermer. Planté devant la table, fulminant, il semblait attendre la suite, mais Adeline retourna à sa torpeur à peine l'avait-elle quittée. Dans un silence de mort, il demanda froidement :

— Y a-t-il quelqu'un, ici, qui partage cet avis sur moi ?

— Alexandre, il ne faut pas le prendre ainsi. Adeline voulait certainement dire que...

— Non, Suzon ! Je veux une réponse. Est-ce que vous me pensez capable de me réjouir de la situation ? Les mots d'Adeline trouvent-ils écho en vous ? Rose ? Tu es d'accord avec ta sœur ?

Leurs regards se croisèrent au-dessus de la table.

— Je me souviens de toi, le lendemain de l'inventaire. Tu n'étais que l'ombre de toi-même. L'as-tu déjà oublié ?

— Non, bien sûr que non.

— Qui était là pour toi, ce jour-là ?

— Toi, Alexandre.

— Et ai-je dit quoi que ce soit qui puisse faire penser que la situation me réjouissait ?

En pensées, Rose revécu leur échange, l'arrivée de Raphaël, la protection que le fils de Camille lui avait offerte.

— Absolument pas. Tu étais peiné pour nous tous. Adeline, je pense que tu te trompes, ajouta-t-elle tout en se tournant cette fois vers sa sœur. Alexandre ne pense qu'à notre intérêt à tous. Peut-être faut-il accepter que les choses ne soient plus telles que nous les avons connues... Il est temps d'aller de l'avant, désormais.

La conversation lui échappant complètement, Suzon tenta de détourner l'attention générale en proposant :

— Allez ! allez ! Ne soyons pas tous si sérieux ! Le repas n'est pas terminé ! Quelqu'un veut de la tarte à la rhubarbe ? Je peux vous la servir avec une bonne cuillère d'une crème fouettée toute légère et sucrée comme il faut !

Avec ce dessert, sans doute espérait-elle adoucir les cœurs. Mais un peu de sucre et de crème ne suffirait certainement pas à lever le voile de gêne qui semblait s'être abattu sur le salon.

Forcé et contraint par la maîtresse de maison, Alexandre reprit place à table mais, contrairement à son habitude, il accepta une part de tarte avec une lassitude évidente.

De sous ses cils, Rose l'observa promener sa fourchette dans son assiette et s'attrista de le voir si peiné et si préoccupé. Sans doute se sentait-il abandonné, si peu mis en valeur alors que tous louaient encore les qualités de Raphaël...

Discrètement, la main de la jeune femme se faufila sous la table et vint se poser sur la cuisse du jeune homme. Alexandre ne sursauta pas mais tourna un regard interrogatif vers Rose. D'un sourire rayonnant, elle tenta de lui faire comprendre qu'elle était là, à ses côtés, et qu'il pouvait compter sur elle. Elle serait là pour lui comme il l'avait été pour elle.

18

À la fin du repas, les hommes quittèrent la salle à manger et se dirigèrent, comme toujours, vers le bureau de Jacques où ils boiraient un digestif tout en discutant des affaires en cours. Les femmes, quant à elles, se dispersèrent dans la maison sans se concerter sur leurs projets respectifs. Suzon gagna la cuisine, et Adeline s'évapora en direction de sa chambre. Jean, quant à lui, préféra quitter la demeure de son hôte et rentra immédiatement chez lui.

Une fois n'est pas coutume, Rose ressentit une terrible frustration en les voyant tous s'éloigner ainsi. Son impression, désagréable, d'être laissée de côté était certainement due à la tension dans laquelle s'était terminé le repas. Et bien évidemment à la gêne dans laquelle elle s'était elle-même trouvée. Adeline avait-elle réellement voulu les mettre dans l'embarras ? À la lumière des derniers échanges, Suzon semblait s'être trompée sur la nature des sentiments qu'Adeline portait à Alexandre. Elle ne semblait guère plus amourachée du jeune homme mais bel et bien agacée par sa présence. Était-ce parce qu'elle avait compris qu'il avait noué un lien de plus en plus étroit avec elle ? Devait-on y voir l'expression d'une quelconque jalousie ?

Une fois dans sa chambre, Rose commença à se préparer pour la nuit, effectuant chaque geste avec la lassitude de celles qui sont rongées par l'ennui. Jadis, il s'agissait du moment de la journée qu'elle préférait car elle pouvait librement penser à Raphaël. Pas une fois la nuit n'était tombée sur la ville sans qu'elle tente d'imaginer à quoi il pouvait être occupé. Et rares étaient les soirs où elle n'avait pas contemplé le ciel, les étoiles et la lune en espérant qu'il en fasse de même, de son côté, au même moment.

Comme cette petite habitude lui semblait lointaine, à présent !

Une fois qu'elle fut au lit, et malgré les températures clémentes, elle se pelotonna sous les draps, à la recherche d'un peu de réconfort. À cette heure de la journée, la maison était silencieuse, tout comme la rue et le voisinage. Pas un rire qui résonnait au coin de la rue, ni le murmure familier d'une charrette à bras que l'on rentre dans une cour, ni même l'aboiement furieux d'un chien dans le lointain.

Et c'est certainement parce qu'elle avait l'oreille tendue que la jeune femme pressentit que la porte de sa chambre allait être ouverte avant qu'elle ne le soit effectivement. En un battement de cils, Alexandre – car c'était lui, son visiteur nocturne ! – fut auprès d'elle, sur son lit.

Elle se redressa vivement, prête à parler, mais il posa son index sur sa bouche en murmurant :

— Chut, Rose ! N'aie pas peur ! C'est juste moi ! Ne parle pas trop fort ou alors tu nous trahiras !

Rendu fébrile par cette visite impromptue, le cœur de Rose battait à tout rompre dans sa poitrine. Sa présence à cette heure tardive, dans une pièce où nul homme, pas même son père, ne mettait jamais les pieds… il n'en fallait pas beaucoup plus pour lui faire comprendre que le moment était particulier !

— Mais… mon père ! Et Suzon ? chuchota-t-elle en retour.

Amusé, Alexandre eut un petit rire triomphant.

— Personne ne me sait ici. Comment pourraient-ils s'en douter ?

— Ils ne t'ont pas vu ?

— Bien sûr que non ! répondit-il, un ton plus haut.

— Chut !

D'instinct, elle s'était penchée vers lui, comme pour l'intimer au silence. Il en profita pour se rapprocher davantage et, l'attrapant par la nuque, l'attira à lui.

Donné dans un moment de trouble extrême, le premier baiser d'Alexandre n'avait pas laissé beaucoup de souvenirs à Rose. Elle se rappelait l'étrangeté d'être dans d'autres bras que ceux de Raphaël et la culpabilité qui était immédiatement née de cette étreinte furtive. Au moment où les lèvres d'Alexandre se posèrent à nouveau sur les siennes, elle eut un mouvement de recul impossible à ignorer mais dont il ne sembla pas se formaliser. D'une main autoritaire, à présent placée dans son dos, il la maintint au contraire contre lui et poursuivit son invasion.

L'instant n'était pas désagréable et peut-être ressemblait-il à s'y méprendre à ce que les mots d'Antonella l'avaient poussée à imaginer, suite à leur dernière conversation. Si Alexandre incarnait véritablement la suite de son existence, sans doute faudrait-il s'y faire. Peut-être pourrait-elle même y prendre plaisir... Malheureusement, et malgré tous ses efforts, pas un instant elle ne ressentit cette plénitude, cet élan qui lui coupait le souffle lorsque, à la place d'Alexandre, se trouvait Raphaël et qu'elle oubliait tout. Ce soir, sans doute était-elle tout simplement trop inquiète pour s'abandonner ne serait-ce qu'une seconde.

— Eh bien, qu'y a-t-il ? demanda finalement Alexandre, à qui sa résistance n'avait évidemment pas échappé.

Comme il avait desserré son étreinte, Rose quitta finalement ses bras et mit un peu de distance entre eux.

— Tout va bien, lui assura-t-elle pourtant.

— Tu en es certaine ?

— Bien sûr !

Elle lui sourit dans la semi-obscurité mais comprit à son silence qu'elle ne l'avait pas convaincu.

— Ton attitude à la fin du repas m'a fait croire que... Mmm... Me suis-je trompé ?

— Non. Après les mots d'Adeline, je voulais t'apporter un peu de soutien... J'ai été très peinée pour toi.

— Ils ne changeront jamais, tous autant qu'ils sont. Toujours à regarder vers le passé, à...

— Pas moi !

— Comment ?

— Je ne suis pas comme eux ! Je ne suis pas comme mon père, comme Jean ou même comme Adeline ! Je suis comme toi ! Je suis une femme de mon temps et je te comprends, Alexandre. Je voulais te dire que… que je suis d'accord pour faire ce que tu m'as demandé. La dernière fois, j'ai hésité. J'ai pensé à mon père et à toutes ses difficultés actuelles, mais désormais je pense comme Antonella. Papa fait les mauvais choix, il ne peut s'en prendre qu'à lui-même.

Il y eut un long silence durant lequel elle crut qu'Alexandre n'avait pas saisi ou même entendu ce qu'elle tentait de lui faire comprendre.

— Ton père fait fausse route, et ta sœur se trompe. Je ne ressens aucune joie à l'idée que Pelletier soit tombé de son piédestal, reprit-il finalement d'une voix basse. Et je ne compte pas y monter à sa place ! Les vrais hommes créent leur propre réussite, et je n'ai pas besoin de la chute des autres pour m'élever et croire en mes capacités. J'ai seulement besoin d'aide, du soutien d'amis fidèles, de personnes assez visionnaires et courageuses pour croire en moi. Mais malheureusement, c'est denrée rare, ici…

— Je viens de te le dire, tu peux compter sur moi.

— Est-ce que cela signifie que tu as complètement oublié ton fiancé ? Que tu n'attends plus rien de lui ? Ni nouvelles ni explications ?

Rose avala difficilement sa salive, gênée. Elle appréciait Alexandre, c'était évident. Il était agréable, drôle et toujours plein de bonnes idées, mais… mais il n'était pas Raphaël, pour autant. Il n'avait pas le pouvoir de faire battre son cœur d'un simple sourire. Et si elle était toujours heureuse de le voir, son arrivée ne chamboulait pas tous ses sens… Et pourtant, il était là, contrairement à Raphaël. Et c'était finalement tout ce qui comptait, au fond.

Alors, repoussant les mèches de cheveux qui collaient à son front rendu moite par l'émotion, Rose se redressa brusquement.

— Je suis prête à être une nouvelle femme, déclara-t-elle alors, reprenant à son compte les paroles d'Antonella. Dis-moi comment je peux t'aider. Il n'y a rien qui ne me fasse peur.

19

Parc de la Tête d'Or, 17 juillet 1860

Sans prévenir, Adeline fit une pause. La troisième, depuis le début de leur promenade. Blanche comme un linge, silhouette immobile sur le petit chemin tracé entre les pelouses et les bosquets, elle semblait tout entière concentrée sur le mal-être qu'elle ressentait et respirait avec difficulté.

Puis, tout comme cela avait déjà été le cas les deux premières fois, elle sembla soudainement retrouver un peu de couleurs et d'énergie, et se décida à reprendre sa marche. Son pas, tout d'abord incertain, recouvra peu à peu son assurance coutumière. Elle ne fit aucun commentaire pour autant et, comme à son habitude, Rose se retint de poser la moindre question. Consciente que son silence pouvait facilement passer pour de l'indifférence, elle tenta pourtant de conserver une mine souriante et ouverte à laquelle sa sœur semblait de toute façon bien peu réceptive.

Comprenant que l'heure n'était pas au bavardage, Rose en avait profité pour se plonger en elle-même et pour réfléchir au sujet qui ne quittait plus ses pensées. La veille, après le départ tardif d'Alexandre, elle avait eu le plus grand mal à trouver le sommeil et ne s'y était abandonnée qu'au milieu de la nuit. Plus que le baiser qu'il lui avait donné avant de quitter sa chambre en catimini, c'étaient le renouvellement de sa requête et tout ce qu'elle représentait à ses yeux qui l'avaient perturbée au-delà de ce qu'elle aurait pu penser. Depuis, elle était perdue, comme tiraillée entre plusieurs voies, plusieurs sentiments. Bien que désireuse de lui plaire et de lui prouver qu'il pouvait compter sur elle, elle n'était pas vraiment certaine qu'il soit dans le vrai et dans le bon.

— Tu comprends où je veux en venir ? lui avait répété Alexandre, sentant que les réserves qu'elle avait déjà évoquées ne tarderaient pas à remonter à la surface. Je dois voir loin. Plus loin que mon père. Il faut que je fasse mieux que lui. Je ne peux pas me contenter de si peu.

— Ton père est respecté. Il a toujours eu du travail. Il...

— Mon père a une vie d'ouvrier. Il a consacré toute son existence à son travail, mais celui-ci n'améliore en rien sa vie. Sais-tu comment se passent ses journées ? Tous les matins, il se réveille, s'habille, se rase le visage, puis il mange la même éternelle soupe. Une fois que c'est fait, il se dirige vers son métier qui se trouve à seulement quelques pas de l'endroit où il mange. Et il travaille jusqu'à l'heure du repas suivant. Ensuite ? Il travaille encore. Quand arrive le soir, s'il est pressé par le temps, il accroche un ou deux chelus au métier et il continue de travailler jusqu'à ce que ses yeux n'en puissent plus. Sinon, il quitte l'atelier le temps d'aller voir des amis. Ou alors il va s'allonger pour lire le journal en fumant une cigarette. Puis il mange à nouveau et il se couche. Et le lendemain, tout recommence. Il fait cela depuis des années et il le fera certainement encore dans des années. Est-ce réellement une vie ? Est-ce réellement ce à quoi il est destiné ? Devrai-je moi aussi m'y plier ? Me résoudre à une telle existence ? Qu'en penses-tu, Rose ?

La jeune femme était restée bouche close, incapable de trouver quoi que ce soit à répondre. Comment aurait-elle pu décemment lui avouer qu'elle n'en savait rien ? Qu'elle n'avait tout simplement jamais eu ce genre de questionnements ?

Au lieu de cela, elle avait une nouvelle fois demandé :

— Penses-tu que ce soit sans risques ?

— Il n'y a aucun risque, Rose. Ce marchand anglais avec lequel veut traiter ton père, et dont tu m'as parlé longuement, n'est ni son ami ni son associé. Il travaillera avec le plus offrant, et ma proposition sera acceptée avec enthousiasme, c'est certain. Ton père n'en saura jamais rien.

— Mais est-ce que cela ne va pas lui porter préjudice ?

— Non. Il est implanté depuis longtemps à présent. Un de plus ou un de moins, cela ne changera rien pour lui. Tandis que pour moi… Oh oui, ça fera toute la différence !

Perdue, Rose avait cherché ses mots. Son père était-il en mesure de se passer d'un nouveau client ? Aux dernières nouvelles, ce n'était pas tout à fait ce que Suzon ou même Antonella lui avaient fait comprendre… Et à la fois, Alexandre avait raison : il avait suffisamment d'expérience pour trouver d'autres affaires.

— Si j'avais ce contrat, je serais un autre homme, avait-il insisté en serrant ses mains dans les siennes, en un geste doux et réconfortant. Tu es ma seule alliée, Rose. Tu sais, je suis jeune, je viens d'arriver dans un monde qui n'a pas besoin de moi… Je ne suis pas dupe. Depuis mon retour, tout le monde m'accorde de l'importance, tout le monde me regarde avec respect mais, tout cela, je ne le dois qu'à mon père. S'il n'était pas là… je ne serais rien pour personne.

— C'est faux. Je pense au contraire que tout le monde t'apprécie et est convaincu que tu es un ouvrier talentueux.

— Peut-être mais j'attends plus encore de l'existence… Mais pour cela, j'ai besoin que tu ailles dans le bureau de ton père. Je sais qu'il a écrit une lettre à cet homme et qu'elle va partir sous peu. Juste avant que le sac de courrier soit mené à la poste, j'aurais besoin que tu remplaces cette lettre par une autre.

— Une lettre qui…

— Qui lui démontre à quel point il aurait tout intérêt à me choisir, moi. Enfin, à choisir l'atelier de mon père, avait-il rapidement ajouté. Si tu y parviens, Rose, si cela fonctionne, eh bien… je serai un nouvel homme. Un homme capable d'envisager son avenir sous un jour plus rieur. Un avenir avec une affaire à moi et… avec une femme que j'aime et qui m'aime à mes côtés…

Rougissante dans l'obscurité, Rose avait senti son cœur battre un peu plus fort. Alexandre n'avait rien ajouté, mais elle avait senti, ou crut sentir, qu'il pensait à elle en prononçant ces mots.

— Je suis désolée, je n'en peux tout simplement plus.

La lamentation d'Adeline la fit revenir à l'instant présent et à leur promenade au parc. Elle s'était tant abîmée dans ses pensées qu'en remontant à la surface elle ne fut que plus durement frappée par la lumière et la chaleur ambiantes.

— Pourquoi ne pas l'avoir dit plus tôt ? s'agaça-t-elle. Tu as l'air épuisée depuis notre départ. Je n'ai pas osé te le faire remarquer pour ne pas te contrarier. Nous avons déjà bien assez de mal à nous comprendre, ces derniers temps...

— Je sais que tu me trouves insupportable.

Rose ouvrit la bouche pour répliquer. La trouver insupportable ? C'était un doux euphémisme. Lorsque Adeline lui avait proposé de partir pour le parc en début d'après-midi, elle avait songé à refuser de peur que cette balade ne se transforme en dispute mémorable. Il avait pourtant suffi d'un regard de détresse pour qu'elle accepte, faiblesse qu'elle avait regrettée dès leur arrivée en ces lieux.

— Nous n'aurions pas dû venir, se contenta-t-elle de soupirer. C'était une bêtise. Viens t'asseoir sur ce banc. Tu ne peux pas rester debout une seconde de plus, c'est évident.

— Au contraire. Nous avons bien fait. Cela me fait le plus grand bien de prendre un peu l'air.

— Du bien ? Tu as une mine affreuse, Adeline.

— Voilà qui est bien peu délicat de ta part !

Adeline lui lança une grimace sans équivoque mais, lasse, ne se laissa pas moins guider par sa sœur. Comprenant qu'elle baissait enfin les armes, Rose s'inquiéta ouvertement.

— Tu es toujours fatiguée et très pâle, ces derniers temps. Mais que t'arrive-t-il, à la fin ?

— Rien de bien grave.

— En es-tu certaine ? Est-ce que tu as des problèmes ? Est-ce que tu te sens mal, à heures régulières ? Est-ce que les douleurs sont foudroyantes ? poursuivit-elle, songeant une nouvelle fois à une possible emprise maléfique dont Adeline pourrait être la victime.

Seul le regard courroucé que lui lança sa sœur l'empêcha

d'évoquer les petites poupées dont on parlait autrefois dans le quartier et dont la menace lui avait toujours paru si effrayante.

— Quoi qu'il en soit, étant donné ton manque d'énergie, rester à la maison aurait été plus sage, reprit-elle.

— Je n'ai pas envie d'être à la maison. Je m'y ennuie.

— Vraiment ? Ce n'était pourtant pas le cas, auparavant.

— Non. Mais c'est le cas à présent. Je ne tiens pas en place. Toute cette passivité, tout cet immobilisme... cela me tue ! Tu ne t'en rends pas compte ?

— Me rendre compte de quoi ?

— Mais de l'importance de la période que nous vivons ?

— Je ne vois pas en quoi elle est importante.

— Mais parce que tout change ou va changer ! Les temps sont difficiles, et ce n'est pas le dernier inventaire qui nous a prouvé le contraire, malheureusement ! Papa peut dire ce qu'il veut, je pense qu'il est complètement perdu. Mon seul espoir présent est qu'il travaille avec cet Anglais. D'après ce que j'en sais, ce serait une alliance florissante. Qu'ils arrivent à trouver une entente serait une très bonne chose pour nous tous !

Rose fronça les sourcils. Cette histoire de contrat, décidément, déchaînait toutes les passions...

— Tu ne devrais pas prendre ces histoires tant à cœur, souffla-t-elle, inquiète. Et puis rien n'est fait.

— Je me dois d'être optimiste et positive. C'est tout ce qu'il me reste à présent !

Rose tiqua. Sa sœur faisait-elle référence à ses espoirs déçus avec Alexandre ?

— Te sens-tu seule, Adeline ? Je veux dire... Penses-tu parfois à te marier, un jour ? Tu as refusé le dernier prétendant que t'avait suggéré papa et...

— Pourquoi me parler d'une chose pareille ?

— Je ne sais pas, c'était juste pour...

— N'en parle plus ! Non, non, je ne veux pas parler de ça !

Puis Adeline se leva brusquement, comme pour s'enfuir, perdit l'équilibre et s'assit à nouveau, en proie à une vive faiblesse.

— Veux-tu que j'aille chercher Suzon ?

— Absolument pas. Tout va bien. J'ai seulement besoin de...

— Non, tout ne va pas bien, Adeline. Tu es malade. Tu...

— Je ne suis pas malade. J'ai trop de choses en tête et, surtout, trop de questions, mais tu ne peux pas savoir ce que c'est. Tout a toujours été si simple, pour toi.

Puis elle enfouit son visage entre ses mains.

Perturbée par la détresse de sa sœur et par des mots qu'elle jugeait injustes, Rose détourna le regard et le reporta machinalement sur la cime des arbres qui les entouraient. Ils étaient immenses, d'une beauté sans pareille dans le ciel clair, lui aussi si beau malgré le moment critique qu'elles vivaient. Elle se surprit à les envier. Car ils étaient libres. Ils n'avaient pas de questions en tête, pas d'incertitudes. Ils se contentaient d'être. De pousser. De s'épanouir au printemps et de se dénuder en hiver. Puis ils recommençaient comme Camille recommençait éternellement les mêmes gestes, au même moment. Quoi qu'Alexandre puisse en penser, après tout, il y avait peut-être quelque chose de rassurant dans cette permanence et dans cet éternel retour des choses. Rose soupira profondément.

— Allons voir le sorcier, proposa-t-elle alors, mue par un soudain besoin de vérité. Moi aussi, j'ai des questions et trop de choses en tête.

20

Les hautes herbes griffaient leurs jupes longues, et l'air semblait bourdonner d'insectes. Rose leva les yeux en direction du soleil, surprise de le voir si haut dans le ciel et, surtout, si chaud. L'espace d'un instant elle regretta sa proposition, avant que sa détermination ne reprenne une fois encore le dessus. Sa sœur, tout comme elle, avait besoin de réponses, et elles ne pouvaient pas abandonner si près du but.

— Tu es sûre qu'il n'y a pas de serpents ? demanda Adeline avec une pointe d'angoisse au fond de la voix.

Rose leva les yeux au ciel. Depuis une centaine de mètres environ, sa sœur ne faisait que sursauter, sautiller et vociférer, certaine d'avoir été touchée par une bête à chaque pas. Si elle avait osé, elle lui aurait certainement demandé de la porter pour parcourir la distance qui les séparait encore de leur but.

— Tu sais, s'il y en avait, tes cris stridents les auront fait partir...

— Tu crois ? Pourtant, il me semble entendre du mouvement sur le côté.

— Mais non, ce sont seulement de gros oiseaux qui cherchent de quoi manger. Nous ne sommes jamais allées aussi loin, nota-t-elle ensuite, pour changer de sujet.

— Et si c'était dangereux ? Je veux dire : et si cet homme était dangereux ?

D'ordinaire, et même si elles se retrouvaient rarement dans une situation aussi inédite, Adeline était la moins peureuse des deux. En temps normal, au lieu de craindre son ombre, elle aurait plutôt été celle qui poussait à aller de l'avant, se moquant éperdument des éventuels risques.

— Tu n'es pas seule. Je suis là, moi aussi ! Et puis, que veux-tu qu'il nous fasse ?

— Je ne sais pas...

— Tu veux rentrer ? Tu n'as rien à lui demander ?

— Si. Bien sûr que si.

Elles marchèrent encore un instant avant que Rose, qui supportait mal ce long silence, ne reprenne la parole.

— C'est un sacré fouillis, ici, commenta-t-elle platement tout en délivrant d'un geste délicat sa jupe, prise dans les épines d'un buisson bas. Toutes ces herbes, ces plantes... J'ai l'impression d'être totalement seule au monde. C'est bien différent du parc, alors qu'il est à deux pas ! Crois-tu que le trésor puisse être enterré ici plutôt qu'entre deux massifs de fleurs ?

— Ce trésor n'existe pas. Tout comme le sorcier. L'un comme l'autre ont été inventés pour faire parler les gens et rêver les enfants ou les naïfs, voilà tout.

— Moi, je suis sûre qu'il vit ici. Et j'espère bientôt le voir car j'ai quelques sujets qui me tracassent.

— Raphaël ?

— Pas du tout. Et toi ? J'imagine que tu ne me diras pas de quoi tu veux lui parler.

— Tu imagines bien.

Les deux sœurs s'abîmèrent à nouveau dans le silence quand, se protégeant les yeux du soleil en plaçant sa main au-dessus de ces derniers, Rose marqua finalement un temps d'arrêt. Au loin, elle venait d'apercevoir une construction de bois au milieu de la verdure et fut subitement convaincue d'être arrivée à bon port.

— Je pense que c'est ici, annonça-t-elle avec une émotion palpable dans la voix. J'avais raison. Le sorcier existe et il vit là-bas ! C'est sûr !

Adeline n'eut pas le temps de répondre et de donner son avis sur la question qu'une silhouette longue et fine se détacha du décor.

Comme s'il les avait vues arriver avant qu'elles n'aient

seulement eu conscience de l'imminence de leur rencontre, l'homme venait à elles d'un pas régulier. Tranquille, mais ne les quittant pas du regard, il ne souriait pas mais n'était pas hostile pour autant. Contrairement à elles, il ne semblait craindre ni les ronces ni les animaux et les insectes qui pouvaient peupler les hautes herbes. Il aurait pu être n'importe qui – un promeneur égaré, un vagabond –, mais Rose sut immédiatement qu'il était celui qu'elles cherchaient. Et lorsqu'il fut si près d'elle que du doigt elle aurait pu toucher son épaule, elle comprit qu'il fallait qu'elle parle sans attendre, sous peine de se laisser totalement déstabiliser par ses grands yeux à la profondeur insondable.

— Bonjour, monsieur... Vous êtes... le sorcier ?

Une fois prononcée à voix haute, la question lui sembla absolument ridicule, presque enfantine, mais, prise par l'émotion, elle n'avait trouvé aucune autre manière de la formuler. Peu surpris par cette entrée en matière, il se contenta de hocher la tête, attendant visiblement la suite.

— Ma... ma sœur et moi sommes venues vous voir. Nous avons quelques questions, et... je... Adeline ?

Après s'être tournée vers sa cadette et avoir compris qu'elle ne dirait rien, Rose devint elle aussi muette, ne sachant que dire et, surtout, comment expliquer plus clairement leur présence. Elle se sentait subitement à court de mots. Et comme l'homme gardait lui aussi la bouche close, le silence revint rapidement entre eux, rendant leur rencontre inconfortable.

Indifférents à la scène qui se jouait en dessous d'eux, les oiseaux continuaient à converser joyeusement. Leur gai pépiement n'en avait pas moins quelque chose d'irréel pour Rose, qui essayait bien laborieusement d'observer le sorcier sans faire preuve d'une impolitesse trop flagrante. Consciente que cela était impossible, elle préféra finalement reporter son attention sur la nature environnante et se demanda finalement si la peur des serpents qu'avait Adeline était fondée. Elle n'eut pas le temps de se forger un avis : d'un geste simple, et sans un mot, l'homme les invita finalement à le suivre. Ce qu'elles firent non sans appréhension, après avoir échangé un rapide coup d'œil.

Même si l'étonnement de sa sœur avait été furtif, Rose en avait pleinement saisi la teneur et ne pouvait que le partager. Certainement influencée par les racontars dont elle avait été l'auditrice passive, elle s'était attendue à rencontrer un homme effrayant, mal fagoté ou peut-être vêtu d'une longue toge car un sorcier, s'il en était bien un, ne pouvait être habillé comme leurs voisins. Or il n'en était rien. À l'exception de sa barbe broussailleuse, il avait tout l'air d'être un homme ordinaire. À peine s'il était un peu plus débraillé que ceux qu'elle avait l'habitude de côtoyer. À bien y penser, cette décontraction évidente était certainement davantage due à la chaleur estivale, et à ce lieu hors du temps, qu'à une mise volontairement négligée.

Son étonnement fut encore plus évident lorsqu'elles entrèrent chez lui, soit dans une vaste pièce où tout semblait propre. Seules l'accumulation d'objets et leur disposition aléatoire pouvaient surprendre.

Sans oser parler ou poser la moindre question, Rose se contenta d'observer un lit, installé contre le mur du fond, ainsi qu'une bibliothèque croulant littéralement sous les livres. À côté de cette dernière, il y avait une petite commode où trônaient une bassine et une serviette de toilette abandonnée. Ailleurs, sur le mur de droite et vers l'entrée, des buffets et une multitude de petites tables. Des vases sans fleurs. Des horloges qui semblaient s'être arrêtées depuis le siècle dernier et que personne n'avait pris la peine de remonter. Des vêtements, lancés à l'aveuglette sur les dossiers de chaises où personne ne s'asseyait jamais. Et c'était à peu près tout.

— Tu es à bout de forces.

Sur les nerfs, les deux jeunes femmes sursautèrent de concert. La voix profonde et grave qui était sortie de ce corps en apparence si frêle donna même quelques frissons à Rose. Elle ne bougea pourtant pas d'un pouce lorsque le sorcier fit quelques pas en direction d'Adeline, venant se poster à seulement quelques centimètres d'elle.

Ses membres restaient immobiles, mais son esprit, lui, allait plus vite que la lumière de la foudre. Pourquoi avait-il prononcé de telles paroles ? Allait-il profiter de cet évident état de faiblesse ? Qu'allait-il lui faire ? Était-il encore temps de partir ? Et pourquoi sa sœur semblait-elle à ce point subjuguée par cet homme ? Loin d'avoir un mouvement de recul que Rose aurait jugé humain, elle restait statique, comme en attente.

Docile, Adeline laissa l'homme positionner ses mains de chaque côté de sa tête, au niveau de ses oreilles, et s'abandonnant elle ferma les yeux. Bientôt, les paumes grandes ouvertes de l'homme vinrent effectuer de petites rotations dans l'air. Le sorcier, les yeux fermés lui aussi, semblait plus concentré que jamais. La scène était si étrange que Rose, sentant un rire nerveux monter de sa gorge, dut très vite en détourner le regard et s'absorba à nouveau dans la contemplation de la pièce.

Sa curiosité revint au galop. Où pouvait se trouver tout le matériel du sorcier ? Où étaient toutes les petites poupées dont on leur avait parlé ? Et les aiguilles devant les transpercer ? Et ce chaudron, immense et fumant, où il était censé préparer d'infâmes breuvages ? Elle ne comprenait plus rien. Tout ce qu'elle avait imaginé était-il faux ou y avait-il une pièce cachée ? Une cave, peut-être ?

— Il ne faut pas que tu aies peur, reprit le sorcier, les yeux à présent plongés dans ceux d'Adeline. Tout se passera bien. Je l'ai vu. Tu as une force en toi qui te permettra de tout surmonter et d'en sortir victorieuse, enfin. Sache que la mort ne viendra pas te chercher avant très longtemps, mais que tu connaîtras malgré tout bien des douleurs.

Adeline hocha la tête comme une enfant docile. À mesure que le sorcier continuait ses gestes étranges, sa sœur semblait gagner en sérénité. Ses traits, constamment crispés ces dernières semaines, se détendaient visiblement et, s'il n'y avait eu les marques de fatigue qui persistaient, comme ancrées dans sa peau, elle aurait presque retrouvé l'apparence qu'elle avait avant... Mais avant quoi, exactement ? Rose aurait été bien incapable de le dire...

Ces douleurs dont parlait le sorcier, avaient-elles un lien avec Alexandre ? Et si oui, comment ? Pourquoi ?

— Bois de la camomille, de la mélisse et de la menthe poivrée, et tu devrais te sentir mieux. Bois-en autant que tu veux, autant que tu peux.

— Très bien.

— Tu peux aller en paix, maintenant. Tout ira bien.

Rose ne put cacher sa surprise. « Aller en paix » ? Cet homme les congédiait-il déjà alors qu'elles n'avaient même pas pris le temps de s'asseoir ?

— Et... il n'y a pas de poupée pour ma sœur ? Personne ne l'a...

Le soi-disant sorcier se tourna vers elle avec un léger soupir aux lèvres. S'amusait-il de sa naïveté ou songeait-il déjà à quelques tours à lui jouer ?

— De poupée ?

— Elle va si mal depuis quelque temps... Je pensais qu'il y avait peut-être une poupée ensorcelée, avoua-t-elle finalement, légèrement honteuse. Vous comprenez où je veux en venir ?

Détournant son regard de Rose, l'homme le plongea à nouveau dans les yeux d'Adeline. Une question muette fut posée, et la réponse, tout aussi silencieuse, ne se fit pas attendre. La jeune femme en conçut un terrible agacement. Ce détour par cette masure n'avait décidément été qu'une perte de temps...

Le sorcier se tourna à nouveau vers elle.

— Sois sans crainte. Il n'y a pas de poupée.

— Vraiment ? Mais on m'avait dit...

— On t'aura mal dit, alors. As-tu une question à me poser ? Oui, tu as une question, ajouta-t-il après l'avoir dévisagée un court instant. Et tu comptes sur moi pour te donner la réponse que tu peines à trouver.

Elle acquiesça en silence.

L'homme eut un sourire discret puis déclara :

— Je soigne les corps, non les âmes. Tout ce que je peux te dire se résume en quelques mots : si tes doutes t'ont conduite à une impasse, peut-être est-il temps de prendre du recul.

— Une impasse ? Mais... je ne comprends pas.

— Rien de compliqué. On voit toujours mieux les choses quand on les regarde d'un autre point de vue.

— Mais…

— C'est tout, la coupa-t-il avec un geste de la main. Il est temps de rentrer chez vous. Au revoir, mesdemoiselles. Nous ne nous reverrons jamais.

Sur le chemin du retour, alors qu'Adeline conservait elle aussi un silence religieux, Rose ne put articuler le moindre mot tant elle était déçue. Déçue par l'homme, par le manque d'apparat de son logis et, surtout, déçue par la réponse à une question qu'elle n'avait même pas eu le temps de poser. Quelle pouvait être cette impasse dont l'homme avait parlé ? Et ces doutes, qui concernaient-ils exactement ? Raphaël ? Son père ? À moins qu'il ne s'agisse tout simplement d'Alexandre ? Elle n'était pas plus avancée, cela était certain, et ne savait toujours pas si, oui ou non, elle devait subtiliser la lettre de son père.

— Nous n'en parlerons à personne, n'est-ce pas ? s'assura-t-elle, alors qu'elles approchaient de la demeure familiale. Nous sommes bien d'accord ?

— Comme tu veux !

— Je ne tiens pas à…

— C'est bon, j'ai bien compris ! Je ne le dirai à personne. Oh là là ! je meurs de faim ! s'exclama finalement Adeline tout en ouvrant de grands yeux étonnés, comme si l'idée même de manger l'avait désertée depuis des années. J'ai envie de tartines beurrées. Bien épaisses ! Oui, vraiment très envie ! Tu crois qu'il y a encore du pain ? Et si non, tu penses que Louise voudrait bien m'en faire ?

Rose se retint de lever les yeux au ciel.

Moins d'une heure plus tôt, sa sœur se trouvait face à un homme étrange qui lui conseillait de boire des infusions de plantes. Qui lui disait que la mort la laisserait de côté, mais qu'elle souffrirait le martyre. Et voilà qu'elle parlait de tartines beurrées, comme si de rien n'était. Le pire, dans l'affaire, était qu'elle semblait heureuse et comme soulagée d'un poids.

— Je n'en ai aucune idée, se contenta-t-elle de répondre avec une certaine brusquerie. Pour ma part, inutile de m'attendre pour le prochain repas. Je te remercie de faire passer le message à Suzon. Je dois, paraît-il, prendre du recul. Je préfère de ce fait rester seule.

Adeline haussa les épaules, visiblement peu émue par la soudaine mauvaise humeur de sa sœur, et s'engouffra dans la cour intérieure de leur demeure.

Alors qu'elle s'apprêtait à la suivre, le regard de Rose fut comme attiré par du mouvement sur sa droite, tout au bout de la rue.

Sans doute son cœur le reconnut-il avant que ses yeux ne se remettent de leur surprise. Elle dut pourtant se rendre rapidement à l'évidence : la silhouette qui venait de se faufiler furtivement jusqu'à la maison de Jean n'était autre que celle de Raphaël ! Il était donc toujours là, en ville ! Non pas parti pour l'autre bout de la France ou terré dans un recoin obscur !

Les jambes fébriles, Rose se retint de justesse au mur, de peur de perdre l'équilibre. Sa main, posée bien à plat sur la pierre ocre, lui sembla très blanche et un peu tremblante. C'était une main qui trahissait son trouble et, surtout, la violence des sentiments qui l'habitaient et se battaient en elle depuis de nombreuses semaines. En voyant celui qui avait été son fiancé, elle avait un instant oublié tout ce qui, désormais, les séparait. N'était resté que son cœur de jeune femme, son cœur d'amoureuse, toujours prêt à battre la chamade pour cet homme qu'elle avait tant aimé et que, contre toute raison, elle aimait encore, quoi qu'elle puisse en dire. Sinon, pourquoi aurait-elle éprouvé l'envie terrible de courir dans ses bras ?

Tout comme son cœur, son esprit s'emballa. Un geste et tout pourrait peut-être changer. Aller retrouver Raphaël, lui parler, l'écouter enfin pourrait lui permettre de le comprendre et de voir leurs problèmes sous un jour nouveau… Peut-être l'espoir était-il encore permis.

La part la plus raisonnée d'elle-même vint pourtant rapidement mettre fin à ce sursaut d'optimisme. Des semaines étaient passées. Raphaël, qui avait promis de revenir, n'était pas passé la voir. Il n'avait ni essayé de la contacter ni tenté de lui rappeler les sentiments qui les avaient unis, par le passé. Peut-être n'en avait-il de toute manière aucune envie. À moins qu'il ne l'ait tout simplement déjà oubliée ?

Secouant la tête, comme pour chasser des pensées désagréables de son esprit, Rose attendit quelques secondes supplémentaires, immobile sur le pavé. Puis, comprenant qu'il ne se passerait rien de plus, elle rentra à son tour.

21

18 juillet 1860

De qui doutait-elle ? Quel nouveau point de vue devait-elle bien adopter ? De quoi cet homme si étrange voulait-il parler ? Avait-il véritablement lu quelque chose en elle ou alors gratifiait-il toutes ses visiteuses de phrases sibyllines dont elles tordraient et retordraient le sens jusqu'à n'y plus rien comprendre ? Ou pire encore : par comprendre ce qui les arrangeait ? Et fallait-il qu'elle voie un signe en l'apparition inespérée de Raphaël ?

Allongée dans son lit, le soir qui suivit la visite au sorcier, Rose eut le plus grand mal à trouver le repos ou même les réponses qu'elle était allée chercher dans la solitude. Si elle devait croire Alexandre, la situation était claire : il méritait de décrocher ce contrat avec cet Anglais, et son père, qu'il considérait à tort ou à raison comme son principal rival, se remettrait rapidement de cette déception. Et qu'importe ce que pouvaient en penser Antonella ou même Adeline.

Elle ne pouvait se permettre de décevoir Alexandre. Il comptait sur elle. Elle était son seul soutien et elle voulait avoir une place dans la vie qu'il voulait se construire.

Le lendemain, à l'heure dûment indiquée par le jeune homme, elle quitta la demeure familiale d'un pas qu'elle voulait déterminé, à défaut d'avoir le cœur véritablement léger. Pour se donner du courage, et aller au-delà de la crainte qu'elle avait de se faire surprendre, elle se força à penser à celui pour qui elle s'était décidée à agir, à ses mots, à ses encouragements et à ses sourires. À leurs rires partagés. À tout ce qu'il lui avait confié sur son travail à Tours. Sur son implication auprès du maître tisseur. Sur son chef-d'œuvre, si beau qu'elle regrettait amèrement de ne pas avoir eu la chance de l'admirer. Et à ses dessins merveilleux qu'elle avait vus à la roseraie et dont elle n'avait pas oublié la grande finesse. Autant de preuves du lien indéfectible qui s'était noué entre eux au cours des dernières semaines. Autant de raisons de le soutenir et d'être présente pour lui.

— Demain, en fin d'après-midi, ton père et son maître de fabrication seront absents, lui avait-il assuré. La boutique sera vide. Tu n'auras qu'une chose à faire : te glisser dans le bureau où il garde les documents les plus importants et trouver la sacoche qui sera déposée au bureau de poste dès le lendemain matin. Une fois que tu auras mis la main sur cette dernière, tu n'auras qu'à échanger la lettre pour l'Anglais avec celle-ci, avait-il ajouté en lui tendant une épaisse enveloppe blanche. Tu te débarrasseras du pli de ton père dès que tu en auras l'occasion.

— Et ensuite ?

— Ensuite, rien du tout. Tu te contentes de rentrer chez toi et tu en auras déjà fait beaucoup.

— C'est presque trop simple ! avait-elle plaisanté.

Les choses lui parurent un peu moins faciles lorsqu'elle arriva dans la rue où se trouvait la boutique paternelle.

À sa vue, l'angoisse et la tension qui planaient sur son acte semblèrent lui retomber d'un coup sur les épaules, et elle se sentit coupable sans avoir encore rien fait. À compter de ce moment précis, sa présence même dans la rue lui sembla susceptible de la trahir et de prouver à ceux qui la croiseraient qu'elle n'était pas dans son bon droit. Que faire, si quelqu'un la voyait à proximité de la boutique ? Si on la reconnaissait ? Quelle histoire pourrait-elle bien leur raconter ?

La tête rentrée dans les épaules, Rose ne fit que passer furtivement devant la façade de la bien connue Maison Roux & Cie, fabricants d'étoffes d'ameublement, la dépassa et tourna à l'angle de la rue. Là, elle fit à nouveau quelques mètres dans la ruelle puis sortit une grande clé d'une des poches de sa robe. Celle d'une petite porte annexe que son père empruntait tous les matins où il venait à la boutique. Discrète, elle lui permettait de se faufiler dans son antre et de travailler quelque temps sans être dérangé par sa clientèle.

Elle glissa dans la serrure avec une facilité que Rose trouva presque déconcertante. Il lui semblait outrepasser toutes les règles possibles et imaginables et, pourtant, les lieux ne lui opposaient aucune résistance. Au contraire, ils semblaient lui ouvrir tout grand les bras.

Une fois la porte refermée sur elle, Rose fit quelques pas timides dans le bureau de son père, le traversa rapidement et ouvrit le battant qui donnait sur une pièce aux dimensions beaucoup plus importantes et où il y avait toujours du mouvement, d'ordinaire. Tous les tisseurs, dont Camille, venaient en effet y récupérer les fils et les cartons pour les soieries qui leur avaient été commandées.

On discutait et négociait autour du comptoir qui trônait, immense, devant un mur d'étagères où l'on pouvait voir des dizaines de livres. Parmi eux, il y avait de nombreux registres où chaque étape et chaque transaction étaient inscrites avec la plus grande précision. Tenir ses comptes avec régularité, c'était serrer fermement le fil de la réussite entre ses doigts, comme le disait souvent le maître des lieux qui n'avait pas coutume de faire crédit. Son comportement intransigeant lui avait coûté quelques relations et peut-être même quelques fragiles amitiés mais avait été le garant de son succès. Son père avait eu des déboires, c'était évident, mais également un beau parcours dont il pouvait être fier. Peut-être était-il temps de donner sa chance à quelqu'un d'autre, tenta-t-elle de se convaincre tout en retournant dans l'antre paternel. L'opération était simple et sans conséquences.

Un coup d'œil circulaire suffit à lui faire comprendre sa naïveté : de sacoche, il n'y avait pas de trace. Selon les dires d'Alexandre, elle aurait dû se trouver près de l'entrée, mais il n'y avait rien de susceptible d'y ressembler, de près ou de loin.

Tout en se mordant les lèvres de contrariété, Rose se dirigea vers le bureau et entreprit d'en vérifier les différents tiroirs. Elle ne pouvait se permettre de trop s'attarder. Alexandre avait beau lui avoir assuré le contraire, elle n'était pas à l'abri d'une visite inopinée.

Après avoir fouillé un grand coffre, un épais cartable en cuir ainsi que plusieurs boîtes en carton, elle trouva enfin ladite sacoche, à moitié cachée derrière le pan d'un manteau jeté négligemment dans un coin. Agacée par ces précieuses minutes perdues, elle n'en fut pas moins soulagée. En étant un peu moins dispersée, sans doute aurait-elle pu mettre la main dessus bien plus tôt, mais il était trop tard pour s'en vouloir... Subtilisant la lettre que son père destinait à l'Anglais, elle la remplaça par celle d'Alexandre.

Rose reposait à peine le manteau sur la fameuse sacoche quand la porte donnant sur la ruelle, qu'elle pensait pourtant avoir fermée à clé, bougea sur ses gonds. À son immense désarroi, elle la vit alors s'ouvrir sur... Nestor !

Sa surprise de la découvrir campée au milieu de la pièce fut certainement aussi grande que la sienne car, à sa vue, il écarquilla ses grands yeux comme jamais il ne l'avait fait encore. Rose lui aurait trouvé un air bête si elle n'avait été aussi gênée d'être surprise dans un lieu où – ceci, il le savait aussi bien qu'elle – elle n'avait absolument rien à faire. Ses joues rosies et le tremblement de ses mains parlaient pour elle.

— Bonjour, monsieur Vial ! s'exclama-t-elle pourtant avec force, alors qu'elle l'avait toujours appelé par son prénom. Que faites-vous donc ici ?

Elle n'était pas assez naïve pour croire qu'une simple question suffirait à lui faire oublier l'incongruité du moment, mais elle espérait gagner un peu de temps.

— Bonjour, mademoiselle Roux, répondit-il après avoir repris ses esprits. Je ne m'attendais pas à vous trouver ici... Je peux peut-être vous aider ? Si vous cherchez votre père, sachez qu'il n'est pas ici. Enfin, j'imagine que vous l'avez déjà remarqué, reprit-il immédiatement. Ce que je veux dire, c'est qu'il ne reviendra pas ce soir. Il est finalement rentré chez vous. Il est donc inutile de l'attendre.

— Vraiment ? Oh ! feignit-elle de s'étonner, j'espérais qu'il revienne. C'est bien dommage, j'avais quelque chose à lui demander.

— Eh bien, mademoiselle, ce n'est pas si grave car il vous suffit d'aller le retrouver chez vous.

— Euh... Oui, oui, il est vrai. Vous avez raison.

— Ou alors souhaitez-vous que j'aille le faire chercher ?

— Oh non ! Surtout pas !

Rose se couvrit la bouche de sa paume ouverte, craignant d'avoir été un peu trop transparente. Elle faisait une bien piètre comédienne...

— Je veux dire, ne prenez donc pas cette peine ! se reprit-elle immédiatement. Vous avez raison, cela peut attendre que je rentre à la maison.

— Très bien, très bien.

Il y eut un silence gêné durant lequel la jeune femme chercha, en vain, une bonne raison de s'éclipser. L'instant était si étrange qu'elle ne savait comment y mettre fin.

Finalement, à son grand soulagement, ce fut Nestor qui parla en premier :

— Pardonnez-moi cette question, mademoiselle, mais... en l'absence de votre père, comment êtes-vous entrée ici ?

Intérieurement, Rose se fustigea. Elle avait trop tardé. Elle aurait tout simplement dû lui fausser compagnie et lui souhaiter le bonsoir avant que Nestor ne lui pose la moindre question supplémentaire.

Irritée par la situation et, surtout, par son propre manque de discrétion, Rose ouvrit la bouche, prête à répliquer qu'elle était tout simplement passée par la porte, comme cela se faisait généralement. Puis, comprenant qu'il y verrait le reflet de son malaise et que cela ne serait pas en sa faveur, elle préféra répondre par une autre question :

— Et vous, Nestor ? Que faites-vous ici, puisque vous savez mon père absent ?

— Je... J'étais venu chercher un document, répondit-il, sans se démonter. Un document en lien avec une vente. Je vous rappelle que je travaille avec votre père et qu'en conséquence rien de ce qui se trouve dans cette pièce ne m'est étranger ou interdit.

— Contrairement à moi, vous voulez dire ?

Elle s'était attendue à une négation polie, à quelques phrases censées la mettre à l'aise ou peut-être à une proposition de la ramener chez elle, mais Nestor n'en fit rien.

— Il est vrai que vous ne venez jamais au bureau de votre père, d'ordinaire. Alors j'en conclus que vous êtes ici pour une raison particulière. Je suis même convaincu que vous saviez pertinemment qu'il serait absent. Vous êtes justement là parce qu'il ne s'y trouve pas. Je ne pense pas me tromper. Est-ce le cas ?

Mise au pied du mur par une franchise à laquelle elle ne s'attendait pas, elle n'eut pas la force de se défendre et garda le silence.

— Je crois que vous êtes venue ici avec un but précis, poursuivit-il alors, d'un ton doux. Pour chercher quelque chose ou obtenir une information.

Ils s'observèrent mutuellement avant que les yeux de Rose ne viennent finalement se poser sur la porte qui menait à la ruelle. Elle aurait tout donné pour pouvoir partir de la manière la plus impolie qui soit et mettre fin à cette conversation qui, elle le savait, ne présageait rien de bon pour elle. Elle ne savait pas mentir. Du moins, elle avait tendance à répondre aux questions qu'on lui posait sans savoir tenir sa langue. Nestor finirait par lui extorquer son secret ; alors il fallait qu'elle noie le poisson avant qu'il ne se montre trop insistant.

— Vous avez raison, concéda-t-elle après un court silence. Je ne suis pas là par hasard. Pour tout vous dire, ces derniers temps, j'ai entendu des rumeurs... Certaines personnes, dont ma tante, m'ont dit... Enfin, j'ai appris que mon père avait quelques difficultés et, comme il nous tient à l'écart de tout ce qui concerne ses affaires, j'ai éprouvé le besoin de...

— De trouver des réponses par vous-même ?

— Oui, c'est cela.

— Peut-être aurait-il été plus simple de lui poser ces questions de manière directe ?

— Vous connaissez mon père, Nestor. Jamais il n'irait me dire quoi que ce soit susceptible de m'inquiéter.

— Alors vous êtes venue ici, en douce, en espérant trouver quelque chose ? Qui confirme vos doutes ? Ou, au contraire, vous rassure ?

— Je...

Rose se tut, incapable de répondre.

À présent très grave, face à elle, Nestor secoua doucement la tête comme l'aurait fait un instituteur dépité devant un élève particulièrement dissipé.

— Quand on cherche quelque chose, mademoiselle Roux, on finit toujours par trouver. Il y a forcément ici des documents qui auraient fait pencher la balance dans un sens ou dans un autre, et ce, sans que vos conclusions ne soient finalement très fiables sur la question.

— Je ne suis pas une imbécile sans cervelle, vous savez !

— Jamais je n'irais sous-entendre une chose pareille. Tout comme votre sœur, vous êtes une jeune femme particulièrement intelligente. C'est la raison pour laquelle j'aimerais vous aider. Je peux de ce fait vous dire une chose : votre père est un homme de principes. Un homme sérieux qui aime travailler avec des personnes honnêtes. Vous pouvez avoir confiance en lui, et ce, en toutes circonstances car il saura mener son navire à bon port.

— Cela ne répond pas vraiment à ma question... Ni à mes inquiétudes, crut-elle bon de préciser, ce qui, au fond, n'était peut-être pas si éloigné de la réalité.

— Je n'ai pas terminé. Puisque vous voulez le savoir, votre père a en effet quelques difficultés depuis à peu près un an. Deux, tout au plus.

— Autant de temps ?

— Rien de catastrophique, mais le marché évolue et les habitudes de sa clientèle également. Cela engendre des variations auxquelles nous n'étions pas forcément bien préparés.

— Faut-il s'en inquiéter ?

— Non. La maison de votre père n'est pas près de fermer ses portes.

— Parce que cela pourrait être une possibilité ?

Cette fois, Nestor se tut un long moment, prenant visiblement le temps de la réflexion.

— Je vous sais capable d'accepter la vérité ; alors, je vais vous répondre sans fard : je crois bien que oui. Cela pourrait être possible, du moins dans un monde qui aurait changé du tout au tout. Pour aller plus loin, je crois que la décennie à venir va apporter son lot de changements. Le fils de Camille n'est pas le seul à voir au-delà de nos petites certitudes, ajouta-t-il avec un petit rire qu'elle eut du mal à interpréter. Moi aussi, je me surprends à penser à l'avenir...

— Alors vous croyez vous aussi que nous sommes antiques ?

— Je pense surtout que les métiers à bras finiront par ne plus exister, poursuivit-il avec un air inspiré. Je pense que tout finira par être mécanisé. Qu'un jour viendra où les machines remplaceront les hommes. Petit à petit, puis totalement. Notre savoir-faire perdurera mais d'une manière bien différente de ce que nous connaissons aujourd'hui. Il est même fort possible qu'un jour, très lointain, je l'espère pour nous, la soie ne sera plus travaillée à Lyon que par de rares artisans. Comme un cœur fatigué, nos métiers ne fonctionneront plus très bien, puis plus du tout. Ils seront détruits, oubliés. Peut-être finiront-ils par être exposés dans un musée pour des visiteurs qui viendront découvrir des méthodes et des activités qui appartiendront alors à un passé révolu.

Effarée, Rose porta la main à sa gorge comme si les mots de Nestor, dans leur dureté, avaient tenté de l'étrangler. Dans sa bouche, sa langue semblait subitement s'être asséchée. Effrayée par une vision aussi sombre, elle n'avait plus assez de salive pour déglutir et encore moins pour articuler quoi que ce soit. S'il disait vrai, qu'allaient-ils devenir, tous autant qu'ils étaient ?

Se sentant subitement bien faible, elle fit un pas de côté et se laissa tomber dans le fauteuil de son père. Il était aussi bas que large, si bien qu'une fois assise elle se sentit minuscule et vulnérable.

— Tout cela... ce ne sont que mes pensées, de simples réflexions personnelles, ajouta alors Nestor qui avait noté son trouble. Et elles ne concernent ni notre présent ni notre avenir proche, vous pouvez en être certaine. Je ne voulais pas vous faire peur, mademoiselle Roux. Si tel est le cas, j'en suis sincèrement désolé... Voulez-vous un peu d'eau pour vous remettre ?

Tout en déclinant la proposition, la jeune femme se força à relever le visage et à regarder l'employé de son père bien en face. Malgré l'angoisse que son discours avait fait naître en elle, elle savait qu'il disait vrai. Nestor n'était pas un menteur ni un dissimulateur, et elle le savait spontané. De plus, ses mots ressemblaient à ceux d'Alexandre, à la différence que, contrairement à ce dernier, il ne se présentait pas comme celui par qui le changement allait s'opérer.

— Je vais bien. Je vous remercie d'avoir été aussi franc avec moi. Néanmoins, je vous avoue que je suis tellement peu au courant des affaires de mon père que je ne peux juger de l'urgence de la situation, ajouta-t-elle d'une voix blanche. Notre Maison est solide et réputée. Elle attire forcément des clients intéressants. Car il y en a toujours, n'est-ce pas ? Je ne peux pas croire que papa soit en difficulté.

— C'est pourtant bien vrai.

Cachée dans son corsage, la lettre de son père sembla lui brûler la peau, et l'envie de tout raconter à Nestor fut alors terrible. La possibilité qu'Alexandre se soit trompé ou, pire, qu'il ait abusé de sa confiance l'effleura un instant avant qu'elle ne décide de l'ignorer tout bonnement.

— Ce que l'on croit solide ne l'est pas toujours, ajouta Nestor, tout en remettant droit une rangée de dossiers qui menaçait de s'écrouler. Et il y a des réputations florissantes qui sont ternies à la première occasion. Et cela peut arriver à n'importe qui. Enfin, vous voyez sans doute de quoi ou plutôt de qui je veux parler...

Rose ne répondit pas immédiatement, gardant pour elle ses impressions. Faisait-il référence à Raphaël ? Ou voyait-elle des liens là où il n'y avait pas de raison d'en voir ? Nestor le considérait-il comme innocent, comme une victime d'un monde qui l'avait broyé pour une raison qu'elle ignorait ? Prise par une émotion vive, elle ne put s'empêcher de lui demander des nouvelles du jeune homme. Nestor, s'il en fut surpris, eut au moins le tact de ne pas le montrer.

— Monsieur Pelletier n'a plus été vu dans le quartier depuis plusieurs semaines. Je ne l'ai pas croisé, pas plus que votre père.

Rose hocha la tête, pensive. Il ne savait donc rien de son rendez-vous avec Jean. Ou alors il feignait de ne pas être au courant.

— Nestor ? Pensez-vous...

— Oui, mademoiselle ?

Le nez levé vers lui, elle brûlait de lui demander si un retour du dessinateur pouvait être un jour possible, mais elle y renonça, de peur d'entendre ce dont elle se doutait. Une vérité qu'elle pensait avoir acceptée mais qui restait coincée en travers de sa gorge, tout comme ces confidences qu'elle ne pouvait faire à personne.

— Rien. Rien du tout.

— Alors je pense que vous devriez rentrer chez vous, Rose. Votre père va finir par s'inquiéter.

— Vous... vous lui parlerez de cette visite ?

La réponse fut sans appel :

— Je ne vous ai jamais vue ici, mademoiselle. Il n'y a de ce fait rien à dire.

Elle ouvrit la bouche pour le remercier mais renonça très vite à se perdre à nouveau en longues paroles. Toute comédie lui semblait désormais superflue.

— Je vous souhaite une bonne fin de journée. Au plaisir de vous revoir très prochainement chez votre père, conclut-il.

Puis, sans cérémonie ni mots superflus, Nestor alla lui ouvrir la porte qui donnait sur le côté de la boutique et s'effaça pour la laisser passer. Sans doute aurait-il été de meilleur ton qu'il l'accompagne jusque chez elle mais, au vu de la situation et des circonstances étranges de leur rencontre, elle comprenait qu'il la laisse repartir seule et elle se faufila rapidement à travers les petites rues pavées.

22

26 juillet 1860

Lorsqu'il lui avait discrètement glissé un papier plié en quatre dans la main, alors qu'ils ne faisaient que se croiser entre deux portes, Rose avait espéré y lire quelques mots tendres. Quelques douces paroles qui viendraient louer sa beauté ou le manque qu'il avait d'elle. Mais en guise de grande déclaration, il y avait une heure et un lieu de rendez-vous. Alexandre voulait la revoir à la roseraie sauvage, le lendemain. Il l'y attendrait dès 10 heures du matin.

Un moment avec lui ? C'était tout ce dont elle avait besoin ! Rose s'était retenue d'embrasser le feuillet tant elle était heureuse. Cette subite bonne nouvelle venait teinter d'un peu de joie la culpabilité qui menaçait de l'engloutir depuis sept jours. Car il y avait une semaine, déjà, qu'elle avait échangé les lettres dans le bureau de son père. Une semaine qu'elle attendait le retour de celui pour lequel elle avait oublié tout amour filial. Contre toute attente, le fils de Camille semblait avoir quitté la ville le jour même où elle se faufilait jusqu'au bureau de son père. Cela, elle ne l'avait appris que deux jours plus tard, lorsqu'elle s'était étonnée auprès de Suzon de ne pas avoir de nouvelles du jeune homme. C'est alors qu'elle avait appris ce projet de voyage que, visiblement, elle seule ignorait.

Si la colère avait primé sur tout le reste – et si elle avait eu le moindre problème ou besoin d'aide ? –, elle avait finalement décidé de prendre son mal en patience. La désertion d'Alexandre avait certainement un sens. Une raison d'être qu'il ne manquerait pas de lui expliquer lorsqu'il serait de retour. Elle devait se montrer patiente et, surtout, ne pas se laisser dépasser par ses émotions.

Il était relativement tard dans la matinée lorsqu'elle descendit prendre son petit déjeuner. Aussi s'attendait-elle à être seule et à profiter d'un silence propice à la sérénité. Or, en entrant dans la pièce, elle eut la surprise d'y voir Suzon. Contrairement à ses habitudes très matinales, elle venait à peine de s'attabler lorsque Rose vint s'asseoir en face d'elle.

— Bien dormi, ma chère enfant ? Oh ! ne me dis rien ! Ta petite mine est une réponse parlante !

Lui répondant d'un pâle sourire, Rose se pencha légèrement en avant pour attraper la tasse de café que Suzon lui tendait.

— Ma nuit n'a pas été très reposante, se contenta-t-elle de commenter, après avoir plongé ses lèvres dans le breuvage sombre.

— Pourtant, la pleine lune est passée... As-tu mal quelque part ? En cette période de l'année, cela ne peut tout de même pas être un rhume, si ?

— Non, non, je ne crois pas... J'ai juste mal dormi, Suzon. Rien de plus.

— Il faut croire que c'est de famille...

— Pourquoi dis-tu cela ?

— Oh ! ton père est d'une humeur massacrante ce matin. Quant à ta sœur...

Rose était sur le point de croquer dans un morceau de brioche mais s'arrêta net. Obnubilée par ses problèmes et préoccupations, elle ne s'était guère posé de questions sur sa sœur au cours des sept derniers jours. Leur rencontre avec le sorcier ne les avait pas rapprochées outre mesure. Depuis, elles semblaient plus que jamais vivre dans des mondes différents et se croisaient seulement au moment des repas.

— Elle semblait aller un peu mieux, poursuivit finalement Suzon avec une petite moue. Sa nouvelle manie de boire des infusions l'a visiblement remise sur pied. Au moins, elle mange davantage, ce qui est une bonne chose. Mais elle est à nouveau très faible.

— Elle m'inquiète, osa avouer Rose pour la toute première fois. Nous n'allons plus nous promener parce qu'elle est trop fatiguée et, la dernière fois que nous y sommes allées, je ne l'ai pas trouvée très bien. Ce n'est pas normal.

— Est-ce que tu as une idée de ce qui peut lui arriver ?

Rose leva les yeux sur Suzon et lui trouva une mine étrange. Comme si, par une question a priori innocente, elle cherchait à savoir ce qu'elle avait compris de la situation.

— Je sais qu'elle est préoccupée. Mais nous n'avons pas pris la peine d'en parler plus en détail. Je ne suis pas certaine qu'elle ait réellement éprouvé le besoin de se confier à moi. Nous ne sommes pas vraiment en bons termes, en ce moment.

— C'est ce qu'il m'a semblé, oui.

Rose posa pour de bon sa brioche dans son assiette ornée de petites fleurs bleues. Elle ne se sentait plus le courage de manger.

— Est-ce à ce point évident ?

— Pour qui vous connaît et vous observe, évidemment que cela se voit ! Mais c'est ainsi. Il y a des périodes où l'on s'éloigne des gens que l'on aime, mais c'est pour mieux les retrouver, plus tard.

— Et si on ne les retrouve pas ?

— Je ne pense pas que ta mésentente actuelle avec ta sœur soit aussi grave que cela...

Rose en était certaine, elle aussi. Cependant, elle savait également ce qu'elle avait fait et les retombées que son acte pourrait avoir sur ses relations avec ses proches, s'il venait à être découvert. Jusqu'alors, elle avait toujours imaginé que son père serait le plus courroucé de tous en apprenant que le contrat lui avait filé sous le nez. Pas un instant elle n'avait pensé à Adeline, qui semblait pourtant mettre beaucoup d'espoir dans cette possible collaboration.

— Rose ? s'inquiéta Suzon.

— Oui ?

— Y a-t-il quelque chose que je dois savoir ?

— Absolument rien, ne t'inquiète pas, répondit avec précipitation la jeune femme, de peur qu'un long silence n'attise la curiosité de Suzon. Je n'ai pas très faim.

— Tu sais, c'est bien normal. Beaucoup de choses se sont accumulées, ces derniers temps. Après tout, tu devais te marier et ton fiancé a tout bonnement disparu, ajouta-t-elle tout en faisant tinter sa cuillère sur le bord de sa tasse.

— Il a disparu après avoir volé papa et Camille, répliqua Rose, amère. Et nous avoir menti à tous.

— Et cela a tué dans l'œuf tout l'amour que tu pouvais avoir pour lui ? Il n'en reste rien ? Vraiment rien ? À chaque fois que ta sœur et moi essayons de t'en parler, tu nous ignores. Pourquoi ?

La question resta en suspens dans l'air, amenant un peu de rose aux joues de la jeune femme. Quelles que soient ses batailles internes, elle ne pouvait en parler à quiconque et surtout pas à Suzon. Il lui fallait rester digne et, surtout, aller de l'avant. Et c'est également pour cette raison qu'elle avait choisi d'aider Alexandre.

— Je comprends que tu ne veuilles pas en parler, reprit Suzon, autant pour briser le silence que pour donner son propre avis sur la question. Mais je pense aussi que toute cette histoire est un véritable gâchis. J'aurais aimé revoir Raphaël, pouvoir parler de tout cela avec lui, au moins une fois. Quel dommage, qu'il se cache ainsi...

— S'il se cache, c'est qu'il a peut-être justement quelque chose à se reprocher.

Suzon hocha la tête, puis posa doucement sa tasse sur sa soucoupe.

— Il n'est peut-être pas le seul...

Le cœur de Rose s'emballa. Se pouvait-il que Suzon soit au courant, pour la lettre ? À moins que Nestor lui ait tout simplement parlé de sa visite à la boutique et qu'elle prêche le faux pour savoir le vrai ? Cela ne serait pas la première fois.

La jeune femme était pourtant bien loin de se douter de ce qu'elle s'apprêtait à lui dire...

— J'ai fait quelques recherches sur Alexandre.

Histoire de ne pas montrer son soulagement, et à la fois sa surprise, la jeune femme mordit goulûment dans sa brioche. Sa douceur et son bon goût de beurre lui firent du bien et l'aidèrent à écouter la suite avec un semblant de calme. Tant qu'elle avait la bouche pleine, elle ne risquait pas de se trahir…

— Je trouve qu'il a pris beaucoup de place, ces derniers temps, et sans avoir rien à lui reprocher de manière concrète il y a toujours eu quelque chose en lui qui m'a gênée. Je ne sais pas… Sa posture. Sa manière de toujours tout ramener à lui. Et toutes les histoires qu'il raconte et qui ne semblent avoir qu'une finalité : montrer à quel point il est indispensable où qu'il se trouve…

— C'est peut-être vrai. Alexandre a des qualités qui…

— Peut-être, en effet. Mais à plusieurs reprises, cela m'a semblé être trop. Alors, pour en avoir le cœur net, j'ai écrit à Tours.

Rose avala difficilement sa bouchée mais ne répondit rien, faisant le choix d'attendre la suite.

— J'aurais pu demander à son père mais, ma foi, les parents ne sont pas toujours les plus objectifs au sujet de leurs enfants. J'avais davantage envie de connaître le ressenti du maître tisseur chez qui il a fait ses armes pendant cinq ans. Je voulais savoir comment il s'était comporté, s'il avait des amis, s'il s'était démarqué en bien ou en mal.

Là, Suzon s'adossa au dossier de sa chaise, le faisant craquer sous son poids. Puis elle attrapa une nouvelle tranche de pain et entreprit d'y étaler une épaisse couche de confiture sans faire mine de poursuivre son récit. De quoi mettre les nerfs de Rose à vif.

— Suzon ! Est-ce que tu veux bien arrêter de me faire languir ? Dis-moi la suite !

— Très bien, très bien ! Inutile d'être aussi autoritaire. Ni aussi pressée… Sache en tout cas que ce M. Bertier, puisque c'est son nom, en a visiblement gros sur le cœur. Je ne m'attendais pas à une réponse si longue, ni si détaillée ! Mais il avait à dire ! Pour commencer, sache qu'Alexandre n'a jamais terminé son chef-d'œuvre. Aucune raison valable à cela, sauf si la paresse en est une...

Loin de se douter de l'effet que cette révélation aurait sur Rose, elle poursuivit d'un ton tranquille :

— Le maître n'a laissé aucun doute sur le respect qu'il a pour Camille et sur la surprise qu'il a eue en découvrant que son fils était d'un autre acabit. Coureur de jupons, menteur, peu assidu à la tâche... et j'en passe !

— En somme, si Alexandre n'avait pas été le fils de Camille, il aurait été renvoyé ?

— C'est plus ou moins ce qu'il a sous-entendu.

— Et tu vas me faire croire que Camille, justement, n'est au courant de rien ? Qu'il n'a pas eu vent de toutes ces histoires ?

— Au contraire ! Je pense qu'il sait tout. Il sait que son fils ne peut se targuer d'être compagnon et qu'avec un chef-d'œuvre inachevé il ne pourra jamais travailler ailleurs que chez lui...

— Et il nous aurait caché tout cela ? À nous ? Ses amis de toujours ?

Suzon eut un petit sourire attendri.

— Camille est père avant d'être tisseur. De plus, Alexandre est malin et a dû tout lui expliquer sous le jour qui lui était le plus favorable. C'est là l'un de ses talents, je crois. Il sait parler aux gens, prêcher pour son église et retourner les situations à son avantage. Il pense à lui avant toute chose. Et il est si sympathique que personne n'y trouve quoi que ce soit à redire... Je ne serais pas surprise qu'il ait déjà séduit plusieurs jeunes femmes du quartier en vue d'obtenir quelque chose d'elles. Visiblement, il a été au cœur de quelques scandales, à Tours, qui ont fait de lui *persona non grata* en ville.

Très mal à l'aise, Rose regretta plus que jamais d'être passée par la table du petit déjeuner avant d'aller retrouver Alexandre. Pourquoi Suzon avait-elle choisi ce moment précis pour lui faire de telles confidences ? N'aurait-il pas été possible de la laisser aller à son rendez-vous en paix ? Ne pouvait-elle retrouver le jeune homme le cœur léger ?

Les sourcils légèrement froncés, Suzon la regardait à présent avec une toute nouvelle intensité.

— Nous le pensions humble mais, en réalité, il ne tisse que les unis car il ne sait rien faire d'autre. Tu te rends compte ? Il a également volé des dessins...

Malgré elle, encore une fois, Rose tendit l'oreille.

— Des dessins de fleurs qu'avait réalisés le propre fils du maître qui l'a accueilli. Des dessins de roses aux pétales longs, assez originaux. Il aurait tendance à se les attribuer, mais ils ne sont pas de sa main.

— Est-ce bien certain ?

— Je le crains. Ce M. Bertier n'a aucune raison de mentir. Il n'a rien à y gagner, et je le crois de bonne foi.

Les mains de Rose tremblèrent autour de sa tasse de café. De peur que Suzon ne le remarque, elle se hâta de la déposer dans sa soucoupe. Les dessins d'Alexandre, qu'elle avait admirés à la roseraie, son chef-d'œuvre merveilleux, ses réussites et exploits... tout cela était-il faux ? Avait-elle pris des contes pour des réalités ? Et était-elle sans s'en rendre compte devenue la complice d'un menteur ? Elle avait cru l'aider, mais en réalité peut-être s'était-il tout simplement servi d'elle...

Un sursaut de colère, preuve de son déni, la traversa de part en part. Elle ne pouvait accepter qu'un nouveau château de cartes s'écroule.

— Ce sont des médisances ! Voilà tout ! souffla-t-elle avec une petite moue contrariée. Alexandre n'est certainement pas coupable de tout ce dont tu l'accuses. Je ne veux pas croire que Camille soit aussi aveugle avec lui et accepte autant de choses !

— Aveugle, on l'est souvent avec ceux que l'on aime, soupira Suzon. Parfois, on ne veut pas voir leurs erreurs et leurs mensonges. À d'autres moments, ce sont leurs qualités et toute leur beauté d'âme qui nous sont comme cachées parce que nous regardons tout simplement ailleurs. Se tromper est pardonnable. Persister dans ses erreurs l'est beaucoup moins. Mais ce sont des choses que l'on apprend avec le temps... Sur ce, ma chérie, je te laisse, j'ai à faire.

Puis elle se leva et quitta la pièce sans rien ajouter, sa tartine à la main, laissant Rose dans un état d'esprit catastrophique. Entre douleur et suspicion, espoir et découragement.

Si toute excitation de revoir Alexandre semblait avoir fondu comme neige au soleil, au moins pouvait-elle espérer que leurs retrouvailles imminentes balaient tous ces affreux doutes d'un simple revers de main. C'était tout ce qu'elle pouvait espérer, à présent.

Tout en se levant à son tour de table, elle tenta de recouvrer un peu de calme. Ils avaient tant discuté, ils avaient tant partagé qu'Alexandre ne pouvait lui avoir menti. Elle l'aurait forcément vu, elle l'aurait forcément senti. Il suffirait alors de quelques plaisanteries, d'un sourire et d'un baiser pour que tout rentre dans l'ordre. Comme toujours, Alexandre saurait trouver les mots et, bientôt, ils riraient tous les deux de Suzon et de ses velléités de détective.

23

Son cœur battait aussi fort et aussi vite que celui d'un lapereau cherchant à fuir un prédateur lorsque Rose arriva enfin devant les grilles du jardin abandonné. Que de changements depuis la dernière fois qu'elle y avait mis les pieds ! Il lui semblait ne plus être la même personne. En une poignée de semaines, elle avait perdu Raphaël, ses rêves d'amour et toute sa confiance en l'avenir. Il ne lui restait plus que des questionnements et des doutes sur à peu près tous ceux qui l'entouraient. Jean et son rendez-vous mystère, Adeline et ses maux aussi étranges qu'inexpliqués, et maintenant Alexandre et ses mensonges ? C'était plus qu'elle ne pouvait en supporter.

Alors qu'elle pénétrait dans le jardin d'un pas qui manquait d'assurance, Rose ne vit pas les fleurs ni ce « paradis fleuri, spécialement né pour elle », ainsi que le lui avait décrit Raphaël la toute première fois qu'ils l'avaient visité. Elle ne vit qu'Alexandre, longue silhouette vêtue de bleu, perdue au milieu des roses. Elle en fut si heureuse qu'elle en oublia immédiatement les mises en garde de Suzon et toutes les questions qui en avaient inexorablement découlé. Elle brûlait de savoir s'il avait eu des nouvelles et se délectait à l'avance des remerciements qu'il ne manquerait pas de lui faire. Après tout, trop tard valait mieux que jamais…

Très vite, et avant qu'ils n'échangent aucun mot, elle comprit pourtant qu'il n'était pas dans le même état d'esprit. Elle le connaissait assez pour voir de la distance dans une posture qui était tout, sauf accueillante. À moins que cette impression ne soit en réalité dictée par ce que venait de lui raconter Suzon ? Pour se défaire de cette idée désagréable, Rose espéra qu'il ait un mot charmant pour elle ou, au moins, qu'il lui prenne la main. Mais il n'en fit rien, se contentant de se tenir à distance.

— Eh bien, Rose... je ne t'attendais plus !

Le ton n'était pas accusateur, mais il n'était guère avenant non plus. Elle eut l'impression d'avoir fait une bêtise ou, pire, de le décevoir... Ce n'était pas l'entrée en matière à laquelle elle avait rêvé, surtout après plus d'une semaine de séparation.

— C'est à cause de Suzon, se défendit-elle un peu maladroitement. Nous avons eu une longue discussion imprévue.

— Je vois. Dans ce cas, tu aurais dû l'écourter. Pourquoi ne l'as-tu pas fait ?

— Je... J'ai bien essayé, mais...

— Tu avais rendez-vous avec moi, Rose. Tu aurais dû y penser. Ce n'est pas très correct de ta part.

— J'en conviens. Mais il n'était pas correct non plus de quitter la ville sans me prévenir.

Piquée, elle n'était pas d'humeur à se laisser réprimander comme une enfant en retard à la messe.

— Que veux-tu dire ?

— Le jour où je suis allée déposer ta lettre, je pensais que tu viendrais me voir... Le soir même ! Ou alors le lendemain ! Mais je n'ai eu aucune nouvelle !

Il eut l'air sincèrement étonné, et Rose, un peu moins sûre de sa position, n'en précisa pas moins :

— Je pensais que tu aurais été curieux de savoir.

Alexandre pencha la tête en arrière et éclata d'un rire sonore.

— Et ainsi faire peser les soupçons sur nous ? Tu fais une bien piètre complice, Rose ! Au contraire, il fallait que je parte et que tout le monde me sache absent.

— Pour te protéger ? Et moi ?

— Toi ? Tu n'as pas besoin d'être protégée, tu es la fille de Jacques Roux.

Rose accusa le coup.

— Tu aurais au moins pu me prévenir…

— Je n'en avais nulle obligation.

— J'ai quand même pris un risque pour toi, tu sais ?

— Un risque ?

Alexandre eut un petit rire bref que Rose jugea plus blessant encore que les mots qui suivirent.

— Oh ! Rose… tu avais peur d'être punie par ton papa ?

— J'aurais pu ne pas le faire… et jeter ta lettre au feu, ajouta-t-elle d'un ton enfantin.

— J'étais certain que tu irais au bout. Et tu l'as fait, n'est-ce pas ? Tu as bien fait l'échange ?

Rose se rembrunit comme une enfant à qui on chercherait à extorquer une information secrète.

— Oui, avoua-t-elle enfin, au bout d'une longue attente qui ne fit languir qu'elle. Je l'ai fait pour toi. Pour t'aider. Pour que tu puisses mener à bien tes grands projets. Parce que j'y crois. Parce que je suis de ton côté, Alexandre… Tu te souviens ? Je suis une femme tournée vers l'avenir. Comme… comme toi.

Puis elle baissa la tête avec une humilité feinte. Les mises en garde de Suzon ne comptaient plus vraiment. Elle attendait seulement ses remerciements. L'assurance de lui avoir fait plaisir. Mais Alexandre ne fit pas un geste, n'émit pas un son. Aussi finit-elle par relever les yeux sur lui pour découvrir qu'il ne la regardait absolument pas. À mille lieues de se douter de ce qu'elle ressentait et espérait, il fronçait les sourcils, l'air concentré.

— Ne vient-on pas d'entendre la demie sonner ? Déjà ?

— C'est fort possible. Mais Alexandre, dis-moi, n'es-tu pas content ?

— Content de ? Ah mais si, bien sûr que si, reprit-il subitement. Je te remercie, Rose. Tu es merveilleuse. Ton aide m'a été bien utile.

« Ton aide m'a été bien utile » ?

La jeune femme n'en croyait pas ses oreilles. Elle n'avait pas besoin d'en entendre plus pour comprendre qu'il n'avait aucune envie de l'écouter parler de ses difficultés, de ses scrupules ou même de sa confrontation avec Nestor. Quant à ses rêves d'avenir partagé, ils étaient apparemment très loin de l'esprit du jeune homme. Elle doutait presque de les avoir entendus. À moins qu'il ne soit encore trop tôt pour les évoquer ?

— Il faut que j'y aille, Rose, déclara-t-il, lui confirmant qu'il n'avait qu'une envie : lui fausser compagnie. J'ai rendez-vous à la Croix-Rousse et je ne veux surtout pas être en retard. C'est très important.

— Déjà ?

— Je voulais simplement savoir si ton père avait eu, oui ou non, des nouvelles de cet Anglais ? Je ne t'aurais pas dérangée si j'avais pu obtenir des informations d'une manière différente mais... je n'y suis pas parvenu. Pour ma part, je ne sais pas encore ce qu'il en est. Je n'ai eu aucune réponse, pas même un court message...

— Suis-je une simple source d'information pour toi ?

Il eut un léger sursaut – peut-être fut-il surpris par le ton aigu de sa voix ? – puis répliqua, plus doucereux :

— Mais non ! Que vas-tu penser et dire ! Tu es un soutien pour moi ! Un énorme soutien. Je n'oublie pas tout ce que nous avons partagé, tous les deux. Tu es une bonne amie, à mes yeux.

— Seulement un soutien ? Mais... mais tu m'as laissée croire que...

— Qu'as-tu cru, Rose ?

Ils s'observèrent un instant, les yeux dans les yeux. Des mots se bousculaient en elle sans qu'elle n'ose les prononcer. S'il feignait de ne pas saisir, en réalité elle savait qu'Alexandre comprenait et qu'il n'était pas trop tôt. Pas du tout. Qu'en réalité il n'avait jamais pensé à elle autrement que comme cette « bonne amie » qui l'avait bien aidé. Qu'elle avait voulu s'imaginer des choses qu'il n'avait jamais voulues et qu'elle n'était elle-même pas certaine de vraiment souhaiter. Elle était pourtant allée trop loin pour se taire et se surprit à poursuivre, rougissante :

— Tu avais dit que, une fois cette lettre échangée, tu pourrais envisager ton avenir sous de meilleurs auspices et... te lier à une femme qui... Enfin, j'ai pensé que...

Alexandre fronça les sourcils et secoua la tête, incrédule.

— Rose, commença-t-il d'un ton suspicieux. Ne me dis pas que tu as pensé que... Non ! Je ne peux pas le croire ! Tu... tu as imaginé que, toi et moi, nous...

De honte, elle baissa les yeux.

— À aucun moment je ne t'ai promis quoi que ce soit, Rose. Si tu espérais quelque chose de ma part, tu t'es trompée. Je ne suis pas ton Raphaël. Et je ne vais pas t'épouser. Il n'en a jamais été question et...

Quand elle leva le regard vers lui, ce fut pour constater qu'il avait déjà fait quelques pas en arrière et que, le visage fermé, il s'apprêtait à la laisser pour de bon.

— Il faut vraiment que j'aille à ce rendez-vous mais, je t'en prie, Rose, rentre chez toi et va te reposer. Je crois que tu es bien trop fatiguée pour avoir les idées claires ! Je te remercie sincèrement pour tout ce que tu as fait pour moi et j'aurai toujours plaisir à discuter avec toi lorsque nous nous retrouverons à la table de ton père. Je te souhaite bonne chance pour la suite. Et une bonne journée.

Puis, sans davantage de cérémonie, il s'inclina devant elle et disparut de son champ de vision, la laissant sonnée.

24

Son premier réflexe avait été de pleurer. Puis, dans un second temps, de nier ce qui s'était passé. Elle avait certainement mal compris. À moins qu'Alexandre se soit mal exprimé ? Il ne pouvait pas être aussi cruel ou aussi indifférent. Ses problèmes et ses projets lui avaient certainement brouillé les idées. Il finirait par réaliser la portée de ses paroles et viendrait lui présenter des excuses.

Lorsque les douze coups de midi sonnèrent à l'église, la part la plus critique d'elle-même s'était déjà révoltée contre ces vaines illusions. Forte de ce que lui avait appris Suzon, elle ne pouvait plus trouver la moindre excuse au fils de Camille. Elle savait désormais que tous les compliments qu'il lui avait faits, toutes ses confidences et toutes ses attentions n'étaient rien de plus, à ses yeux, qu'un bavardage sans intérêt dont on oublie le sujet à peine passé la porte de ses hôtes. Sans doute s'était-il joué d'elle, avait-il profité de la rancœur qu'elle avait envers Raphaël et de sa solitude pour obtenir ce qu'il attendait d'elle. Triste, désemparée, elle avait vu en lui un sauveur qu'en réalité il n'avait jamais été.

Elle s'était montrée bien naïve et, aujourd'hui, se retrouvait bien punie. Elle avait trahi son père, et il était trop tard pour revenir sur ses bêtises passées. En parler reviendrait à se mettre elle-même dans une bien mauvaise posture, et ses relations familiales étaient suffisamment difficiles pour qu'elle ne songe à les rendre plus complexes encore.

Il sembla à Rose qu'elle n'était plus tout à fait elle-même lorsqu'elle entreprit de faire le trajet du retour. Ses mains ne s'agitaient plus d'allégresse. Son cœur lui semblait battre bien faiblement. Ses joues lui semblaient brûlantes, mais son corps était tout entier glacé par ce qu'elle n'avait compris que trop tard. Elle était ridicule, influençable et mauvaise. Elle pouvait bien en vouloir à Raphaël pour ses mensonges et ses cachotteries. À sa manière, elle l'avait égalé en tromperie et en secrets.

Une fois rentrée, elle n'eut pas le temps de s'enfermer dans sa chambre pour pleurer ce qu'elle avait sur le cœur. Aux aguets, Suzon l'intercepta au bas de l'escalier et, à son air fermé, Rose, déjà fébrile, prit peur. Avait-elle deviné que, contrairement à ses dires, elle était allée rejoindre Alexandre et non prendre des nouvelles d'une voisine malade ? À moins qu'il y ait déjà eu des échos de la lettre subtilisée et que son père, dans tous ses états, soit en train de chercher un coupable ?

— J'ai parfaitement conscience d'être revenue bien tard. Je suis désolée si vous m'avez attendue pour le repas, commença-t-elle, histoire d'anticiper tout reproche. Après être passée chez Rosalie, j'ai...

D'un signe de main, Suzon lui fit comprendre que là n'était pas la question.

— Ton père n'est pas là, et ta sœur et moi n'avons pas mangé. Si tu as faim, va voir Louise dans la cuisine. Elle te préparera quelque chose.

— Que se passe-t-il ?

— Ta sœur... Nous avons seulement effleuré le sujet ce matin, mais sache qu'elle ne va pas bien. Pas bien du tout. Elle est avec un médecin, à l'heure actuelle.

— Qu'a-t-elle ? Souffre-t-elle ?

Les mots du sorcier revinrent à l'esprit de Rose. Douleurs. Martyre. Était-ce le moment pour Adeline ?

Suzon fronça les sourcils.

— Souffrir ? Non ! Elle a fait trois malaises depuis ce matin, raison pour laquelle j'ai dû faire venir quelqu'un. Si je suis venue te voir, c'est parce que...

Suzon regarda un instant le sol, comme si elle cherchait ses mots entre deux lattes de parquet, puis releva le regard vers elle.

— Avant toute chose, j'aimerais que tu n'en parles pas à ton père, murmura-t-elle, comme si elle craignait qu'il ne se trouve derrière une porte, l'oreille tendue.

— Un secret ?

— Oui. Nous essayons de… de le préserver encore un peu.

— C'est-à-dire ? Le préserver de quoi, exactement ?

— De…

Suzon sembla une nouvelle fois hésiter.

— De toute manière, tu finiras bien par le savoir ! lança-t-elle finalement d'un air désabusé. Je peux bien te le dire. Ta sœur attend un enfant.

Sous le poids des mots, Rose se sentit vaciller et s'appuya d'une main à la rampe de l'escalier. Un très court instant, elle se demanda quel sens donner exactement aux paroles de Suzon avant de réaliser qu'il n'y avait aucune ambiguïté possible. Sa sœur était enceinte. Elle aurait pu s'offusquer d'une telle nouvelle, avoir honte pour elle. Se sentir trahie, aussi. Mais une seule et simple question franchit la barrière de ses lèvres :

— Qui est le père ?

— Ah, ça… Elle ne veut pas le dire.

— Pourquoi ? Est-ce par peur ? Penses-tu qu'on ait pu lui faire du mal ?

— Mmm… Je peux me tromper, mais je ne pense pas. Elle m'a plutôt l'air de vouloir le protéger. C'est d'amour dont il s'agit, j'en ai bien peur…

Rose fronça les sourcils. D'amour ? Mais celui de qui ? Quel homme de leur entourage – car Adeline ne pouvait l'avoir rencontré dans d'autres circonstances – pouvait avoir obtenu ses faveurs ?

Soudain, toutes les remarques des dernières semaines, l'attitude étrange d'Adeline, sa fatigue, sa mauvaise humeur et ses dégoûts inédits prenaient sens. Sa sœur n'était pas mourante ou à moitié folle. Elle n'était pas sous la coupe d'un sortilège. Elle vivait juste avec un énorme secret et tous les maux habituels qui allaient de pair.

— Depuis combien de temps le sais-tu ?

— Depuis quelque temps, déjà, avoua Suzon. Mais seulement parce que je l'ai pressée de questions et forcée à dire la vérité. Il me semblait bien… Enfin, tu comprends ? Il y a des signes assez évidents qui ne m'ont pas échappé.

— Est-ce que je peux la voir ?

— Non, elle va essayer de dormir un peu maintenant. Si tu vas lui parler, j'ai peur qu'elle peine à trouver le sommeil. Tu comprends ?

Rose hocha la tête.

— Faudra-t-il garder le secret encore longtemps ?

— Cela, c'est ta sœur qui le décidera. Mais son état finira bien par se voir… Nous ne pourrons pas nous taire éternellement. J'espère que ton père ne le prendra pas trop mal, mais il risque d'être terriblement choqué. Il faudra néanmoins qu'il lui offre son soutien. Sans cela, elle ne pourra jamais s'en sortir… Un enfant coûte cher, et une femme seule ne peut subvenir à ses besoins.

— Et cet homme ? Il ne se manifestera pas ?

— Je ne sais pas. Elle dit l'avoir tenu au courant.

— Donc il sait tout ?

— Oui. Mais cela n'a pas l'air de lui apporter le moindre soulagement. Elle semble assez préoccupée à son sujet. Quoi qu'il en soit, voilà une nouvelle qui arrive à un bien mauvais moment.

— Que veux-tu dire ?

Suzon marqua un temps d'arrêt puis s'écria :

— Oh ! mais tu ne sais pas, c'est vrai ! Ton père… Il a reçu une mauvaise nouvelle juste après ton départ. Son marchand anglais ne va pas traiter avec lui, et cela l'a mis dans un drôle d'état. Pour tout te dire, je ne l'avais jamais vu aussi mal et je le connais depuis des années… Je te conseille d'éviter de te trouver en sa présence aujourd'hui, si tu le peux.

Ne pouvant deviner la panique qu'elle avait fait naître avec ces quelques mots, Suzon la laissa finalement au pied de l'escalier en lui recommandant de se reposer un peu, ce dont Rose se sentait évidemment incapable.

Que faire, à présent ? Et surtout, à qui parler ? Avec douleur, elle réalisa qu'elle n'avait personne à qui raconter ses tourments. Pas d'amie fidèle ni de confidente. Or elle avait besoin de conseils et d'une oreille attentive. Si son père apprenait les raisons pour lesquelles le contrat lui avait échappé, elle ne donnait pas cher de sa peau… Quant aux problèmes d'Adeline… elle préférait encore ne pas y penser.

Rose resta un long moment figée dans le hall d'entrée. Alors qu'elle se sentait plus perdue que jamais, un nom s'imposa subitement à elle, comme une évidence à laquelle elle s'étonna de ne pas avoir pensé plus tôt.

Celui de Jean.

25

Quand elle était enfant, Rose était persuadée que Jean était le frère de son père. À ses yeux, il n'y avait pas de doute possible : tous deux étaient très vieux. Tous deux exerçaient le même métier. Et surtout, tous deux partageaient les mêmes rires, le même amour pour la bonne chère, et semblaient s'entendre comme larrons en foire. Elle adorait son père et aimait Jean d'un amour sincère. Et lorsque du jour au lendemain, les deux hommes s'étaient brouillés et leurs échanges subitement arrêtés, la petite fille qu'elle était alors avait été d'autant plus inconsolable que nul n'avait jugé bon de lui en expliquer les raisons.

La vie avait continué sans Jean, semblable à ce qu'elle connaissait déjà mais sans ses rires, sans ses caresses sur le haut du crâne et sans ses petits cadeaux. Bien souvent, il lui avait manqué. Un manque d'autant plus étrange et incompréhensible qu'il n'était pas parti à l'autre bout du globe mais vivait bel et bien juste au bout de la rue. Malgré ses souhaits secrets, jamais elle ne l'y avait croisé par hasard, jamais elle n'avait entendu sa voix par la fenêtre ouverte, alors qu'elle passait devant chez lui. Elle n'en avait pas moins continué d'espérer sa venue pendant de longs mois, sans jamais le voir passer le pas de la porte. Alors, comme tous les enfants, elle avait fini par ne plus y penser. Elle avait tout simplement oublié Jean.

Ensuite…

Il y avait eu sa mère, sa maladie et ces adieux qu'elle avait dû lui faire. Son père, qui n'était plus que l'ombre de lui-même. Puis la fin d'une époque qui n'avait été finalement que le début de leur vie sans elle. Mais également d'une vie où Jean était revenu, aussi sûrement et discrètement qu'un gros chat en manque de caresses. Avec sa voix forte, ses grands gestes, sa moustache grise si fournie et son éternel intérêt pour tout ce qui touchait à la gastronomie, il avait apporté un peu de bonne humeur dans une maison où il n'y en avait plus beaucoup.

Plus que l'ami de leur père, il était devenu un guide pour les sœurs Roux. Leur père les lui confiait plus souvent qu'à son tour, et il errait dans la ville, flanqué de ces deux petites qui, à l'écouter, étaient les plus finaudes de tout le quartier.

C'était avec Jean qu'Adeline et elle avaient dégusté leurs premières papillotes au chocolat. « Tenez ! Mangez donc ça, mes petites ! Vous voulez que je vous raconte l'histoire de ces petites merveilles ? » Tout en froissant les papiers brillants dans leurs petites mains, elles avaient écouté les mésaventures de ce jeune commis lyonnais qui, pour déclarer son amour à sa belle, avait enveloppé des chocolats d'un billet doux. « Il a fini par se faire renvoyer par son patron, mais le sieur Papillot, qui n'était point fou, a gardé son idée ! »

De la légende du crocodile du Rhône – « Échappé d'un navire de Marseille et ayant trouvé refuge sous une arche du pont de la Guillotière, il croquait les passants ! Rien que ça ! » – au diamant de la montée du Gourguillon – « Il se serait échappé de la tiare du pape Clément V après le malheureux éboulement d'un mur. Vous vous rendez compte, mes petites ? Personne ne s'étant jamais vanté de l'avoir trouvé, on dit qu'il y est encore ! Ça vous dirait, une petite chasse au trésor avec tonton Jean ? » –, en passant par la légende de l'homme qui se serait donné la mort pour avoir oublié d'ajouter les étriers sur sa sculpture, place Louis-le-Grand – « Quel ganais, celui-là ! » –, Jean avait toujours mille et une petites anecdotes en réserve et autant d'occasions, pour elles, de se réjouir.

Malgré l'amitié qu'elles lui portaient, en grandissant les deux sœurs s'étaient davantage confiées à Suzon, et les relations privilégiées qu'elles entretenaient avec Jean s'étaient un peu distendues. De complice, il était redevenu simple invité de son père, bien que ni les uns ni les autres n'oublient ce qui les liait pour autant.

Plantée devant la porte de Jean, c'est à tous ces moments partagés que Rose pensait pour se donner le courage nécessaire. Comment s'y prendre ? Et quel accueil lui serait-il fait ? Pressentant qu'elle ne trouverait jamais la force de faire les quelques pas qui la séparaient du heurtoir, Rose puisa dans ce qu'il lui restait de volonté pour aller toquer à cette lourde porte. Elle le fit du bout des doigts, comme pour s'excuser par avance de troubler le calme ambiant. Au bout de quelques secondes seulement, on vint lui ouvrir.

— Bonjour. Que puis-je faire pour vous ?

La petite bonne qui lui faisait face avait à peine quinze ans. Le visage constellé de taches de rousseur et ses cheveux cachés sous un bonnet blanc, elle était l'image même de la candeur.

— Je suis Rose Roux, une voisine et amie de votre maître. Je voudrais lui parler. S'il est là, évidemment, ajouta-t-elle d'une toute petite voix.

Une part d'elle-même espérait que cela ne soit pas le cas.

— Madame est chez des amies, mais monsieur est bien ici, oui.

— Et… est-il possible de le voir ? De le voir tout de suite, je veux dire…

La question, si simple soit-elle, sembla mettre la jeune femme dans un état de panique extrême.

— Maintenant ? Mais il est avec un monsieur…

— Ah oui ? Qui ça ? Est-ce mon père, Jacques Roux ?

— Je ne sais pas… Je… je ne connais pas son nom, avoua la petite bonne, un peu honteuse.

Faisant fi de toute politesse, Rose se surprit à lui demander quelques détails sur ce visiteur. Était-il de l'âge de son maître ? Était-il jeune ? Avait-il les cheveux longs ? Semblait-il apeuré ou au contraire plein d'assurance ? Raphaël pouvait-il être de retour après sa visite de l'autre fois ? À l'idée de le croiser, son cœur se mit à battre la chamade. Elle ne se sentait tout simplement pas le courage d'affronter son regard.

— Il est jeune, mais je dirais que ses cheveux sont courts. *Alexandre ?*

— Est-ce qu'il sourit beaucoup ? demanda-t-elle subitement.

— Euh... Je... je ne sais pas. Je n'ai pas fait attention.

— Écoutez, introduisez-moi malgré tout dans le bureau. Il faut que je parle à Jean. Il me connaît.

Et comme la jeune fille ne faisait pas mine de la laisser passer, Rose décida d'outrepasser les règles de bonne conduite pour se faufiler dans le hall d'entrée qui était d'une fraîcheur très agréable. Une fois que cela fut fait, la suite lui parut être des plus simples : elle n'avait qu'à se laisser guider par ses souvenirs pour trouver son chemin jusqu'à Jean.

C'est donc d'un bon pas que Rose partit au fond du hall, indifférente aux cris de la jeune domestique, puis qu'elle se glissa dans un couloir partant sur la gauche. Là, elle ne fit que quelques pas et toqua à la lourde porte en chêne qui se présentait devant elle. Décidant de suivre l'exemple de Suzon, elle entra immédiatement, sans attendre de réponse.

Interrompus en pleine conversation, les deux hommes qui se retournèrent brusquement à son arrivée eurent une expression comique qui, dans d'autres circonstances, lui aurait certainement arraché un rire.

Une fois la première stupeur passée, le visage de Jean reprit sa bonhomie habituelle et un large sourire s'afficha sur ses lèvres.

— Eh bien, ma chère Rose ! Ce n'est que toi ! J'ai tout d'abord cru à une tempête prête à tout dévaster sur son passage !

— Je... je suis désolée, Jean ! bredouilla-t-elle, confuse. J'ai manqué de discrétion, mais... j'avais quelque chose à te dire et je crains de... d'avoir un peu dépassé les bornes. Ta servante n'y est pour rien. C'est moi qui l'ai forcée à me laisser passer.

— Je le crois bien. Cette pauvre petite Annette n'a pas plus de caractère qu'un poussin sorti de l'œuf.

— Je vais vous laisser. Je sais ce que j'ai à faire, à présent.

Rose croisa brièvement le regard de Nestor, puisque c'était bien lui et non Alexandre qui rendait visite à Jean, et elle lui sut gré une nouvelle fois de sa discrétion.

— Oui, mon brave, allez-y. Nous en avions terminé, de toute manière. Nous savons ce qu'il en est, et le rôle de chacun, ajouta-t-il d'un air entendu.

Nestor s'inclina, tourna les talons puis disparut.

Jean prit le temps d'une respiration puis invita la jeune femme à s'asseoir face à lui d'un geste ample.

— Vois, la place est encore chaude ! Elle n'a pas eu le temps de refroidir... Dis-moi donc : quelle mouche t'a piquée ? Je n'ai pas l'habitude de te voir arriver avec tant de hâte ! D'ailleurs, je n'ai pas l'habitude de te voir arriver tout court ! Tu ne viens plus me rendre visite... Et c'est justement pour cela que je me dis que l'heure est forcément grave. Alors ? Qu'en est-il ? Est-ce ton père qui t'envoie ?

— J'aimerais bien, répondit la jeune femme sans prendre le temps de peser ses mots. Mais ce n'est pas le cas. Malgré tout, je viens à son sujet. Oui, ce que j'ai à te dire le concerne directement.

— Vraiment ? Tu m'intéresses ! Dis-moi vite !

Jean se pencha en avant sur son bureau, du moins autant que son large ventre le lui permettait. Il avait l'air si avenant, si agréable que Rose douta une nouvelle fois des accusations de sa tante. Jean avait-il vraiment été capable de porter préjudice à son père ?

— Antonella m'a dit des choses sur toi, lança-t-elle spontanément, laissant ses paroles suivre le cours de ses pensées.

Loin d'être décontenancé, Jean se redressa dans son siège et lui sourit obligeamment.

— Cette bonne vieille Antoinette ! Toujours prête à raconter quelques douceurs sur ses semblables... Je ne pensais pas occuper une place si importante dans vos conversations ! De quoi était-il question ? De mon embonpoint ? De la couleur de mon dernier veston ?

— De papa et toi...

— Sois plus précise !

Sans édulcorer en rien les propos de sa tante, Rose n'en fit pas moins un résumé qui, bien que rapide, n'en était pas moins clair.

Cette fois, Jean ne rit pas. Son sourire, jusque-là éclatant, ne fut bientôt qu'un pâle souvenir, mais son ton était courtois et agréable lorsqu'il répondit :

— On ne la refera pas ! Les années passent, mais elle ne change pas !

— Quel âge a-t-elle, Jean ? Cela m'intrigue !

— Je te dirais bien qu'elle a cent dix ans mais, étant donné que nous sommes nés la même année, cela ne serait guère flatteur pour moi. En réalité, elle n'en a que cinquante-huit.

— Cinquante-huit ?

— Ce qui revient à en avoir cent dix pour une jeunette comme toi, j'en conviens ! Mais pour revenir à ce qu'elle t'a raconté, disons qu'il y a du faux et du vrai. Oui, en effet, à une époque lointaine, j'ai volé un client très important à ton père. Je considérais qu'il était davantage établi que moi et que je pouvais me permettre cette petite fantaisie. Par une chance que je ne suis jamais arrivé à m'expliquer, ledit client m'a en effet préféré. Quand il a compris que j'avais marché sur ses plates-bandes, ton père a vu rouge. Tu sais, lui et les affaires… C'est du sérieux et plus encore.

Elle hocha la tête, considérant que ce point n'était pas à discuter.

— Nous sommes restés brouillés pendant plusieurs mois, comme tu t'en souviens peut-être. Je n'ai eu le droit de revenir dans vos vies qu'après la mort de votre mère. Je n'ai pas osé, tout d'abord, puis j'ai décidé que cette circonstance majeure méritait bien que je prenne un peu sur moi et que j'ose à nouveau frapper à votre porte. Crois-moi, j'étais dans mes petits souliers ! Jacques a été très dur, dans un premier temps, mais par la force des choses il n'a pas pu me repousser. Il a fini par m'accepter puis, peu à peu, par apprécier à nouveau ma présence. Je crois qu'au-delà de l'amitié qu'il avait pour moi, malgré tout ce que nous avions vécu, il avait bien trop besoin que je vous prenne sous mon aile, de temps en temps. Sans m'en rendre vraiment compte, j'ai peu à peu repris ma place parmi vous. J'aurais aimé que cela se passe dans d'autres conditions, mais je suis malgré tout heureux qu'il ait fini par me pardonner.

— Papa n'en parle jamais. Si Antonella ne m'avait rien dit, je ne l'aurais jamais su.

— Avec ton père, quand c'est oublié, c'est oublié !

— Ce n'est visiblement pas le cas de ma tante...

— Oh ! tu sais, les femmes... À l'époque des faits, nous étions fiancés, Antonella et moi ! Elle ne m'a jamais pardonné d'avoir brisé ses rêves !

Rose eut un sursaut d'indignation. Comment sa tante pouvait-elle avoir omis ce détail ?

— Elle n'en a rien dit, n'est-ce pas ? devina Jean.

— Rien du tout. Mais... Jean...

— Quoi, ma petite ?

— Vous êtes si différents ! Comment est-ce possible ?

— Ah ! Rose ! Mais la jeunesse est une période privilégiée pour faire bien des erreurs ! L'important, c'est de savoir y mettre fin à temps... et de s'en remettre ! Tu veux que je te raconte ? Ouvre grand tes oreilles et écoute !

26

— Il était une fois, il y a fort, fort longtemps...

— Jean...

— Rose ?

— Je n'ai plus six ans. Je t'en prie, viens-en aux faits...

Jean fit une petite moue.

— Six ans ou pas, je pensais que tu aimais toujours les histoires, mais soit ! L'heure n'est pas aux contes de fées et, d'ailleurs ce qui suit n'a guère de rapport avec les jolis récits dont ta sœur et toi étiez si friandes !

— Comment ma tante était-elle, à cette époque ?

— Antoinette ? Fraîche comme une brise de printemps ! Avec de grands yeux noirs et brillants comme de la tourmaline, des cheveux sombres et puis une telle prestance ! Une véritable apparition divine ! Un ange descendu sur la terre pour mon grand plaisir et mon bonheur le plus total ! Quand ton père me l'a présentée, je suis immédiatement tombé amoureux d'elle. J'ai eu la chance que cette attirance soit réciproque, et nos fiançailles ont été très rapidement célébrées. Malheureusement, comme je te le disais, le conte de fées n'a pas duré bien longtemps. Une fois les premières braises éteintes, tout s'est compliqué entre nous. Je travaillais beaucoup, sans doute trop, et Antoinette, en princesse gâtée, attendait que je lui consacre l'entièreté de mon temps, ce qui n'était évidemment pas possible. Au fil du temps, elle a fini par s'agacer, est devenue désagréable, jalouse et suspicieuse. Si je ne lui parlais pas d'amour, c'est que j'en parlais à une autre, évidemment ! Puis il y a eu ma petite trahison.

— Papa n'a plus voulu t'adresser la parole.

— Et Antoinette, forcément, ne voulait plus de ce mariage. Tu la connais, elle s'est montrée plus théâtrale que nécessaire... Une vraie tragédienne ! Elle n'a jamais eu l'art de la nuance...

Rose essaya d'imaginer sa tante, rajeunie, envoyer valser des vases de roses fanées, se griffer le visage de dépit ou encore pleurer à chaudes larmes, le visage collé contre la vitre de la fenêtre de sa chambre.

— Elle m'a traité de tous les noms, puis elle a épousé son Ernest Douet quelques mois plus tard. Un petit homme malingre... Je me suis toujours demandé si elle ne s'était pas mariée avec lui juste pour me rendre jaloux.

— Cela lui ressemblerait bien.

— Elle a continué à m'écrire de longues lettres de reproches auxquelles j'ai répondu pendant longtemps avant de réaliser que cela attisait au contraire sa rancune. J'ai fini par me marier avec ma Jeanne, une femme délicieuse. Si nous n'avons pas eu d'enfants, nous avons eu la chance d'être heureux en ménage. De son côté, ta tante a connu quelques déboires et aventures qu'elle s'est sans doute fait un plaisir de te raconter... Si j'osais, je dirais qu'elle s'est confite dans sa rancœur, et cela n'est jamais une bonne chose, crois-moi ! Heureux sont ceux qui arrivent à dépasser ce que leur fierté leur souffle à l'oreille. Est-ce que tu vois ce que je veux dire ? Et est-ce que cela pourrait justement avoir un lien avec ce que tu es venue me raconter ? Car tu n'es pas ici pour parler de ta tante, n'est-ce pas ?

Rose retint sa respiration. Il était temps d'enfin confier ce qu'elle avait sur le cœur, sans hésitation ni fausse pudeur.

Encouragée par l'attention bienveillante de Jean, elle raconta le jour de l'inventaire, leur arrivée à l'atelier, l'accusation dont Raphaël avait fait l'objet, l'attention que lui avait apportée Alexandre et tout ce qui avait suivi. Tout au long de son récit, qu'elle voulut simple et honnête, il l'écouta attentivement, avec calme et sans jamais paraître s'offusquer de ce qu'elle lui confiait. Pas un instant elle ne se sentit jugée. Pas un instant elle n'eut peur de ce qu'il penserait d'elle. Avec lui, plus qu'avec nul autre, elle se sentait en sécurité.

— Eh bien, eh bien, eh bien ! conclut-il, lorsqu'elle eut enfin terminé. Voilà une histoire tout à fait intéressante ! Il t'a fallu bien du courage pour venir me voir et me raconter tout cela, mais sache qu'en réalité je savais déjà tout.

Rose tomba des nues.

— Tout ?

— Oui, tout. Enfin, presque. J'étais notamment au courant du petit projet d'Alexandre.

— Comment est-ce possible ?

Jean haussa les épaules.

— Oh ! ce n'est pas bien difficile ! Ce garçon parle beaucoup trop et, surtout, il ne choisit pas très bien ses interlocuteurs. Je suis peut-être un vieillard en fin de course à ses yeux, mais je connais chaque habitant du quartier et toutes les informations me reviennent à un moment ou à un autre. Il n'a pas été difficile non plus de deviner ton implication dans la disparition de la lettre.

— Nestor m'a trahie ?

Jean secoua la tête, subitement plus sombre.

— Remettons les choses à leur place, si tu veux bien : en vérifiant le contenu de la sacoche, il a seulement remarqué une enveloppe qu'il n'y avait pas glissée. Faire le lien entre ton étonnante présence au bureau et cette apparition subite n'était pas bien difficile...

— Oh ! mais cela veut dire que... Si Nestor a trouvé à temps la lettre d'Alexandre...

— Que tu n'es pas responsable de la mauvaise nouvelle qui abat actuellement ton père ? Non, en effet. Est-ce que cela calme un peu la brûlure de la culpabilité ?

— Pas complètement, j'en ai peur...

Les rides qui parcheminaient le front de Jean se plissèrent encore un peu plus lorsqu'il reprit :

— Je ne te ferai pas l'affront de te faire une leçon de morale, Rose, mais, si je peux me permettre un mot, ce serait celui-ci :

ne sois pas si influençable. Tu aurais pu faire beaucoup de mal à ton père, tu sais ?

— Je sais. Mais j'ai cru qu'Alexandre était un ami. Et j'ai eu envie de l'aider…

— Rien ne t'empêchait de te montrer un tant soit peu critique. Tu savais très bien que tu faisais une bêtise, n'est-ce pas ?

Elle hocha la tête, penaude.

— Et pourtant, tu l'as faite. Pour ta défense, je concède qu'Alexandre est fort d'un certain pouvoir de persuasion et qu'il est animé par une soif terrible de reconnaissance et de succès. Et ce n'est pas nouveau.

— Je sais. Suzon a écrit à Tours…

Jean eut un petit rire.

— Vraiment ? Cela ne m'étonne pas d'elle. Alors, tu sais…

— Je sais tout. Mais je l'ai appris trop tard. Le mal était déjà fait. Je lui ai confié beaucoup de choses, mais jamais je n'aurais cru qu'il se servirait de ces informations contre nous. Je pensais que nous discutions simplement.

— Alexandre ne discute jamais « simplement ». Cela, la petite Clarisse Chevalier pourra en témoigner. Son père tient l'un des plus importants ateliers de la Croix-Rousse…

— Papa en parle parfois.

— Alors tu sais que là-bas il y a eu beaucoup de changements, déjà. Le quartier tendra encore à se moderniser dans les années à venir. On y trouve les plus grands ateliers avec des dizaines de métiers Jacquard qui, dit-on, ne s'arrêtent jamais… Notre fieffé coquin n'a pas pu résister et s'est très vite imaginé à la tête d'un empire prometteur… Mais pour cela, il lui faut épouser la bonne personne.

— Mais Clarisse doit à peine avoir quinze ans !

— Peu lui importe. Il semblerait de toute manière qu'Alexandre ait changé de cible et qu'il cherche désormais à séduire une autre jeune femme au profil jugé plus intéressant…

— Je vois…

Rose accusa le coup en silence. Elle n'avait donc pas été la seule à se laisser prendre aux belles paroles d'Alexandre. Sans doute s'était-il servi de son sourire enjôleur, de son physique agréable et, surtout, de la capacité qu'il avait à comprendre ce que l'on attendait de lui. Sans doute avait-il espéré, un temps, prendre une place de premier choix dans la famille Roux avant de découvrir les problèmes que connaissait son père et de se tourner vers une alliance plus prometteuse.

— Mais ne pense pas qu'il fasse illusion. Les mauvais éléments finissent toujours par être remarqués. Raphaël a été l'un des premiers à nous alerter à son sujet.

— Vraiment ?

— C'est d'ailleurs une des raisons pour laquelle Alexandre ne le portait pas dans son cœur. Et sans doute cela explique-t-il son nouveau petit penchant...

— Lequel ?

— Faire circuler des rumeurs...

— Oh !

Se souvenant des paroles du petit Vincent, Rose ne put s'empêcher de demander :

— Mais toi, tu sais que cela est faux, n'est-ce pas ? Car tu as vu Raphaël ! Je suis certaine de l'avoir aperçu près de chez toi, l'autre jour... Était-ce bien lui ?

Contrairement à ses craintes, Jean ne se déroba pas.

— Parfaitement. Ma foi, nous n'avons visiblement pas été aussi discrets que nous l'aurions souhaité !

— Papa le sait ?

— Absolument pas. Et c'est l'une des raisons pour lesquelles j'ai eu cette entrevue avec Nestor. Nous avions plusieurs points à discuter.

— Et crois-tu papa capable de pardonner ?

— À Alexandre ?

— Non, à Raphaël.

Jean eut un sourire en coin.

— Ah ! alors tu penses toujours à lui ?

— Je me le suis interdit bien des fois mais, oui, évidemment que oui...

— Sache qu'il ne parle que de toi.

Si, de gêne, elle avait préféré maintenir ses yeux baissés, Rose les releva alors vers ceux de Jean avec une avidité qui fit rire le vieil homme.

— Oui, ma chère, il ne parle que de toi, de ce qu'il aurait voulu te dire, de ses regrets. J'ai dû le retenir à maintes reprises, sinon il serait allé errer sous tes fenêtres des nuits durant en espérant que tu l'aperçoives de derrière tes rideaux !

— J'aimerais tant lui parler ! J'aurais dû l'écouter, mais... je l'ai repoussé. J'ai préféré croire Alexandre. J'ai été...

D'une main, Jean lui fit signe de se taire.

— Le passé est le passé. Si je te disais que tu pouvais parler à Raphaël, maintenant, qu'en dirais-tu ? Et si je te disais même que tu pouvais l'aider, à ta manière, le ferais-tu ?

27

Levant le visage vers le ciel radieux, les yeux abrités par sa paume ouverte, tendue vers le ciel, Rose prit un temps de réflexion. Avait-elle, presque malgré elle, suivi les conseils du sorcier, ou ce changement de perspective était-il dû aux paroles de Jean ? Il lui semblait désormais considérer son existence, et tous ceux qui la peuplaient, sous un nouveau jour.

— Je ne peux tout t'expliquer, avait déclaré son vieil ami, peu avant qu'elle ne quitte son bureau. J'aimerais que Raphaël te raconte son histoire. Tout ce que je peux te dire, c'est que la jeune Émilie, la tisseuse qui travaille pour Camille, est directement impliquée dans des affaires louches...

— Tu veux dire qu'elle a un lien avec les vols de matériaux ? avait deviné Rose. Pas Émilie ! Je ne peux y croire !

— Pourtant, c'est bien le cas !

— Et elle aurait fait accuser Raphaël à sa place ?

La mine de Jean s'était assombrie.

— C'est malheureusement plus compliqué que cela... Raphaël n'a pas eu besoin d'elle pour faire ses premières erreurs et, ensuite, il est tombé dans un engrenage.

— Je vois... Mais alors, qu'attends-tu de moi ? Puis-je aller voir Raphaël, à présent ? Je...

— Pas immédiatement, Rose. Avant, j'aimerais que tu passes voir Émilie. Elle aura peut-être des choses à te confier. Elle détient des informations que Raphaël n'a pas. Il nous faut des noms, des lieux... des indications plus précises qu'elle seule connaît.

Les sourcils froncés, elle fit mine de ne pas comprendre.

— Entre femmes, les langues se délient, non ? Peut-être auras-tu davantage de veine que je n'en ai eue moi-même. Vous êtes amies, n'est-ce pas ?

— Nous nous connaissons à peine !

— Quoi qu'il en soit, tu es notre dernière chance, Rose. Sans toi, Émilie ne parlera jamais, et nous n'avons pas réussi à identifier les autres membres du réseau auquel elle appartient sans aucun doute.

— Tu me demandes d'aller l'accuser ?

— Je te demande d'aller plaider la cause de celui qui nous manque à tous.

La jeune femme avait soupiré imperceptiblement. Elle n'était ni libre de ses mouvements ni libre de ses horaires. En l'envoyant chez Émilie, Jean se trompait tout simplement d'émissaire...

— J'irai prévenir Suzon, lui avait-il alors précisé, comme s'il avait eu accès à ses pensées.

— Alors, j'irai.

— Je sais de source sûre qu'Émilie est sur le départ. Elle a certainement senti le vent tourner. Nous n'avons plus beaucoup de temps... Tu la trouveras chez elle. Voici l'adresse. Il faut y aller aujourd'hui !

Le précieux feuillet froissé au creux de la main, Rose s'était alors lancée au travers des rues avec l'énergie du désespoir. Désormais, plus rien ne comptait. Ni Suzon, ni la colère de son père, ni les maux d'Adeline et encore moins les gens qu'elle croisait et qui rapporteraient peut-être avoir vu « l'aînée des sœurs Roux, échevelée et rouge, marchant vivement en direction des hauteurs ». La hâte de Jean était devenue la sienne. Elle n'avait qu'un but, qu'une obsession : arriver chez Émilie et sauver Raphaël.

Au bout d'un temps qu'elle aurait bien eu du mal à quantifier mais qui lui parut long tant elle était fatiguée et impatiente d'intercepter la tisseuse, Rose, qui marchait désormais dans des rues dont elle ne connaissait même pas le nom, arriva enfin au niveau du Jardin des Chartreux. Aménagé depuis peu, il était traversé par un chemin piétonnier, le passage Gonin, qu'elle emprunta sur quelques dizaines de mètres avant de revenir sur ses pas et de se diriger finalement vers l'escalier Prunelle. L'émotion lui faisait décidément perdre la tête et le sens de l'orientation.

Elle en grimpa les marches aussi rapidement qu'elle le put et, une fois arrivée en haut de ces dernières, le souffle rendu court par l'effort, elle tourna sur la droite et parcourut la courte distance qui la séparait encore du numéro 16.

— Je te préviens, tu n'es pas habituée à ce genre de logement, l'avait prévenue son ami. Émilie vit avec plusieurs autres femmes, mais elles ne sont ni amies ni de la même famille. Elles vivent ensemble pour faire des économies sur leur loyer. Certaines se partagent une chambre. D'autres, comme Émilie, n'en ont pas et préparent, chaque soir, leur couchage à même le sol de la pièce commune. Il ne faudra pas que tu te montres étonnée ou même choquée.

Chagrinée à l'idée d'être spectatrice de ce dénuement sans rien pouvoir y faire, Rose n'en frappa pas moins deux grands coups à la porte. Elle fut favorisée par le destin car ce fut la tisseuse qui apparut dans l'encadrement et non l'une de ses camarades.

Contrairement à leur dernière rencontre à l'atelier, Émilie ne la gratifia d'aucun sourire. La mine fermée, elle resta figée sur le seuil de la porte, regrettant certainement d'être venue ouvrir à une visiteuse qui n'avait rien de bon à lui apprendre. Car Rose Roux ne s'était pas déplacée pour le plaisir de lui parler !

Sachant qu'elle n'avait pas une seconde à perdre, la jeune femme ne lui laissa pas l'opportunité de la renvoyer chez elle et prit sans attendre la parole.

— Bonjour, Émilie. Je voudrais te...

— J'attends quelqu'un. Je n'ai pas le temps.

— Je ne te retiendrai pas longtemps. Est-ce que je peux entrer ?

Dans les yeux d'Émilie commença alors une lutte sans appel entre sa bonne éducation, l'amitié qu'elle avait peut-être pour Rose et la peur évidente que lui imposait la situation présente.

— Je t'en prie, la supplia Rose. Juste une minute. Je ne serai pas longue !

Cela, elle n'en était évidemment pas certaine, mais elle ne pouvait espérer convaincre la tisseuse en lui expliquant la raison de sa venue entre deux portes. À son grand soulagement, Émilie s'effaça enfin. Juste assez pour qu'elle puisse se faufiler chez elle mais assez peu pour qu'elle comprenne parfaitement qu'elle n'était pas la bienvenue.

— C'est Camille qui vous envoie ? lui demanda-t-elle immédiatement, d'une voix où une certaine tension était palpable.

— Pas du tout. Pourquoi m'enverrait-il te voir ?

— Oubliez cela, voulez-vous ? Cette question était ridicule. Bien sûr qu'il ne vous a pas envoyée me voir. Vous n'êtes pas son employée, ni même son obligée.

Debout, face à face, dans la petite entrée qui semblait donner sur un modeste salon et une minuscule cuisine avant de se terminer par un escalier menant à l'étage, les deux jeunes femmes se regardèrent un long instant avant que Rose ne demande :

— Comment te portes-tu, Émilie ? Tu es très pâle. Est-ce la raison pour laquelle tu n'es pas chez Camille, aujourd'hui ?

Émilie pinça les lèvres comme si elle voulait retenir la confidence qui brûlait d'en passer la barrière.

— Je ne travaille plus pour Camille, finit-elle par souffler, lasse.

— Vraiment ?

— C'est moi qui l'ai décidé, reprit immédiatement la jeune femme, coupant court à tout questionnement.

— Je pensais que tu étais heureuse de travailler dans son atelier.

— J'ai d'autres projets.

— Vas-tu rejoindre une amie ? De la famille ?

La question de Rose se voulait légère et polie, mais ne fit naître aucun sourire sur les traits tirés de son interlocutrice.

— Peut-être bien.

— J'en suis contente pour toi, mais je suis également désolée de te voir partir.

— Ah oui ? Et pourquoi cela ?

— Parce que j'appréciais de te croiser chez Camille, même si ces moments étaient peu fréquents. J'étais et je suis toujours fascinée par ton travail. J'aimais beaucoup parler avec toi. Comme lors du dernier Noël, te souviens-tu ?

— Vous m'aviez offert un quartz rose...

— Et toi, un merveilleux foulard bleu ! Je le porte souvent !

L'évocation du souvenir, si sincère soit-il, eut au moins l'avantage d'adoucir la tisseuse qui, d'un geste, l'invita à la suivre dans une autre pièce.

Rose pénétra alors dans un salon austère, aux murs crépis d'un blanc grisâtre. D'une certaine manière, l'endroit où Émilie vivait était l'antithèse même de l'atelier dans lequel elle travaillait chaque jour. Bas de plafond et doté de petites fenêtres, il était relativement sombre malgré la belle lumière de la journée. Bien que très propre et bien rangé, il y régnait une atmosphère triste et impersonnelle. De celle qui flotte parfois dans les lieux où l'on ne rit pas beaucoup et où l'on ne fait que passer.

Papillonnant des cils, assise dans un fauteuil où elle n'osait s'installer confortablement, Rose était sur des charbons ardents. Et maintenant, que dire ? Comment évoquer Raphaël sans brusquer la jeune tisseuse ? Jean semblait avoir mis tant d'espoir dans son intervention... Elle ne pouvait le décevoir et encore moins décevoir les espoirs que leur conversation avait fait renaître en elle.

Convaincue qu'il lui fallait être directe, Rose ne s'embarrassa pas de phrases d'introduction ou de longs discours.

— Je suis venue te parler de Raphaël.

Émilie resta de marbre, comme si le nom du dessinateur n'éveillait rien en elle.

— Il me semble inutile de te raconter en détail les raisons pour lesquelles mes fiançailles avec lui ont été brisées. Tu sais très bien ce dont on l'accuse.

— Comme nous tous. Mais cela n'explique toujours pas les raisons de votre présence ici.

— J'aimerais l'aider. Et pour cela, j'ai besoin de toi.

Haussant les épaules, Émilie répliqua :

— L’affaire ne date pas d’hier, et il n’y a rien à en dire.

— C’était il y a seulement quelques semaines. Presque rien, en somme. Il est toujours temps de trouver des réponses auprès de ceux qui les possèdent.

Émilie secoua la tête, peu touchée par l’urgence clairement perceptible dans la voix de Rose.

— Je n’ai pas vu Raphaël depuis la veille de l’inventaire. Nous n’avons aucune raison de nous voir, et je n’ai aucune raison de le soutenir en quoi que ce soit dans cette histoire. Vous avez votre réponse. Si vous voulez bien, je vais vous raccompagner à la porte.

Elle fit mine de se lever mais se figea à nouveau sur son fauteuil, comprenant à sa posture que Rose ne ferait pas de même. Dans son regard, l’aînée des sœurs Roux ne voyait pourtant rien qui puisse lui donner le moindre espoir d’arriver à ses fins. Émilie ne ferait rien pour elle. Foulard offert ou non, elles n’étaient pas amies et, l’auraient-elles été, la tisseuse n’aurait rien dit ou rien fait qui risque de lui porter préjudice. Jean avait eu tort de lui demander d’intervenir. Et cette certitude, associée à sa fatigue et aux émotions fortes qui l’habitaient depuis le matin même, poussa la jeune femme aux larmes.

Elles montèrent dans ses yeux si rapidement, et si abondamment, qu’elles débordèrent avant même qu’elle ne puisse les anticiper ou les essuyer furtivement d’un revers de main. Dévalant ses joues, comme un torrent gonflé de pluies orageuses, elles eurent néanmoins le mérite d’attendrir un peu la tisseuse qui, gênée, se détourna le temps de la laisser se reprendre.

— Vous devriez rentrer chez vous, lui conseilla-t-elle, une fois que Rose eut essuyé les dernières traces de son émotion, se tamponnant doucement les yeux de son petit mouchoir. Vous n’avez rien à faire ici, loin de chez votre père.

Mais Rose ne pouvait s’y résoudre. Pas si tôt. Et pas ainsi ! Secouant la tête, elle tenta de s’affirmer face à la tisseuse.

— Je voudrais avoir des réponses.

— Je vous l’ai dit : je n’ai rien à vous raconter sur Raphaël. Nous nous connaissions à peine. Je ne l’ai jamais vu ailleurs qu’à l’atelier et…

— Je pense pourtant le contraire. On vous a vus ensemble, peu après la découverte des vols dont il est accusé. Et j'ai entendu dire qu'au cours des derniers mois qui ont précédé l'inventaire, Raphaël et toi étiez très proches. Vraiment, très proches !

— Oh ! n'allez pas croire n'importe quoi ! s'écria alors Émilie tout en se redressant de toute sa haute stature.

— Je ne crois rien. Je me contente de répéter ce qui m'a été rapporté.

— Eh bien, je vous croyais plus intelligente que cela, mademoiselle Roux.

— Je...

— Ne vous êtes-vous pas demandé une seule seconde si ce qu'on vous a affirmé était bien vrai ? J'imagine que vous avez dû entendre bien des horreurs sur mon compte ! Je suis même certaine que vous me considérez comme pleinement fautive ! Est-ce bien le cas ? Vous ne savez rien et, pourtant, vous me condamnez ! Vous n'êtes pas meilleure que ceux qui ont blâmé votre fiancé sans l'entendre !

— Il n'est plus mon fiancé.

— Peu importe ! Pour lui comme pour moi, tout est plus compliqué qu'on ne pourrait le croire mais, cela, nul ne prend la peine d'y réfléchir !

Rose se redressa un peu. L'attitude d'Émilie, tout comme l'amertume qui transpirait de ses paroles, l'avait touchée de plein fouet, la poussant à s'affaisser toujours un peu plus dans un fauteuil qui menaçait de l'avaler.

Quand elle releva le menton, enfin, ce fut pour déclarer :

— Dans ce cas, dis-moi ce que tu as à me dire. Je t'écoute.

— Vous voulez vraiment savoir ?

— Si je te le dis !

— Alors si c'est vraiment le cas, autant commencer par le commencement...

Se levant brusquement, le regard fier, Émilie se posta de profil et posa finalement sa paume grande ouverte sur son ventre, ne laissant à Rose aucun doute quant à son état.

Elle était enceinte.

28

— Vos grands airs et vos certitudes, comme vos jugements, ne sont rien en comparaison de cet enfant à venir.

Émilie avait retrouvé son fauteuil et s'y tenait, le dos droit, le regard conquérant, prête à faire front. Rose, toute perturbée qu'elle était par la nouvelle, s'offusqua de tant de défiance.

— Je croyais que tu m'appréciais, Émilie. Pourquoi es-tu si méfiante ? Tu n'étais pas ainsi, jadis.

— Jadis, vous n'étiez pas chez moi, dans mon fauteuil, à me traiter de voleuse sans rien connaître de ma vie, de mes épreuves et de mes rêves. Je ne suis plus la même qu'auparavant. Je veux seulement une meilleure vie pour mon enfant, ajouta-t-elle d'une voix sensiblement plus douce.

— Y a-t-il… un père ?

— Non, il n'y a pas de père.

— Tu pars donc seule ?

— Je ne suis pas seule.

— Et où iras-tu ?

— N'insistez pas, vous ne le saurez pas.

Comprenant que la conversation lui échappait, Rose poussa un petit soupir résigné.

— Je ne chercherai pas à te retrouver… Et je ne donnerai cette information à personne !

— Comment vous croire ?

— Tu peux me croire car je te comprends, Émilie. Et ce, bien plus que tu ne le penses !

Émilie accueillit la réplique avec un petit rire surfait que n'aurait pas renié Antonella.

— Je ne vois pas comment une fille comme vous pourrait comprendre une fille comme moi !

— C'est pourtant le cas. Ma sœur est enceinte, elle aussi, expliqua Rose, incapable de se taire plus longtemps. Et en te voyant, je la vois, elle. Elle non plus n'a pas de mari. Elle aussi se retrouve seule.

Émilie tressaillit imperceptiblement, si bien qu'un instant Rose crut avoir touché un point sensible. Peut-être allaient-elles pouvoir retrouver leur connivence passée et trouver un terrain d'entente... Ce ne fut malheureusement pas le cas. La voix de la tisseuse était tout aussi dure lorsqu'elle répondit :

— Je ne me fais pas de souci pour elle. Votre père ne la mettra pas à la porte. Il lui trouvera un mari et, ainsi, elle poursuivra sa vie dans le confort qu'elle a toujours connu.

— Je n'en suis pas si certaine mais, là encore, je te comprends. Il est difficile d'avoir de la compassion pour autrui quand on n'en a jamais reçu soi-même. Tu as été séparée des tiens il y a longtemps et, depuis, tu n'as jamais été aidée ni soutenue. C'est bien vrai ?

— On peut le dire comme ça.

— Et si, moi, je te proposais de l'aide ?

Face à elle, Émilie ne prononça pas un mot mais, à son changement de physionomie, Rose sut qu'elle avait toute son attention.

— Quoi que tu penses, je conçois pleinement l'urgence de la situation et les difficultés auxquelles tu vas devoir faire face. Pour cela, je te propose de l'argent, improvisa-t-elle. De quoi partir sans regrets et te permettre de tenir un temps. En échange, je veux que tu m'aides pour Raphaël.

Sans doute Émilie aurait-elle préféré être en mesure de refuser. Digne et fière jusque dans ses retranchements, elle n'accepterait que contrainte et forcée.

— Comment être sûre de votre bonne foi ?

— Tu ne peux pas l'être. Mais je t'assure que je tiendrai parole. Je le jure sur l'enfant de ma sœur que je chéris déjà et qui, je l'espère, aura une belle existence, tout comme le tien. Tu dis vouloir partir. Sans doute crains-tu que la situation ne se complique très prochainement pour toi, ici. Jean Bonnet, mon ami, m'en a touché un mot. Tu vois de qui je veux parler ?

— Oui. Il est venu chez moi. Je lui ai claqué la porte au nez. Je ne parle pas à ces gens-là.

— Tu n'as pas à avoir peur de nous. Nous ne te voulons pas de mal. Jean s'intéresse à d'autres, à ceux qui organisent le réseau auquel tu as participé... Tu n'as rien à perdre. Dis-moi seulement ce que je dois savoir...

Émilie continuait de se battre contre elle-même. Ses cils papillonnaient, et sa bouche était parcourue de spasmes qui trahissaient son émotion. Le temps d'un battement de cœur, Rose crut qu'elle allait verser quelques larmes mais, si Émilie se reprit de peu, elle n'en était pas moins prête à soulager sa conscience.

— Vous dites connaître mon parcours, mademoiselle Rose, mais je crains que vous ne puissiez réellement vous rendre compte de mes tourments. En trouvant un poste chez Camille, je pensais avoir mis fin à mes errances. Je pensais avoir trouvé une famille après avoir perdu la mienne, et puis tout s'est compliqué à nouveau. J'ai dû aider un de mes frères, alors dans le besoin, et pour cela je n'ai pas hésité à voler. C'était cela ou rejoindre ces filles des rues dont vous n'avez certainement jamais entendu parler mais dont vous devinez peut-être le rôle... Depuis longtemps déjà, je connaissais l'existence de trafics secrets, de fils dérobés, remplacés par d'autres, et de petits larcins qui, combinés les uns aux autres, permettaient de vivre un peu mieux. J'avais déjà été approchée par certains hommes et avais toujours refusé leurs offres. Peut-être avaient-ils vu en moi une proie idéale car jeune et facile à diriger ? Cette fois-là, c'est moi qui suis allée à leur rencontre. Pour une ouvrière de la soie comme moi, c'était facile. Je sais où prendre, comment prendre et comment le cacher. Et je ne me suis pas privée. Une fois mon frère sorti d'affaire, on ne m'a pas laissée arrêter. On connaissait mon nom, on avait de quoi me faire tomber, alors... j'ai continué.

— Et tant pis si cela faisait du tort à d'autres ?

— J'avoue n'avoir jamais pensé à quiconque, si ce n'est à moi-même.

— Mais Raphaël, dans tout ça ?

Émilie eut un petit rire ironique.

— Raphaël, Raphaël, Raphaël... Vous n'avez que ce prénom à la bouche !

— Il est celui pour qui je suis venue ici...

— Alors je ne suis pas certaine que vous soyez prête à écouter la suite.

— Là encore, tu te trompes. Je suis prête à tout entendre.

Émilie haussa les épaules, à nouveau détachée.

— Très bien, vous l'aurez voulu... Tout d'abord, ne pensez pas que votre Raphaël a été forcé à voler quoi que ce soit. Il a commencé sans moi, à sa façon. Un matin, alors qu'il se pensait seul dans la réserve, je l'ai vu glisser quelques bobines dans ses poches ! Comme si de rien n'était !

— Il en avait peut-être besoin pour un travail en cours ?

— Mais, mademoiselle... il ne tisse pas ! Pourquoi en aurait-il eu besoin ? Quoi qu'il en soit, son air coupable aurait dans tous les cas parlé pour lui ! Ce jour-là, j'ai été si surprise que j'ai immédiatement tourné les talons sans trouver quoi lui dire. C'est lui qui est venu m'en parler un peu plus tard, très gêné. Il m'a alors expliqué certaines choses ; ensuite, je lui ai proposé de travailler avec les personnes avec qui j'avais noué ces liens, si honteux soient-ils.

Le cœur de Rose se serra un peu en pensant à ces « choses », soit ces fameux problèmes que Raphaël avait gardés pour lui sans les lui confier. L'heure n'était pas aux regrets, aussi repoussa-t-elle aussi loin que possible la tristesse qui grandissait en elle.

— Et ensuite ?

— Ensuite ? Il a simplement été trop gourmand. Il a manqué de discrétion et aujourd'hui il en paye le prix, et moi aussi puisque nos noms sont liés ! Je n'ose plus travailler chez Camille, me sachant suspectée. Je ne peux plus rembourser les hommes pour lesquels je travaillais. J'ai dépensé tout l'argent qu'ils m'avaient avancé pour préparer mon départ. Aujourd'hui, je n'ai plus rien et j'ai peur. C'est pour cela que je dois partir sans attendre.

— Ces noms, ceux de ces hommes qui veulent votre argent, vous pourriez me les donner ?

Cette fois, Émilie ne fronça pas les sourcils, pas plus qu'elle ne détourna le regard. Sa voix ne flancha pas lorsqu'elle déclara :

— Cela vous coûtera cher.

— Je trouverai une solution.

Alors qu'elle aurait dû sautiller d'allégresse, sourire ou même rire, Rose sentit les larmes monter irrépressiblement puis couler le long de ses joues à mesure qu'elle s'éloignait de chez Émilie. Il était sans doute encore un peu trop tôt pour ressentir le soulagement qu'elle avait tant espéré. Trop tôt également pour se réjouir de ce que ses promesses pouvaient représenter, pour Raphaël. Pour l'instant, elle oscillait entre peur et tristesse, espoir et crainte.

Dans une enveloppe cachetée, qu'elle serrait contre son cœur, se trouvait la confession d'Émilie. Les noms de « ces hommes », des lieux et autant d'informations qu'elle remettrait sans tarder à Jean. Qu'il en fasse ce qu'il voudrait. Tout ce qu'elle espérait, c'est que Raphaël puisse en ressortir, non pas blanchi de tout soupçon, mais digne de pardon.

De son côté, elle tiendrait parole et Émilie obtiendrait son dû. Il lui faudrait sans doute se séparer de cette soie si précieuse qu'elle tenait de sa mère et de plusieurs bijoux, mais peu lui importait, au fond. Ils n'étaient que des possessions rangées au fond de son armoire et ne lui apportaient aucune consolation lors de ses nuits de peine…

Pour l'heure, ses pas la guidaient enfin vers celui dont elle n'aurait jamais dû être séparée, quels que soient les vents et marées. À l'idée d'être à nouveau près de lui, Rose dut ralentir l'allure sous peine de manquer d'air. Elle avançait d'un pas pressé, poussée en avant par le message qu'elle avait à lui transmettre. Désormais, elle ne craignait qu'une chose : qu'il refuse de lui ouvrir la porte.

29

Forcé à la discrétion mais soutenu par des amis aussi rares que précieux, Raphaël était désormais aussi bien caché que l'était le trésor oublié du parc de la Tête d'Or. On connaissait son existence, on le savait à proximité, mais il restait hors de portée. Rose, toute décidée qu'elle était, n'aurait heureusement pas à creuser longtemps pour le trouver car Jean lui avait glissé l'adresse secrète à l'oreille, lorsqu'ils s'étaient quittés.

— Il vit au dernier étage du bâtiment, sous les toits. Tu verras, c'est assez précaire. Mais pour y monter, il te faudra montrer patte blanche. Un cerbère veille… Je ne t'en dis pas plus.

En arrivant à destination, Rose se sentait fébrile et anxieuse. Il lui semblait avoir quitté Alexandre à la roseraie des jours plus tôt alors que leur échange ne datait que du matin même. Fatiguée par ses allées et venues en ville, elle n'avait qu'une envie : s'asseoir et prendre un repos bien mérité. Si Raphaël ne voulait pas la recevoir, sans doute s'évanouirait-elle sous ses fenêtres pour l'attendrir et le pousser à venir à elle.

Bien qu'animée par l'envie folle de le revoir, elle se sentait à présent beaucoup moins sûre d'elle et, surtout, de plus en plus vulnérable. Plus que jamais, elle doutait. Selon Jean, Raphaël parlait constamment d'elle, mais cela faisait-il d'elle une personne attendue ou non ? Elle ne pourrait lui reprocher de lui faire subir le sort qu'elle lui avait réservé, à une occasion pas si lointaine…

Le nez levé en direction des plus hautes fenêtres, elle hésitait à poursuivre tout en se sachant incapable de rebrousser chemin.

Elle tentait de trouver en elle le courage nécessaire quand une voix croassante la fit sortir de ses pensées.

— Vous, là ! Vous faites quoi ici ? Hein ? J'peux savoir ?

La jeune femme n'eut pas le temps d'en trouver la provenance que, déjà, on insistait :

— Répondez ! Ou passez votre chemin !

— Je cherche quelqu'un, finit-elle par répondre, ayant enfin trouvé la propriétaire de la voix.

Soit une vieille femme échevelée qui, depuis le premier étage, la regardait avec un air dur. Contrairement à la mise en garde de Jean, la créature chargée de protéger les lieux n'avait qu'une tête mais, si elle devait en croire les yeux perçants posés sur elle, celle-ci suffisait largement.

— Et elle va nous dire qui, la dame ? Ou alors c'est un secret ?

— Raphaël Pelletier. Vous le connaissez ? On m'a dit qu'il était venu s'installer ici.

— Connais pas. Mais si je connaissais, vous auriez à lui dire quoi ?

— Quelque chose d'important.

— Ça, c'est à moi de le décider si c'est important ou pas, alors…

— Martine ! C'est bon, je la connais. Laisse faire.

D'un même mouvement, Rose et l'inconnue levèrent le regard vers les fenêtres supérieures du bâtiment. Le cœur de la jeune femme s'emballa en y voyant celui qu'elle cherchait. L'émotion fut si forte qu'elle en perdit un court instant l'équilibre. En un regard échangé, elle oublia le temps, les épreuves et tout ce qui les avait séparés. Cette impression fut malheureusement de courte durée car les yeux de Raphaël restèrent impénétrables. Sans doute n'aurait-il pas eu de regard plus indifférent s'ils avaient été de parfaits inconnus.

— Si tu veux monter, finit-il par lancer d'une voix lasse, fais attention aux marches, elles sont irrégulières. La porte sera ouverte.

Il n'attendit pas sa réponse et referma la fenêtre.

Tout en montant un escalier dont les marches de pierre avaient été creusées en leur centre par des milliers et des milliers d'allées et venues, Rose était plus perdue que jamais. Certes, l'indication avait été quelque peu sèche, mais au moins lui avait-il donné la possibilité de venir lui parler. Leurs retrouvailles ne se présentaient peut-être pas si mal, après tout, tenta-t-elle de se rassurer tout en se présentant dans l'encadrement de la porte.

Assis face à cette dernière, de l'autre côté d'une longue table, Raphaël ne fit pas mine de se lever pour venir la saluer. À le voir ainsi immobile, Rose aurait pu croire qu'il n'avait même pas pris conscience de sa présence. Elle sut malgré tout, à sa posture qui s'était légèrement raidie, qu'il l'avait entendue arriver. Intimidée, elle attendit quelques secondes qu'il lui fasse signe d'entrer puis, comprenant qu'il ne lui ferait pas cette politesse, elle passa d'elle-même le pas de la porte.

— Bonjour, Raphaël.

Dans le calme ambiant, sa voix sonna étrangement à ses oreilles. Elle baissa le visage vers le sol, n'osant croiser le regard de son hôte.

— Je ne sais pas ce que tu veux, Rose, mais je ne te cacherai pas que je ne t'attendais pas. Et j'en veux beaucoup à Jean puisque j'imagine que c'est à lui que je dois ta présence ici...

— C'est vrai.

— Que la vie peut être cruelle, nota-t-il alors, un pli amer au coin de la bouche. J'ai espéré pouvoir te parler pendant longtemps et, à présent que tu es là, il me semble ne plus rien avoir à te dire.

— Eh bien, c'est moi qui parlerai dans ce cas.

— Qu'as-tu à me dire après un si long silence, Rose ?

Lorsque les yeux de Raphaël rencontrèrent les siens, sans qu'aucun sourire ne vienne pour autant illuminer son visage, Rose se sentit minuscule face à lui. Il était l'homme qu'elle croyait connaître depuis toujours et à la fois un inconnu face auquel elle était comme désarmée.

— Je... je n'ai rien à dire pour ma défense et je sais que j'ai manqué d'écoute et de patience à un moment où j'aurais dû être plus attentive. Mais j'étais paniquée et catastrophée par ce que j'avais appris la veille. Mon père était aux quatre cents coups, ma sœur et moi avions été tenues à l'écart de toute information susceptible de nous éclairer et...

— Et tu étais en compagnie d'une personne qui n'a rien fait pour te ramener à la raison, j'imagine...

Au souvenir de la persuasion dont avait fait preuve Alexandre, de sa propre passivité mais également du baiser qu'ils avaient échangé, Rose sentit ses joues se teinter d'un rouge cuisant.

Mais, déjà, Raphaël secouait la tête.

— Ne crois pas que je t'en veuille. Cela n'est pas le cas. Je sais que tu étais perdue et, surtout, je n'ai pas fait preuve d'une grande intelligence en me présentant à toi tel que j'étais alors. Soit dans tous mes états, fatigué, paniqué et furieux de te trouver avec Alexandre, ajouta-t-il avec une pointe de colère au fond de la voix. Mais ne parlons pas de lui...

— Non, en effet. Parlons plutôt d'Émilie.

Alors, Raphaël fronça les sourcils comme s'il ne comprenait absolument pas à qui elle faisait référence. Il en fallait davantage pour la déstabiliser.

— Elle m'a tout raconté.

— Je vois.

Désespérée par la froideur de Raphaël, Rose prit les devants, fit enfin quelques pas dans la pièce et tira une chaise à elle. Au-delà de ses jambes, fatiguées, elle ne supportait plus d'être ainsi figée face à un homme qu'elle ne reconnaissait plus. L'instant était désagréable, et elle aurait préféré tourner les talons, mais... pour une fois, peu importaient ses sentiments. Elle devait trouver la force de rester.

— Je sais tout. Le jour où elle t'a surpris en train de voler, ce qu'elle t'a proposé pour t'aider, ces gens que tu as rencontrés... Je vais tout rapporter à Jean qui avait besoin de sa version de l'histoire et de tous ces noms que, toi, tu ne connaissais pas. J'ai tout obtenu ! J'ai une lettre de sa part ! Toute cette histoire est terminée à présent ! ajouta-t-elle d'un ton qui se voulait triomphant mais qui se heurta au silence.

Elle ne s'attendait ni à des remerciements ni même à un sourire, et pourtant la passivité de Raphaël accentua le malaise qu'elle sentait grandir en elle depuis son arrivée. L'homme qui se tenait face à elle n'était plus celui qu'elle avait connu, comme si, en disparaissant de leurs vies, Raphaël avait perdu toute sa substance. Ne restaient qu'une silhouette amaigrie, un visage triste et une fatigue évidente. Plus que jamais, elle s'en voulut de l'avoir laissé si seul, si longtemps.

Pour se donner une contenance, mais aussi pour laisser libre cours à sa curiosité, elle se permit enfin d'observer la pièce dans laquelle vivait Raphaël. Jean n'avait pas menti : l'endroit n'était ni beau ni même confortable. Il n'y avait, pour seul décor, qu'un petit lit dans une alcôve, deux fenêtres et une grande table entourée de chaises et débordante de feuillets, de tasses vides et de crayons en tous genres.

Irrésistiblement, ses yeux revinrent au propriétaire des lieux.

— Raphaël ? Est-ce que tu m'as entendue ? demanda-t-elle finalement, avec une grande douceur.

— J'ai bien entendu, oui. Je suis désolé de gâcher ta joie, Rose, mais je ne pense pas que l'histoire soit terminée. Au contraire, pour moi elle commence à peine. Sais-tu quels sont mes tourments ?

D'un geste désespéré, il désigna les murs de la pièce.

— Je change constamment d'adresse. Je me cache, je fuis, et ce, tout en sachant très bien qu'en restant en ville je joue avec le feu. On me cherche ! Il faudrait que je parte ! Et pourtant... je ne peux partir ! Ailleurs, je serais encore plus seul qu'ici et je ne peux m'y résoudre !

— Tu n'es pas seul. Tu as Jean de ton côté ! Nestor ! Et puis moi !

— Toi ? Tu te moques de moi. Ou alors... Ou alors tu n'as pas tout compris...

— J'ai compris, lui assura-t-elle. J'ai tout compris, même si je ne sais pas tout... Émilie ne m'a donné que sa version de l'histoire, et aujourd'hui cela m'est égal. J'aurais tant voulu que tu me parles de tes problèmes, quand il était encore temps ! Tant voulu que tu en parles à papa de ces soucis d'argent... Car c'est cela, n'est-ce pas, qui t'a poussé à voler ? Tu sais, il t'aurait aidé ! Nous aurions tous compris ! Pourquoi ne pas l'avoir fait ?

— Par fierté, articula le jeune homme, après un court silence. Puis par peur, aussi.

— Peur ? Toi ?

— Oui. Par peur de montrer au monde que je n'étais pas digne de toi. Que je n'étais pas capable de t'offrir ce dont tu avais besoin pour être heureuse.

Trépignant sur sa chaise, Rose montra clairement son agacement.

— Mais cela n'a rien à voir avec l'argent !

— Bien sûr que si, au contraire ! Tout a à voir avec l'argent ! Voyons, Rose, tu le sais bien ! Je n'ai pas voulu prendre ce risque. J'avais encore l'espoir que les choses rentrent dans l'ordre, que tout finisse pour le mieux... Au lieu de ça, j'ai seulement réussi à m'enfoncer toujours un peu plus loin dans les problèmes...

— C'est de cela que tu voulais me parler, n'est-ce pas ? Le lendemain de l'inventaire ? Raconte-moi tout à présent, tu le veux bien ?

Raphaël hocha doucement la tête.

— Il n'y a plus grand-chose à en dire... Le matin même, je m'étais réveillé dans un fossé alors que le soleil était déjà haut dans le ciel. Je n'avais plus rien sur moi, et j'étais totalement perdu, commença-t-il, sincèrement gêné d'évoquer ce souvenir avec elle La veille, j'avais suivi Émilie dans une taverne, à la sortie de la ville. Je devais trouver un accord avec l'une des personnes avec qui elle travaillait. Je te rassure tout de suite, Rose : je ne t'ai pas également caché un méchant penchant pour l'alcool. Je ne bois jamais. Ou, du moins, seulement de temps en temps et jamais au point de m'endormir à la belle étoile...

— Pourquoi une telle nuit, alors ? Et surtout, pourquoi un tel réveil ?

— Pour que tu comprennes, il faudrait que je te raconte tout depuis le début, mais... je crains que nous n'ayons pas ce temps.

— Au contraire, nous l'avons. Tu peux tout me dire. Je suis venue pour cela.

C'était faux, bien entendu. Du temps, elle n'en avait plus du tout. Il fallait qu'elle rentre, qu'elle voie à nouveau Jean mais également qu'elle aille parler à Adeline et qu'elle essaye de lui soutirer le nom du père de l'enfant… Mais cela, c'était une autre histoire et d'autres efforts à fournir… Pour l'instant, elle n'avait qu'une envie, qu'un besoin : écouter celui qui avait été trop longtemps réduit au silence.

30

De son enfance troublée par un père dépensier, joueur et peu présent, Raphaël ne donna que les grandes lignes, préférant sans doute garder pour lui les souvenirs les plus cuisants et, peut-être, les plus tristes.

— Quand il est finalement mort, lors d'une rixe qu'il avait lui-même provoquée, j'ai hérité de ses dettes. À l'époque où j'ai été introduit chez ton père et que nous nous sommes rencontrés, je terminais à peine de les rembourser. Du moins, c'est ce que je croyais... Peu après avoir enfin osé te demander ta main, j'ai été retrouvé par des créanciers qui ne s'étaient pas encore présentés jusqu'ici. Ma vie s'est alors comme scindée en deux. J'avais beaucoup de travail, des personnes me faisaient confiance et à la fois je me débattais avec des problèmes graves qui auraient dû appartenir au passé. À cette période, nous ne nous voyions plus beaucoup... Je n'en avais tout simplement plus le temps.

— Jamais je n'aurais pensé que tu vivais tout cela !

Sans doute devait-elle avoir l'air bouleversée car, pour la première fois depuis son arrivée, Raphaël lui sourit.

— Comment aurais-tu pu seulement en avoir l'idée ? Je me suis bien gardé de te donner le moindre détail. Je ne voulais pas t'inquiéter. J'ai seulement profité de la confiance de ton père et de personnes comme Camille pour travailler toujours plus et me rendre indispensable. Quitte à te laisser de côté, pour un temps... J'en suis arrivé à un point où je travaillais tellement que j'avais à peine le temps de dormir... Mes seuls moments de loisir, ils étaient avec toi… J'ai continué à dessiner mais, pour varier mes sources de revenus, j'ai également commencé à tisser. Ainsi, je pouvais traiter mes commandes de leur début à leur fin. Les dessiner et les réaliser.

— Mais pour qui travaillais-tu ?

— Oh ! pour des femmes fortunées qui ne savaient plus quoi faire de leur argent et qui voulaient étoffer leur garde-robe. J'avais délaissé les tissus d'ameublement pour des vêtements luxueux. Dans un premier temps, cela m'a beaucoup plu.

— Camille te laissait travailler dans son atelier ?

— Non, Camille n'en savait rien. Comme les autres… En réalité, j'allais chez un vieux tisseur à la retraite qui disposait encore d'un métier, remisé au grenier. C'est là que j'ai confectionné des tissus pour des inconnues mais également là que j'ai créé ce que je considère comme ce qui aurait pu être mon chef-d'œuvre. Une étoffe qui t'était destinée, Rose.

La jeune femme ne put cacher son étonnement :

— À moi ? Mais pourquoi ?

— Pourquoi ? Tu te poses vraiment la question ? Mais parce que tu étais ma raison de vivre, Rose ! Ma raison d'avancer ! Tu étais celle qui me donnait envie de me battre et de poursuivre, coûte que coûte. Ta présence dans ma vie me permettait de croire que tout était encore possible… Cela méritait bien cet effort…

Il planta ses yeux dans les siens, comme pour s'y accrocher ou peut-être pour se donner le courage de demander :

— Maintenant que tu es là, voudrais-tu la voir, Rose ? Veux-tu voir la soie que j'ai faite pour toi ?

Ne sachant à quoi s'attendre, elle hocha la tête. Alors, il se leva de sa chaise et partit vers le fond de la pièce. Avec une précaution infinie, Rose le vit sortir un paquet d'une armoire à laquelle elle n'avait jusque-là pas pris garde et venir le déposer sur ses genoux. Sentir Raphaël si près d'elle n'eut pas le temps de la troubler car, déjà, il était retourné s'asseoir de l'autre côté de la table.

— Ouvre-le, Rose. C'est pour toi.

Ses mains tremblaient un peu lorsqu'elle décacheta

délicatement les pans du paquet. Ils s'ouvrirent ensemble, en un mouvement gracieux, comme une fleur déploie ses pétales, lui permettant de découvrir une étoffe claire, d'une beauté sans pareille. Émerveillée, Rose osa à peine effleurer des doigts ce tissu au motif si délicat. Les fleurs dessinées puis tissées sur une trame d'un blanc éclatant étaient d'une splendeur sans égale. Leurs pétales écarlates étaient si délicats ; leurs lignes, si fines et si élégantes... Il y avait tant de délicatesse, dans ces roses de soie, tant de poésie que la jeune femme en perdit littéralement la parole.

— Elle te plaît ? Je veux dire, est-ce à ton goût ?

Il y avait de l'angoisse dans sa voix mais également un peu de fierté comme s'il attendait, sans faire mine de le montrer, qu'elle le félicite pour un travail dans lequel il avait mis tout son cœur. Lui qui avait l'air si accablé, lors de son arrivée, semblait à nouveau parcouru d'un semblant de vie. Elle le voyait à sa posture mais également à l'éclat d'un regard qu'elle connaissait bien.

— À mon goût ? Comment cela ne pourrait-il ne pas l'être ? C'est si beau ! ajouta-t-elle, sans pouvoir s'empêcher de caresser le tissu, doux et souple sous sa paume. Je n'ai jamais rien vu de pareil, et tu sais que j'ai passé mon enfance à regarder mon père dérouler les soies devant mon nez ! Ces fleurs... elles sont si belles, si réalistes que j'en sentirais presque leur parfum ! J'ai envie de les cueillir et de plonger le nez au milieu de leurs pétales, de les toucher, de... Tu peux être fier de toi, c'est vraiment une merveille !

Elle aurait voulu courir vers lui, le prendre dans ses bras ou au moins le toucher, mais elle n'osa pas, même lorsqu'il lui déclara que cette soie était toujours à elle et qu'elle pouvait en faire ce qu'elle voulait.

— Je ne peux pas accepter un tel cadeau.

— Certainement pas de la part d'un homme comme moi, c'est certain...

— Tu veux dire, d'un homme talentueux, courageux et...

— D'un homme qui a menti, qui a volé...

Rose baissa les yeux, gênée. Ces vols et la trahison qui allait de pair, elle ne pouvait les nier. Et pourtant, n'était-elle pas également venue pour avoir la vérité ?

— Peux-tu me dire ce qui s'est passé ensuite, Raphaël ? Comment en es-tu venu à te tourner vers Émilie ? Et pourquoi elle ? J'ai entendu dire... qu'elle et toi vous étiez très proches, ajouta-t-elle, la gorge subitement serrée.

— Je n'ai jamais été proche d'elle, nia le jeune homme. J'admirais sa technique, c'est tout. Elle est peut-être l'ouvrière la plus précise et la plus efficace qu'il m'ait été donné de rencontrer. Nous avions de l'estime l'un pour l'autre, et c'est bien tout.

— Mais elle m'a dit t'avoir vu te servir dans les stocks de Camille...

Raphaël se rembrunit puis hocha la tête, semblant revivre en pensées ce moment difficile.

— Tout a commencé à cause de mon besoin de gagner du temps et de mon manque d'expérience, expliqua-t-il alors. J'avais une soie bleu cobalt à tisser et, si j'ai évidemment été payé pour acheter les fils nécessaires à cette dernière, j'ai mal anticipé mes besoins. Je me suis très vite retrouvé en manque de matières premières. En attendant les fonds qui me permettraient de combler ce besoin, j'ai trouvé des bobines similaires dans la réserve de l'atelier de Camille. J'avais évidemment pour projet de les remplacer dès que possible.

— Tu ne l'as jamais fait ?

— Quand j'ai finalement reçu l'argent qui aurait dû me permettre de les remplacer, au lieu d'acheter de quoi rembourser Camille, j'ai préféré payer un créancier qui me réclamait son dû du mois. Je savais les risques que je prenais, mais je n'avais guère le choix... Puis tout s'est enchaîné. J'empruntais des matières premières à Camille en me jurant de le rembourser plus tard mais sans jamais le faire car il y avait toujours quelque chose de plus urgent où dépenser le peu d'argent que je gagnais. C'était un cercle vicieux dans lequel je suis tombé par facilité et fatigue, je l'avoue humblement. J'ai malgré tout eu à cœur de tout marquer dans les registres pour laisser une trace de mes emprunts. Je savais qu'ils ne seraient pas consultés avant l'inventaire et que cela me laissait un peu de temps pour tout remettre en ordre et les corriger.

— Et c'est à ce moment-là qu'Émilie entre en scène ?

Raphaël hocha la tête.

— L'habitude aidant, j'ai gagné en assurance et perdu en discrétion, et elle a fini par remarquer mon manège. Elle m'a offert une aide que j'ai acceptée.

— Quelle était-elle ?

— Elle m'a tout simplement proposé de remplacer elle-même les matériaux que j'empruntais, et ce, pour des sommes vraiment modiques. C'était inespéré. Pour justifier ces prix, elle m'a assuré que les matériaux de remplacement provenaient de tisseurs qui avaient fermé boutique et qui cherchaient à écouler leur stock. En réalité, ces bobines venaient toutes d'un trafic souterrain. Ces fils étaient d'une qualité exécrable, en plus d'être gonflés pour paraître plus lourds… Jamais une telle contrefaçon n'aurait pu passer aux yeux de Camille et de ses ouvriers, mais je me suis contenté de lui faire confiance sans rien vérifier. Et quand j'ai enfin eu un doute, peu avant l'inventaire, j'ai été si furieux que j'ai demandé à voir les hommes pour qui Émilie travaillait. J'ignorais leurs noms et leurs visages, mais il fallait que je les rencontre.

— Elle a accepté ?

Raphaël secoua la tête, les yeux au sol.

— Elle a refusé pendant de longs jours avant de finalement me donner rendez-vous, la veille de l'inventaire. Sous prétexte de me présenter l'un d'entre eux, Émilie m'a amené hors de la ville, dans une auberge où j'ai finalement bu plus que de raison. Je n'ai rencontré aucun homme, bien entendu, et le lendemain je me suis retrouvé à moitié conscient dans un fossé. Comment y étais-je arrivé ? Je ne m'en souviens pas. Ce que je sais, c'est que j'étais seul. Plus de trace d'Émilie ou de qui que ce soit d'autre. J'ai mis un temps fou à revenir en ville et, quand j'y suis enfin arrivé, c'était pour entendre des rumeurs terribles dont j'étais le héros bien malgré moi.

— Émilie ?

— Oui. Les hommes qui travaillaient avec elle avaient certainement compris que j'allais les dénoncer. Ils ont fait en sorte de m'éloigner pour mieux me faire tomber et, d'une certaine manière, me faire taire. Je ne pouvais même pas me défendre en clamant mon innocence car, innocent, je ne l'étais pas... J'avais le sentiment que tout ce que je pouvais dire ou faire allait se retourner contre moi et, ma foi, c'était bien mérité.

— Mais pourquoi Émilie a-t-elle laissé faire ?

— Pour cacher ses propres méfaits, j'imagine. En me faisant porter le chapeau, elle espérait s'en tirer à bon compte.

— Elle sait que le vent tourne et cherche à partir, à présent... Et elle a des raisons valables pour cela... Je n'en ai pas moins un témoignage qui, je l'espère, permettra de mettre fin au trafic auquel tu as participé bien malgré toi. Cela ne changera pas ce qui s'est passé, mais peut-être pourras-tu espérer travailler à nouveau et reprendre ta place...

Raphaël leva un regard las.

— Rose... Cela ne se passera pas comme ça, crois-moi...

— Et pourquoi pas ?

— Parce qu'il est trop tard ! Parce que trop de temps a passé. Parce que j'ai autant de chances d'être écouté par mes détracteurs que de rencontrer le fameux sorcier du parc ! Tout comme le pardon, il n'existe pas !

— Si ! Il existe ! s'offusqua Rose. Tout comme le pardon ! Et pour te le prouver, je te donne le mien.

D'un bond, elle fut face à lui et, prenant ses mains dans les siennes, tenta de lui transmettre un peu de l'enthousiasme qui était le sien.

— Je ne te promets pas de tout effacer, mais je t'offre la possibilité de t'expliquer enfin. Jean est de ton côté ! Nestor le sera aussi ! Papa ne pourra que se ranger à leurs avis !

— Je n'en suis pas sûr...

Incrédule, Raphaël restait sur la réserve, mais Rose sentait bien, à la pression de ses mains et à son expression, qu'il commençait à se laisser convaincre. Elle se devait d'insister, d'être plus persuasive encore.

— Tu as toujours ta place auprès de nous.

— Et auprès de toi ?

— Plus que jamais.

Le silence se fit à nouveau entre eux. Dehors, des oiseaux chantaient, célébrant d'une même voix la tombée de la nuit.

Lorsque leurs yeux se croisèrent finalement et que Raphaël lui sourit, Rose comprit que rien n'était perdu. Que les semaines qu'ils avaient passées l'un sans l'autre n'avaient pas amoindri leurs sentiments ni les raisons pour lesquelles leurs cœurs s'étaient reconnus. Qu'elle éprouvait toujours le même respect pour son travail. Qu'il ne lui en voulait pas de l'avoir condamné sans prendre la peine de savoir. Et que les derniers événements leur avaient autant appris sur eux-mêmes que l'un sur l'autre et qu'ils en ressortiraient grandis, plus forts et plus unis.

Bien que pleine d'incertitudes, elle savait une chose : ce sourire si précieux, elle voulait le voir et le revoir encore. Chaque jour. Il serait son point de repère, sa raison d'être, la source de sa joie. Au fond, rien d'autre n'avait réellement d'importance. Toute cette comédie, ces grands mots, ces promesses théâtrales et ces emportements dont lui avait parlé Antonella, ce n'était tout simplement pas eux, et elle n'avait rien à attendre ni rien à espérer de plus que tout ce qu'elle avait déjà. Elle le comprenait avec plus de force à présent qu'elle avait failli tout perdre.

— Rose ? Est-ce que tu me pardonnes vraiment ? Ou alors est-ce par pitié ?

La lueur d'espoir qu'elle vit dans ses yeux était si belle, si sincère et si douce que Rose se sentit littéralement fondre d'amour. En un instant, elle fut près de lui. Près de cet homme dont elle était tombée amoureuse presque deux ans plus tôt et qu'elle pouvait enfin reprendre dans ses bras. Cet homme doux et tendre, intelligent et délicat qui lui avait promis l'amour dont elle rêvait et dont elle n'avait pas su prendre la mesure.

— Je n'ai rien à te pardonner, murmura-t-elle, penchée sur lui, le visage enfoui dans son épaule.

Émue, Rose leva le visage vers lui. Plus que jamais, elle avait besoin de lire dans son regard et d'avoir, peut-être, accès à un bout de son âme. S'il le comprit, il ne se déroba pas et la regarda lui aussi avec une franchise qu'elle désirait plus que tout désormais, coûte que coûte. Rien ni personne ne devait plus se mettre entre eux.

— Il ne faudra plus que cela arrive, tu sais ? Plus jamais. Cette incompréhension entre nous et tous ces secrets… Il faudra tout se dire. Si nous devenons mari et femme, nous nous devons cela. Je te promets que je ne te cacherai rien et je te demande d'en faire de même avec moi.

— Je te le promets, Rose.

Le cœur réchauffé par ces douces paroles, Rose éprouva soudainement l'envie terrible d'avoir avec lui cette intimité qui lui avait tant manqué auparavant et qui lui semblait à présent comme une suite évidente à de telles promesses. Plus que des mots, elle éprouvait à présent le besoin dévorant de sentir son corps contre le sien, son souffle sur sa peau, ses mains…

Sans doute dut-il comprendre ce besoin irrépressible, à moins qu'il n'ait éprouvé le même, au même instant, car, d'un geste, Raphaël l'invita à s'asseoir sur ses genoux, ce qu'elle fit sans se faire prier. Puis elle passa les bras autour de son cou, alanguie, savourant le plaisir d'une attente qui, elle le savait, serait cette fois comblée.

Familières, leurs bouches se retrouvèrent finalement avec simplicité et évidence. Ce fut à la fois doux et enivrant pour la jeune femme qui, à mesure que le baiser se prolongeait, s'abandonnait toujours un peu plus contre lui. Au creux de ces bras forts qui s'étaient enroulés autour d'elle comme pour mieux la protéger contre le reste du monde. Comme pour mieux la retenir. Et sceller le pacte d'un amour qui, elle l'espérait, n'aurait jamais de fin.

Bien vite, pourtant, tout ce qui lui avait paru si agréable jusque-là eut un goût de trop peu pour Rose. Elle en voulait davantage.

— Raphaël ? lui demanda-t-elle, non sans avoir encadré le visage du jeune homme de ses deux mains ouvertes, autant pour le plaisir de le toucher que pour retenir pleinement son attention. Ne perdons pas une seconde de plus. N'attendons pas. Je ne rentrerai pas chez moi tout de suite. Fais de moi ta femme, ce soir. Je le veux.

Ces mots, davantage murmurés que prononcés, comme si elle n'avait pas eu assez de cran pour les dire à voix haute, eurent pourtant l'effet escompté. Sans sembler surpris outre mesure, Raphaël la fit descendre de ses genoux, se leva à son tour et, sans qu'elle ait eu le temps d'ajouter quoi que ce soit, la souleva de terre comme si elle ne pesait pas plus lourd qu'une plume. Quelques pas lui suffirent pour atteindre l'alcôve abritant le lit où il la déposa avec délicatesse avant de se pencher sur elle.

— Tu es sûre que tu ne veux pas rentrer ? Je peux te raccompagner, si tu veux. Je peux prendre ce risque.

Pour toute réponse, elle l'attira à nouveau contre elle, avide de ses baisers.

Bien vite, elle fut comme ivre de lui, ivre de ce moment tant espéré, et elle se laissa faire sans accorder beaucoup d'importance à l'enchaînement de leurs mouvements. Seuls comptaient son cœur battant contre celui de l'homme qu'elle aimait, leurs bouches comme scellées à jamais et leurs jambes, emmêlées sur les draps. Quant à leurs mains... Attrapant, tirant, déboutonnant, elles se chargèrent de les débarrasser l'un l'autre de ces morceaux de tissu qu'ils ne voulaient plus entre eux.

Goûtant pleinement l'instant, Rose ne prit conscience qu'elle était nue qu'au moment où elle sentit la peau chaude de Raphaël contre la sienne. Dehors, les oiseaux s'étaient tus et la brise du soir qui soufflait furtivement entre les battants entrouverts de la fenêtre n'avait aucun effet sur la chaleur qui semblait avoir totalement pris possession d'elle.

Cette émotion, si nouvelle soit-elle, n'avait absolument rien à voir avec la sensation de panique qu'elle avait ressentie la nuit où Alexandre était venu à elle. Au contraire, un profond apaisement semblait avoir pris possession d'elle. Et si son cœur battait à tout rompre, ce n'était pas à cause de l'inquiétude mais bel et bien de l'amour qu'elle ressentait pour celui qui était auprès d'elle.

Pour la toute première fois, elle osa laisser ses mains vagabonder dans les cheveux de Raphaël. Ils étaient fins et doux sous ses doigts qui, prenant un peu plus confiance, se risquèrent à descendre doucement sur son visage puis sur un torse dont elle apprécia la force et la solidité. Et lorsque leurs corps s'unirent enfin, n'en formant plus qu'un, elle fut au comble du bonheur. Bientôt, il n'y eut plus rien. Ni douleur ni angoisse. Ni argent ni scandale. Juste eux. Elle et lui. Deux cœurs qui battaient à l'unisson par une nuit brûlante de juillet.

31

Jamais Rose n'avait vu son père dans une telle colère. Même lorsqu'elle était enfant et qu'elle avait fait une bêtise de taille, Jacques Roux était toujours resté modéré dans les manifestations de son courroux. Parfois, il avait élevé la voix. Jamais la main.

Cette fois encore, il n'alla pas jusqu'à lui donner la claque qu'elle semblait mériter, mais elle avait vu dans son regard qu'il avait dû faire appel à tout ce qui lui restait de sang-froid pour ne pas la lui donner. Figé dans une position d'autorité qu'elle n'aurait osé défier pour rien au monde, il s'était contenté de lui indiquer du doigt un fauteuil où elle était allée s'asseoir, penaude, tandis qu'il continuait à vociférer.

— Toi ! Rose ! souffla-t-il finalement entre ses lèvres serrées. L'obéissance et la raison incarnées ! Ma fille aînée ! La plus fiable, la plus sérieuse ! Tu rentres avec la nuit ? Décoiffée ? Comme une fille des rues revenant de… de…

— Mon cher, l'interrompit Suzon. Maîtrise tes mots, je t'en prie ! Ne dis rien que tu pourrais regretter ! Il est inutile de…

— Inutile ? N'est-ce pas à moi de décider de ce qui l'est ou non ?

— Personne ne remet cela en cause, mais tu lui fais peur ! Oui, tu nous fais peur à toutes les trois !

— Et vous, vous… vous m'horripilez toutes autant que vous êtes !

— Oh ! je préfère faire mine de ne pas avoir entendu !

Visiblement excédée car très rouge dans sa robe mauve, Suzon fit quelques pas vers Jacques puis, se mettant sur la pointe des pieds, entreprit de défaire le premier bouton de sa chemise. Ce geste si intime interpella Rose, mais l'heure était trop grave et trop importante pour qu'elle s'attarde sur toutes les questions qu'il faisait naître en elle.

Se laissant guider jusqu'à un fauteuil, Jacques s'y assit lourdement comme si, avec lui, s'asseyaient tous les problèmes du monde.

— Je comprends ton trouble et tes questionnements. Mais il y a forcément une explication. N'est-ce pas ? Il est inutile d'en faire toute une histoire sans savoir si...

— Toute une histoire ? Mais je...

— Là, là, ajouta-t-elle tout en lui tapotant le crâne d'une main apaisante. Rose est peut-être rentrée un peu plus tard que nous l'avait indiqué notre cher Jean, mais elle va s'expliquer. Laisse-lui seulement le temps de se remettre de ses émotions. La pauvre ! Elle est toute pâle ! Blanche comme un linge ! Elle n'aura jamais aussi mal porté son prénom !

Rose baissa les yeux et les maintint braqués sur le bout de ses chaussures. En quittant les bras de Raphaël, elle avait craint le moment de son retour à la maison, mais à aucun moment elle n'avait imaginé vivre une telle scène.

— Il faut croire que ce n'est pas ta soirée, papa ! déclara finalement Adeline qui, assise dans un fauteuil, un peu plus loin dans la pièce, semblait plus fatiguée que jamais. Il y a tant de remue-ménage chez nous que nos voisins vont finir par venir à nos fenêtres comme on vient au spectacle... Après tout, pourquoi pas ? Reste à savoir si nous jouons une comédie ou une tragédie ! Qu'en pensez-vous ? Que choisissons-nous ?

— Adeline, n'exagère pas, souffla Suzon avec un regard menaçant.

— Que se passe-t-il ? osa demander Rose en jetant des regards interloqués aux occupants de la pièce. Je ne comprends pas... Que faites-vous tous ici ?

— Tu peux davantage nous demander ce qu'il ne s'est pas passé ! rugit Jacques. Car ce que je viens d'apprendre défit l'imagination ! Figure-toi que ta sœur attend un enfant ! Hors mariage ! Et qu'en plus de cela elle refuse de me dire qui est le père !

— Pour que tu ailles le jeter dans le Rhône avec une pierre à chaque cheville ? Jamais de la vie ! Je tiens trop à lui !

La ferveur, clairement palpable dans la voix de sa sœur, interpella Rose. Ainsi, Suzon avait raison. Il s'agissait bien d'amour...

— Tu as raison de te méfier de moi ! J'en serais bien capable !

Comme dans une tentative désespérée de détourner l'attention, Adeline s'adressa cette fois à sa sœur :

— Et toi ? Que penses-tu de cette nouvelle ?

— Oh ! elle n'en pense pas grand-chose de nouveau, j'imagine ! rugit Jacques. Puisqu'elle devait déjà être au courant ! Comme tout le monde dans la maison, si j'en crois mon impression. Tout le monde savait ! Sauf moi, bien entendu.

— C'est bien normal, répondit Adeline, loin de se laisser intimider. Tu es le seul pour qui cela est un problème.

— Un problème ? Mais c'est bien plus qu'un problème !

— Non, pas du tout, nia Adeline avec un petit sourire. Laisse-nous nous marier et tout ira pour le mieux, pour tout le monde.

— Jamais ! Jamais tu ne l'épouseras !

— Tu ne sais même pas de qui il s'agit !

— Peu m'importe ! Si je tenais ce sacripant... Je... Ah ! tu me rendras fou, Adeline !

Comme pour changer d'ennemi – ou plutôt de bataille –, il se retourna vers sa fille aînée sans crier gare.

— Et toi, Rose ? Tu as eu du temps pour reprendre tes esprits. Alors maintenant, dis-moi donc pourquoi ma fille erre dans les rues à la nuit tombée ? Où étais-tu ? Et avec qui ? Je te préviens : si tu me racontes des histoires, je le saurai tout de suite ! On ne se moque pas de son vieux père !

— Cela ne me viendrait pas à l'idée.

— Oh ! à d'autres ! répondit-il avec un mouvement d'humeur.

Fallait-il dire la vérité ? Ou bien quelques mensonges seraient-ils susceptibles d'apaiser un peu la colère paternelle ? Rose n'hésita pas longtemps. Sans doute était-il bien trop tard pour espérer ménager les susceptibilités.

— J'étais avec Raphaël, avoua-t-elle enfin, décidant de rester sur la ligne de conduite qu'elle s'était au préalable fixée.

L'annonce eut l'effet escompté. Le silence revint dans la pièce, et son père sembla descendre d'un ou deux barreaux sur l'échelle de la colère.

— Avec Raphaël ? finit-il par répéter, comme pour mieux intégrer l'information. Vraiment ?

— Oui, vraiment. Je suis allée le retrouver parce que j'avais de bonnes nouvelles pour lui. J'avais besoin de lui parler. J'en avais même envie. J'étais restée bien trop longtemps sans nouvelles de lui.

Le sourire discret qui naquit sur les lèvres de Suzon lui donna un peu de baume au cœur. Elle avait besoin de ce soutien, même infime, pour oser poursuivre.

— Je ne peux deviner ce que tu sais exactement sur l'affaire qui le concerne, papa, mais j'ai appris beaucoup au cours des dernières heures et...

— Et tu as découvert qu'il était innocent ? l'interrompit Adeline.

— Non. Il est coupable. Mais il mérite notre pardon.

Il fallut quelques secondes à Rose pour trouver ses mots, puis elle se décida à parler pour de bon. Elle y mit tout son cœur. Toute sa volonté. Tout l'amour qu'elle avait pour Raphaël. Tout ce qu'elle espérait pour eux. Elle ne put épargner Émilie mais expliqua à son père qu'elle n'était qu'un maillon d'une chaîne dont elle était elle-même prisonnière et que ses actes répréhensibles avaient davantage été dictés par sa détresse que par le plaisir de nuire.

— Tu me demandes de ce fait de la laisser partir sans représailles ?

— Tout à fait. J'ai une lettre qui explique tout et qui vous permettra, à Camille et à toi, de trouver les vrais coupables. Ces personnes-là sont bien plus intéressantes pour vous qu'une simple tisseuse.

— Tu te rends compte de ce que cela représente pour moi ? Tu me parles d'un véritable réseau et tu voudrais que je passe l'éponge ?

— Sur Émilie et Raphaël, oui.

— Eh bien, tu en as du culot… Mais dis-moi, comment as-tu réussi à faire parler la tisseuse ?

— C'est mon secret. Je n'en dirai pas plus.

Jacques jeta un regard circulaire sur celles qui lui faisaient face.

— Très bien. Si je comprends tout, mes deux filles font délibérément le choix de me cacher des informations capitales, c'est bien cela ? Qu'ai-je fait pour mériter un tel traitement ? De quoi m'accuse-t-on ? N'ai-je pas toujours été un bon père ? Ne vous ai-je pas toujours choyées ? Nourries ? N'ai-je pas…

— Oh ! papa ! Je…

Jacques leva une main agacée en direction de Rose, mais elle l'ignora.

— Il ne s'agit pas de te reprocher quoi que ce soit ! Accepte de voir Raphaël, je t'en prie ! Pardonne-lui comme tu as pardonné à Jean !

Jacques hoqueta, plus rouge que jamais.

— Comment es-tu au courant de cette histoire ?

— Antonella.

— Ah ! celle-là ! Si je la tenais ! Je la…

— Jacques !

— Suzon ?

— Ménage tes nerfs ! Tu es d'une couleur à faire peur !

— Oui, ménage-toi, papa, reprit Adeline d'une voix douce. Accepte mon mariage, et tout ira pour le mieux !

Il y eut un long silence durant lequel Rose ne sut plus où se mettre ni quoi dire. Il lui semblait que le moindre mot – le moindre soupir, même – serait de trop et serait susceptible de faire basculer la situation du mauvais côté.

Quand, enfin, son père se leva, elle eut l'impression que son cœur s'arrêtait de battre. Sa voix était froide lorsqu'il déclara, le visage fermé :

— À cause de vous, j'ai atteint mes limites et je ne peux ni ne veux plus rien entendre. En l'état actuel des choses, je n'ai rien à dire de plus, j'en ai peur. Adeline, Rose… sachez que vous êtes confinées dans vos chambres jusqu'à nouvel ordre. Vos repas vous seront montés. Je ne veux pas vous voir au jardin ou passer le pas de la porte, ni même m'adresser la parole sans que j'en aie fait la demande. Est-ce bien clair ?

Seul le silence lui répondit.

Et c'est dans une ambiance de mort que Jacques Roux sortit de la pièce d'un pas pesant.

32

N'avait-elle retrouvé Raphaël que pour mieux le perdre à nouveau ? À chaque fois que les larmes menaçaient de couler le long de ses joues pâles, Rose parvenait à se raisonner. Elle se devait d'être courageuse et patiente, comme lui l'avait été. Quels que soient les obstacles, il trouverait le moyen de revenir à elle, et son père ne pouvait la tenir enfermée à jamais.

— Il va nous marier à des marchands italiens, c'est certain ! marmonna Adeline d'une voix éteinte. Ainsi, il aura des contacts de l'autre côté de la frontière, comme il l'a toujours voulu... À moins qu'il ne nous mette au couvent, comme cela se faisait autrefois ? Penses-tu qu'on nous forcera à changer de prénom, une fois là-bas ? Et pourra-t-on le choisir ? Je n'aimerais pas m'appeler sœur Béatrice ou sœur Anne...

— Tu dis n'importe quoi, Adeline ! vociféra Rose qui n'en pouvait plus. Il nous pardonnera, et tout ira pour le mieux. N'est-ce pas, Suzon ?

— Mmm...

Assise dans un fauteuil, près de la fenêtre, leur mère de cœur n'en semblait pas si assurée. La veille, les deux sœurs étaient restées dans leurs chambres respectives mais s'étaient finalement réunies au petit matin, poussées par l'envie d'unir leur peine. Parfois, il semblait à Rose que la présence d'Adeline était encore pire que la solitude, mais la plupart du temps elle devait reconnaître que son bavardage l'aidait à passer le temps.

— Je vous encourage à vous montrer patientes et discrètes.

Vous connaissez votre père : il lui faut parfois du temps pour accepter certaines choses et, le moins que l'on puisse dire, c'est que vous ne l'avez pas ménagé. Moi-même, je suis déçue.

— Oh non, pas par nous, Suzon ? Si cela est vrai, alors nous aurions tout perdu ! gémit Rose, non sans s'être assise sur le lit où elle s'était longtemps tenue allongée avec sa sœur, telles deux convalescentes.

— Non ! Par moi-même ! Je me suis montrée bien inutile, au cours des derniers mois. Je n'ai rien vu de ce qui vous préoccupait et je n'ai pas réussi à vous garder sur le droit chemin.

— Tu nous considères donc comme mauvaises ?

— Absolument pas. Je regrette simplement que vous ayez emprunté des chemins si compliqués.

— Mon chemin à moi ne l'était pas. J'étais fiancée à un homme que tout le monde aimait.

— Contrairement à moi, tu veux dire ?

— Plus ou moins... J'imagine que tu ne veux toujours pas nous dire qui est le père de ton enfant ?

Après avoir lancé un regard noir à sa sœur, Adeline s'abîma à nouveau dans le silence.

— Le diras-tu un jour ou alors garderas-tu à jamais ce mystère pour toi ? demanda Suzon, d'une voix plus douce.

— Si cela ne tenait qu'à moi, je n'aurais rien dit du tout ! J'ai été obligée de révéler ma grossesse à papa à cause du médecin, Suzon. Tu le sais bien ! Sinon, je me serais tue plus longtemps encore.

— Tu n'aurais pas pu le cacher à jamais, commenta Rose, un soupçon de reproche dans la voix. Surtout aux gens qui vivent avec toi. Comme Suzon, ou même ta propre sœur...

— J'attendais le moment opportun. Et tu ne peux pas m'en vouloir pour ça, Rose : j'ai tenté de te parler de tout cela il y a de cela un moment. Lors de l'une de nos promenades au parc. T'en souviens-tu ? Mais nous nous sommes disputées, et alors j'ai préféré garder le silence car, si terrible soit-il, il était plus confortable que ce que je vis à présent.

Rose leva les yeux au ciel, singeant une exaspération qu'elle n'éprouvait pas réellement.

— Et moi qui croyais que tu étais malade et que tu allais mourir !

— Vraiment ?

— Tu étais toujours si fatiguée, si faible...

— Tu aurais pu deviner !

— Comment l'aurais-je pu ? C'est tellement impensable !

— Alors toi aussi, tu me juges ?

— Pas le moins du monde. C'est seulement que je n'y pensais même pas !

— Peut-être parce que tu pensais trop fort à d'autres choses ? Et à quelqu'un en particulier ?

— Comment ?

— Tu sais très bien où je veux en venir et...

— Les filles, les filles... Vous n'êtes déjà pas censées vous trouver toutes deux dans la même chambre, alors je vous demande de bien vouloir vous calmer un peu. N'oubliez pas que vous n'êtes ni ennemies ni rivales...

Ces quelques mots eurent pour effet d'adoucir Rose qui, se tournant vers sa sœur, déclara d'un ton solennel :

— Peu importe ce qui s'est passé et nos erreurs réciproques. Je voulais que tu saches que je serai toujours là pour t'aider, à présent que je suis dans la confidence.

Adeline lui attrapa la main, et elles échangèrent un regard plus tendre.

— Merci.

Rose détourna un instant les yeux du visage de sa sœur, cherchant à oublier la question brûlante qui lui était venue à l'esprit et qui, depuis, ne la lâchait pas. Quand, n'y tenant plus, elle osa enfin la poser, ce ne fut que d'une toute petite voix.

— Ce ne serait pas Alexandre, tout de même ?

— Comment ?

— Je veux dire, ce n'est pas Alexandre qui... Enfin, avec qui tu...

Également assise sur le lit, Adeline eut un petit mouvement de recul.

— J'ai très bien compris ! Et non ! Cent fois non ! Pourquoi une telle question ? Où es-tu allée chercher une idée pareille ?

— C'est Suzon, pleurnicha Rose, cherchant en leur troisième comparse un soutien. À plusieurs reprises, elle a sous-entendu que tu étais particulièrement sensible à sa personne…

— Ah non ! s'écria justement cette dernière. Ne me mêlez pas à vos histoires, je vous prie !

— Mais elle n'avait pas tort. Tu me semblais parfois jalouse, souffla Rose, autant pour calmer sa sœur que pour encourager Suzon à se joindre à elle. Quand il me parlait, tu semblais toujours agacée. J'ai cru…

— J'étais agacée parce que je voyais d'un très mauvais œil qu'il se rapproche ainsi de toi. J'avais appris quelques petites choses sur lui et notamment sur son passé à Tours qui ne me disaient rien qui vaille. Mais bien sûr, je ne pouvais pas te le dire ! Si je l'avais fait, j'aurais été forcée de te révéler de qui je tenais ces informations…

Quelque chose dans l'expression de sa sœur permit à Rose de croire qu'elle ne tarderait pas à savoir quel était ce discret interlocuteur…

— De qui, Adeline ? Qui t'avait appris ces choses dont tu ne pouvais parler ?

Rose s'était préparée à un silence évocateur. Car cet homme, elle l'avait également deviné, était celui pour lequel le cœur de sa sœur battait. Aussi, crut-elle avoir rêvé lorsque, et sans négociation aucune, sa sœur lui donna un prénom auquel elle n'aurait jamais pensé mais qui, avec le peu de recul qu'elle pouvait avoir, lui semblait finalement évident.

Celui de Nestor.

Nestor… Évidemment. Cela ne pouvait être personne d'autre, au fond. Ne l'avait-elle pas constamment trouvé sur sa route, ces derniers temps ? Cela n'était pas sans raison. Elle comprenait mieux son attitude, lorsqu'ils s'étaient croisés sur le parvis de l'église, ce fameux matin, et le sens de paroles qu'elle avait trouvées sibyllines. Ne s'était-il pas assuré qu'elle apporte de l'aide à sa sœur, si celle-ci se trouvait en mauvaise posture ?

Quant à sa discrétion lors de son passage à la boutique, elle prenait également sens.

— Je sais que tu ne l'apprécies pas vraiment, Rose, mais, s'il te plaît, ne dis rien de terrible à son propos. Je ne suis absolument pas en état d'entendre quoi que ce soit de négatif.

— Je n'ai rien contre lui, je ne pensais tout simplement pas que…

— Que quoi ?

— Qu'il pouvait avoir éveillé chez toi autre chose que de l'ennui…

Comprenant la taquinerie, Adeline lui donna un petit coup bien ajusté sur le haut de l'épaule.

— Ne le sous-estime surtout pas ! Tout le monde n'a pas besoin d'un homme qui dessine des petites fleurs un peu partout, ma chère sœur ! Nestor est plein de ressources, il a des idées novatrices, il est si drôle et il m'a appris tant de choses !

— Voilà la raison pour laquelle tu étais devenue si préoccupée par les affaires de papa…

— Comment ne pas l'être, avec un tel homme à ses côtés ? Grâce à lui, je me suis découvert de nouveaux centres d'intérêt.

— Malheureusement, je ne suis pas certaine que papa approuve ces nouvelles lubies…

— Oh ! je le sais bien. Nestor n'est pas celui que papa voudrait me voir épouser et, tout comme moi, Nestor souffre beaucoup de la situation. J'ai cru le perdre à différentes reprises tant il était perturbé. Il craint papa et, surtout, il a peur de perdre sa place, mais il tient davantage à moi. Alors… si les choses ne se passent pas bien pour nous… nous nous enfuirons, ajouta-t-elle tout en jetant un coup d'œil furtif en direction de Suzon.

D'un bond, cette dernière s'élança vers le lit et attrapa Adeline par les épaules comme si elle était une enfant récalcitrante sur le point de faire une bêtise.

— Écoute-moi bien ! Moi vivante, tu ne partiras pas sans avoir obtenu la bénédiction de ton père !

— Et s'il ne la donne jamais ? Nestor compte lui parler, ce n'est qu'une question d'heures. S'il se met en colère et l'envoie au diable, nous n'aurons pas d'autre choix ! Je ne vais pas passer ma vie entre quatre murs à attendre que l'on décide quoi faire de moi !

S'il le fallait, Adeline irait jusqu'au bout de son projet. Suzon, tout comme elle, le savait.

— Oh ! ma fille ! répondit justement cette dernière, des larmes dans la voix, je suis sûre que tout va bien se terminer. Reste confiante ! Ton père serait heureux de te savoir mariée à un homme de qualité, fiable et travailleur. Une fois la surprise passée, il reviendra à des pensées plus clémentes. Tu auras ton mariage.

Ces mots, destinés à rassurer sa sœur, plongèrent Rose dans une vive affliction. Et pour Raphaël et elle ? L'espoir était-il toujours permis ? Raphaël avait déçu tant de personnes. Pouvait-il encore être considéré comme un homme de qualité, fiable et travailleur ? Une seule erreur pouvait-elle mettre à mal ce qu'il avait réussi à forger au cours des dernières années ?

Considérant avec peine leurs mines attristées, Suzon éleva à nouveau la voix.

— Je ne veux plus voir vos jolis visages si tristes ! Je ne vous ai pas élevées ainsi ! Je vous ai élevées dans la joie, la bonne humeur et la foi en vous-mêmes ! Vous devez continuer à croire à votre bonne étoile et à aller de l'avant. Sinon, la vie n'a plus de sens. Les épreuves sont là pour nous apprendre à puiser au fond de nous et à trouver des ressources que nous ne pensions même pas posséder.

— Mais Suzon, ce ne sont que des mots, tenta Rose. La situation présente prouve bien que...

— Taratata ! Je ne veux plus entendre ça !

Quelques coups à la porte les firent toutes trois sursauter. Le battant s'entrouvrit à peine pour laisser place au visage fermé de leur père.

— Adeline ! Si tu veux bien descendre dans mon bureau, j'ai à te parler. Tout de suite.

Puis le bruit de ses pas décrut dans le couloir, et il descendit les marches d'un pas lourd.

— Mon Dieu ! souffla Adeline, soudain plus blanche que ses draps. Le moment tant redouté est arrivé ! Il va me demander de faire ma malle pour le couvent, j'en suis certaine ! Et je ne saurai pas quoi y mettre !

— Arrête de faire l'imbécile et cours-y !

— Je ne veux pas ! J'ai trop peur !

— Tu n'as pas le choix...

Après un baiser sonore sur le front de la cadette de la famille, Suzon referma la porte sur Adeline.

— Pourvu que tout se passe comme elle le souhaite ! soupira-t-elle, en proie à des sentiments contradictoires.

33

28 juillet 1860

Le lendemain, penchées sur la rambarde de l'escalier, Adeline et Rose tendaient l'oreille. Il y avait près d'une heure déjà que Jean avait quitté le bureau de leur père, abandonnant Nestor face à Jacques.

Conscientes des enjeux que ce tête-à-tête représentait, les deux jeunes femmes n'en pouvaient plus d'attendre. Trop tendue, Suzon avait quant à elle préféré se terrer en cuisine pour confectionner quelques-unes de ses spécialités. Rester campées dans le couloir n'apportait guère de soulagement aux deux sœurs, mais au moins avaient-elles l'impression d'être plus proches de l'action qui se jouait.

— Crois-tu qu'ils sortiront de ce bureau le jour de mon accouchement ? finit par souffler Adeline, semblant arriver au bout de sa patience.

— Qui sait ? Au moins, il ne serait plus temps de tergiverser ! Papa serait devant le fait accompli, si j'ose dire…

— Mmm… Je n'arrive pas à trancher… Est-il rassurant qu'ils passent autant de temps à discuter, ou cette longue conversation est-elle au contraire inquiétante ?

— Tout dépend du ton sur lequel ils échangent… Pour le moment, il ne me semble pas les entendre crier.

— Certes. Mais tu sais que papa peut dire des horreurs sans élever la voix.

— Je pense qu'au contraire on l'entendrait hurler jusqu'en haut de la rue s'il n'était pas d'accord ou même un tant soit peu agacé. De là à dire que tout se terminera bien, je n'en sais trop rien.

Adeline fit une petite moue inquiète qui, sans doute, n'était que le pâle reflet de ses préoccupations intérieures.

— Tu pourrais au moins faire semblant, juste pour me rassurer un peu !

— Hier, quand il t'a convoquée dans son bureau, il n'avait pas l'air si féroce. Si ?

— Non. Il était presque soulagé en entendant le nom de Nestor, je dois l'avouer. Il n'en reste pas moins choqué et déçu. Je crois qu'il a compris qu'il avait perdu sa petite fille pour toujours... Pauvre papa.

— Peut-être était-il temps de le réaliser...

Navrées, les deux sœurs se regardèrent en silence avant qu'Adeline, l'oreille tendue, ne demande d'une voix émue :

— Tu n'as pas entendu un bruit ?

— Si ce n'est ton cœur qui bat la chamade, non !

— Mais si ! On dirait qu'ils viennent en direction de la porte. Ils vont sortir ! Oh ! mon Dieu ! Que va-t-il se passer ? Je... je ne sais plus quoi faire. Faut-il que j'aille dans ma chambre ? Ou alors dois-je descendre tout de suite ? Je...

La porte s'ouvrit à la volée, et une voix masculine monta alors jusqu'à elles, les faisant sursauter.

— Adeline ? J'imagine que tu es cachée quelque part par ici et que tu n'as rien manqué de notre conversation. Du moins, que tu as essayé de nous écouter... Ai-je tort ?

— Je n'ai rien entendu, papa ! s'écria cette dernière, après une brève hésitation.

— Dans ce cas, descends et viens donc dire bonjour à ton futur mari !

Mues toutes deux par un même élan, les deux sœurs se serrèrent brièvement dans les bras avant qu'Adeline ne descende les marches quatre à quatre. Sa sœur la regarda s'y élancer, heureuse et soulagée pour elle. Toute la fatigue, la lassitude et la lourdeur qui, au cours des dernières semaines, avaient comme lesté les gestes de sa petite sœur semblaient s'être envolées alors qu'elle courait vers celui qu'elle aimait. Bien malgré elle, son cœur se serra pourtant un peu. Qu'en serait-il de ses amours avec Raphaël ? Son père se montrerait-il aussi magnanime dans son jugement ?

Près d'une journée plus tard, alors qu'elle se lamentait de n'avoir toujours aucun espoir quant à son propre avenir, Rose se plaignit une nouvelle fois d'avoir tout perdu.

— Pourquoi être aussi sombre ? demanda Suzon qui, fidèle, continuait à la veiller dans cette longue attente.

— J'ai voulu sauver Raphaël et, pour cela, il fallait que je plaide sa cause auprès de papa. Mais si papa ne lui pardonne pas, alors tout cela n'aura servi à rien ! J'aurais mieux fait de rester avec lui ! Nous aurions pu nous enfuir et...

— Oh là là ! Ne va pas reprendre à ton compte les sornettes que ta sœur nous racontait encore il y a peu ! N'est-elle pas déjà en pleins préparatifs d'un mariage qu'elle n'espérait plus ? Est-ce que ce dénouement ne te donne pas envie d'y croire un peu plus fort ?

— Les choses étaient plus simples pour Adeline...

— Au contraire ! Elle porte littéralement la preuve de sa faute ! Si ton père l'avait voulu, il aurait pu mettre Nestor à la porte. Et elle, il l'aurait envoyée bien loin des regards de ceux qui, sans aucun doute, noteront l'arrivée de ce premier enfant avec circonspection. Les gens savent compter, tu sais ? Et alors, tout le monde saura.

— Je le sais. Adeline aussi. Et pourtant, papa a accepté.

— Ne vous ai-je pas dit, jadis, que votre père ne voulait que le bonheur de ses filles, quoi qu'il arrive ? Ta sœur a certainement su trouver les mots qu'il fallait.

— Et moi, Suzon ?

— Toi...

— Moi, je n'ai pas su le toucher, conclut tristement la jeune femme.

— L'affaire est compliquée... Elle ne te concerne pas seulement toi, mais beaucoup d'autres personnes, et comporte bien des enjeux...

— La lettre d'Émilie a-t-elle servi à quelque chose ? osa enfin demander Rose. A-t-on eu de ses nouvelles ?

— Non, elle a quitté son logement, comme elle l'avait prévu. Juste après avoir reçu le colis que tu m'as demandé de lui faire porter, ajouta Suzon d'une petite voix.

La voix du secret qu'elles partageaient.

— Et Camille ? Que pense-t-il de tout cela ?

Rose espérait des paroles rassurantes, mais Suzon se contenta de secouer la tête, l'air sombre.

— Je n'en sais strictement rien. Ton père ne me tient pas au courant de tout, tu le sais.

— Eh bien, il devrait ! Jean est beaucoup plus bavard !

— Oh ! Jean a également ses défauts et ses secrets, crois-moi. On ne connaît jamais tout à fait les gens.

— Ah ça, je le sais bien ! Il m'a avoué avoir été fiancé avec Antonella ! Jamais je n'aurais cru cela possible !

Suzon éclata de rire.

— Ah ça ! Une vaste blague, ma foi ! Il peut remercier le ciel d'avoir évité le pire ! Elle aurait fini par le rendre fou !

— Pourquoi vous détestez-vous à ce point, avec Antonella ?

Le grand sourire de Suzon disparut quasiment instantanément.

— Je ne la déteste pas, je ne lui ferais pas le plaisir d'éprouver un sentiment aussi fort pour elle. Je n'aime cependant ni sa manière d'être ni son goût certain pour les ragots et les mensonges.

— Elle ment ?

— Sur à peu près tout, oui.

— Pourtant, elle m'a dit vrai sur la brouille entre papa et Jean.

— Une femme qui s'attribue elle-même un nouveau prénom ne manque pourtant pas de ressources pour raconter des histoires... Son amant Paolo, par exemple...

— Ne me dis pas qu'il n'a jamais existé !

— Si, bien sûr que si ! Mais leur idylle a duré quelques semaines à peine... Elle n'a jamais quitté son mari pour vivre une belle histoire en Italie. Douet l'a envoyée là-bas pour avoir la paix pendant quelques semaines car elle lui faisait vivre un enfer ! Elle ne s'est jamais remise de ses fiançailles rompues avec Jean ! Elle n'a épousé son mari que par dépit ! Son cher Paolo a vite compris à qui il avait affaire. S'il est peut-être mort, c'est seulement de fatigue et d'agacement ! Il a dû se trouver bien mieux dès qu'elle a franchi la frontière... Crois-moi ! Chassée du paradis, elle n'a eu d'autre choix que de revenir chez son mari. Par un coup du sort, il est mort quelque temps plus tard. Depuis, elle vit seule sur son perchoir...

— C'est presque triste, soupira Rose.

— Non, cela n'est pas triste ! Ou alors seulement pour ceux à qui elle a fait du mal.

— Elle t'en a fait à toi ?

— Elle aurait bien voulu mais, tu sais, cela ne m'a jamais atteint. Pourtant, elle a essayé de me nuire à l'époque où je suis venue m'installer auprès de vous. J'en suis bien désolée, Rose, mais ta tante est une femme aigrie et qui ne se sent bien qu'en souhaitant du mal à ceux qui l'entourent. Elle me déteste parce qu'elle considère que j'ai pris sa place auprès de vous. Elle aurait voulu que son frère la rappelle auprès de lui pour vous élever. Or il ne l'a pas fait.

— Et je lui en suis reconnaissante ! s'exclama Rose, terrifiée à l'idée d'avoir grandi dans l'ombre effrayante de sa tante.

Il lui restait néanmoins une interrogation.

— Suzon ?

— Je devine que tu as encore quelque chose à me demander...

— Un jour, lors d'une de mes visites, Antonella a sous-entendu que tu avais pris la place de maman et que...

Elle hésita, honteuse à l'idée de prononcer ces mots.

— Que j'ai essayé de voler le cœur de votre père ?

— Oui. Elle se trompe là encore, n'est-ce pas ?

Suzon s'abîma dans un silence déstabilisant puis, enfin, avoua :

— Si, les premiers mois, voire la première année, je n'aurais jamais songé à une telle possibilité, le temps aidant...

Elle soupira, les joues rosies.

— Un temps, j'ai pensé mes sentiments partagés, et puis les

années se sont succédé et… Voilà, éluda-t-elle finalement. Nous sommes trop vieux maintenant, de toute façon.

— Et pourquoi pas ? Tout est possible !

— Pour toi, ma Rose, oui. Toi, tu es jeune et tu as encore la vie devant toi.

La jeune femme se rembrunit et délaissa la robe qu'elle feignait de repriser depuis le début de leur conversation.

— Une vie entière ne vaut rien si elle n'est pas avec Raphaël.

— Sois patiente. Ton père va te faire appeler. Quoi qu'il te dise, il faudra être forte et l'accepter.

Rose hocha la tête tout en étant certaine d'une chose : elle n'accepterait que ce qu'il lui semblerait acceptable. Elle en avait trop fait, ces derniers jours, et s'était impliquée dans trop d'événements pour ne pas faire entendre sa voix.

34

Lorsque son père la fit appeler, à la fin d'une journée d'attente, Rose ne tenait plus en place. En descendant à son tour les marches pour rejoindre le bureau de son père, la jeune femme n'avait pas le pas léger comme l'avait eu sa sœur, peu auparavant. Au contraire, il lui semblait qu'à chaque marche l'inquiétude qui lui tenaillait le ventre gagnait en intensité.

La porte était entrouverte et, lorsqu'elle la poussa, elle eut un temps d'arrêt, comme si l'odeur forte de la cire d'abeille et celle, bien plus discrète, de la pipe que son père fumait chaque jour l'avaient figée sur place. Le parfum de l'autorité et des punitions qu'elle recevait parfois, lorsqu'elle était enfant... Car on ne venait jamais dans le bureau pour parler sucreries, vêtements ou jeux. On n'y venait que pour les choses sérieuses, généralement ce qui posait problème, et cette évidence n'était pas pour la rassurer...

Il fallut que son père l'interpelle, depuis son fauteuil, pour qu'elle ose enfin poursuivre et s'avancer vers lui.

Comme aimantés, ses yeux se fixèrent dans ceux de son père, à la recherche d'un indice. D'une bonne nouvelle ou d'une vérité qui viendrait tuer dans l'œuf tout cet espoir qu'elle entretenait malgré tout. Ni doux ni durs, ils ne lui donnèrent aucune indication susceptible de l'orienter dans un sens ou dans un autre.

— Alexandre est parti, lança-t-il au moment même où elle prenait place face à lui.

Trop étonnée pour répondre, la jeune femme garda le silence. Aussi, son père poursuivit sans tarder :

— Il a quitté l'atelier de Camille il y a quelques heures.
— Il est à nouveau parti en voyage ?
— Absolument pas. Il ne reviendra pas.
— Oh ! c'est assez soudain, n'est-ce pas ?
— Cela te surprend ?
— Il avait tant de projets...
— Eh bien, cela n'arrivera pas.

Un nouveau silence s'attarda entre eux et acheva de perturber la jeune femme. Elle était venue parler de Raphaël, alors pourquoi son père s'ingéniait-il à orienter la conversation sur le fils de Camille ? Pour patienter et ne pas céder à la panique, Rose concentra son attention sur le tic-tac de l'horloge qui trônait dans un coin de la pièce. En quelques secondes à peine, elle s'agaça pourtant de son entêtante régularité. Elle n'avait jamais apprécié la décoration de ce bureau et encore moins la tête de cerf qui, étrangement, avait été accrochée au-dessus de la petite cheminée. Son père n'avait jamais été chasseur, n'en fréquentait à sa connaissance aucun mais était particulièrement attaché à cette pièce.

— C'est mon cerf que tu regardes, n'est-ce pas ?

Rose sursauta.

— Tu le trouves toujours autant de mauvais goût, je présume. Et pour la centième fois au moins, tu te demandes pourquoi je persiste à le garder dans mon bureau ?

— C'est à peu près cela, avoua-t-elle.

— C'est un trophée de chasse que j'ai acheté pour quelques piécettes aux puces, il y a de cela des années. Je ne sais pas pourquoi j'ai été touché à ce point par un simple objet... Peut-être me suis-je un peu reconnu dans cette pauvre bête empaillée ? C'est étrange, n'est-ce pas ? ajouta-t-il, riant de la voir si décontenancée. À chaque fois que je la vois, je me dis que je ne voudrais pas être à sa place. Autrement dit, je ne veux pas finir accroché au mur d'un rival qui aura été plus rapide ou seulement plus malin. Cela me donne envie de me battre, de parer les coups et de ne pas me laisser faire...

— Mais...

— Oui, Rose ?

— Quel est le rapport avec moi ? Et avec Alexandre ?

— Eh bien, il est peut-être temps pour moi de t'expliquer certaines choses. À moins que tu ne sois déjà au courant de tout ? Il me semble que ces derniers temps Alexandre et toi étiez assez proches…

— Oh ! je…

— Ne te perds pas en explications, cela n'a plus d'importance. Peut-être avais-tu compris son ambition mais sans doute jamais saisi par quels moyens il voulait arriver à ses fins. Sinon, tu en aurais touché un mot à ton vieux père, n'est-ce pas ?

Se sentant rougir, Rose baissa la tête.

— Je n'apprécie guère que l'on cherche à marcher sur mes plates-bandes, tu t'en doutes, mais j'aurais pu lui remettre les pendules à l'heure sans le pousser à l'exil s'il ne s'était pas trouvé au cœur de deux scandales à la fois… Tu en ignores tout, j'ai l'impression ? Je ne t'en dirai rien, si ce n'est que des jeunes filles naïves y ont perdu un peu de leur innocence. Je ne pouvais pas me permettre de travailler avec un homme aussi peu soucieux de sa réputation et si peu digne de confiance, si j'en crois ce que j'ai entendu au sujet de son ambition… J'ai donc annoncé à Camille que je ne travaillerais plus avec son atelier s'il n'envoyait pas son fils au loin…

— Et il a accepté ?

— Je pensais me heurter à un refus ou à des négociations, mais Camille m'a fait part des problèmes qu'il avait avec son fils. Si en venir à une telle extrémité reste très difficile pour lui, il sait qu'Alexandre n'a plus sa place parmi nous. Il n'a ni les compétences nécessaires ni les valeurs requises. Nous devons l'accepter. Il part dans le nord du pays où il sera accueilli par des amis de leur famille. Des marchands de tissus. Peut-être y trouvera-t-il davantage d'intérêt.

Rose eut le plus grand mal à ne pas trahir son étonnement.

— Et il accepte de partir ? Vraiment ?

— Il n'a guère le choix. Au fond, peut-être cela lui enlève-t-il une épine du pied ? Loin de son père, il pourra être qui il souhaite… Il n'a, dans tous les cas, pas reconnu ses fautes, mais je n'en attendais pas moins de lui. Il n'est pas de ceux qui se remettent en question.

— Contrairement à Raphaël, papa.

— Ah ! nous y voilà !

Rose soutint le regard de son père, souhaitant lui prouver ainsi qu'elle était prête à défendre le dessinateur et à donner son avis sur la question.

— Papa, j'en appelle à ta bienveillance, commença-t-elle d'une petite voix. Je sais qu'il a sa part de culpabilité et que cette histoire a été bouleversante et difficile, mais il se repent sincèrement. Les faits sont plus compliqués qu'il n'y paraît et…

— Je t'arrête tout de suite. J'ai lu la lettre de la tisseuse et j'ai parlé à Jean.

— Alors tu sais tout ?

— Parfaitement.

— Tu vas donc lui pardonner ?

— Donne-moi une seule bonne raison de le faire ? J'enverrais Alexandre au loin pour me rapprocher de Raphaël ? Où est la logique dans tout cela ?

Tout le courage qui l'avait portée jusque-là sembla s'envoler avec la dernière lueur du jour. Il lui semblait à présent que le bureau de son père était plongé dans l'obscurité. À moins qu'un voile sombre ne soit en réalité tombé sur son existence tout entière ?

— Tu ne peux pas m'empêcher de l'épouser, murmura-t-elle d'une toute petite voix.

— Tu es ma fille, je peux tout faire. Si je le souhaite, d'un claquement de doigts, tu pourrais être envoyée à l'autre bout du pays.

— Et cela te rendrait-il heureux, papa ?

Décontenancé par la question, Jacques fit la moue.

— Je ne pense pas que mon bonheur entre en ligne de compte. En tout cas, pas dans cette histoire. Elle a mis au jour beaucoup de mensonges et des trahisons dont j'aurai bien du mal à me remettre.

— De là à faire mon malheur ? Est-ce que tu veux que je finisse comme Antonella ? Seule, dans une maison vide, à médire sur tous ceux qui m'entourent et à voir le mal partout ? À pleurnicher sur une vie que je n'aurai jamais eue ?

— Tu ne resteras pas seule. Raphaël n'est pas le seul homme à marier dans cette ville. Je suis une personnalité en vue et je suis capable de te pourvoir d'une dot importante. Tu pourrais avoir n'importe quel bon parti.

— Sauf celui qui m'intéresse, persista Rose, intraitable.

Plus les mots de son père s'éloignaient de la bénédiction qu'elle attendait et plus son cœur, son âme et son corps tout entier lui hurlaient une seule et même réponse possible : la résistance.

Étrangement, son père sembla y être sensible car c'est d'une voix plus douce qu'il demanda :

— Je crois donc comprendre que, malgré ses mensonges, sa fuite et le reste, tu le veux toujours comme mari ? Cela n'a rien changé en toi ? Tu ne crains pas qu'il recommence ? Tu ne crains pas de subir à nouveau la honte à cause de l'un de ses mauvais comportements ? Une fois mariée à lui, ma fille, tu dépendras de lui et je ne pourrai plus rien faire pour toi. Est-ce que tu le comprends ?

Si elle fit mine de prendre le temps de la réflexion, Rose n'avait en réalité aucun doute sur l'avenir qu'ils auraient à deux et encore moins sur la force de caractère dont ne manquait pas son fiancé.

— Je suis plus sûre de lui que je ne l'ai jamais été. Je crois qu'en réalité ces moments difficiles n'ont fait que renforcer notre amour. Il est plus facile de s'aimer quand tout va bien que lorsque tout semble aller de travers. Or nos sentiments restent les mêmes. J'ai assez de courage et je sais que Raphaël se repent sincèrement.

Puis Rose se tut, comprenant que toute parole aurait dès lors été superflue. Son père la regarda fixement, pendant un temps qui lui parut infini. Quand enfin il parla, son sang ne fit qu'un tour.

— Malgré tous tes efforts, j'ai le regret de t'informer que toutes ces bonnes intentions ne suffiront pas.

Le regard dans le vague, Rose dut se résoudre à ce qui n'avait été jusque-là qu'une vague idée. Il lui faudrait dire au revoir à

Suzon et à Adeline, prendre quelques affaires, peut-être demander un soutien financier à Antonella, et elle partirait comme était partie Émilie. Et à la pensée d'être enfin unie à Raphaël, même dans le dénuement le plus total, une larme de soulagement roula doucement sur sa joue pâle.

— Rose ? Mais à quoi penses-tu donc ? s'étonna son père. Tu ne veux pas connaître la suite ?

Forcée et contrainte, elle releva la tête et attrapa machinalement le grand mouchoir qu'il lui tendait.

— À quoi bon ? Je pressens que ce que tu as à me dire ne me conviendra pas...

— En es-tu si certaine ? N'aie crainte, ajouta-t-il finalement, après une courte pause, tu épouseras ton dessinateur.

Pour un peu, Rose en aurait bondi de sa chaise.

— Mais ! Tu... Je ne comprends pas ! Tu semblais si catégorique !

— Car j'ai une condition à vous imposer ! Tu l'épouseras, oui, mais pas tout de suite ! Vous allez attendre !

— Mais pourquoi ?

— Parce que je l'ai décidé, ma fille ! Parce que vouloir à nouveau épouser ton dessinateur ne fait pas oublier le fait que vos fiançailles ont été rompues. On ne fait pas reposer un mariage solide sur des bases aussi fragiles. À cela s'ajoutent quelques impératifs, comme prendre connaissance en détail des soucis par lesquels passe Raphaël et dont je ne sais pas grand-chose. Si nous arrivons à faire de tout cela quelque chose de viable, votre mariage pourra être possible. Mais il va falloir que nous soyons patients, tous autant que nous sommes. Nous avons un trafic à démanteler et une nouvelle association à monter...

— Comment ça ?

— Ah ! ta sœur et Nestor ont de la suite dans les idées, t'en doutais-tu ? Ils m'ont fait part d'une idée qui m'a tout d'abord rebuté mais que j'ai fini par prendre au sérieux. Et mon acolyte de toujours s'est montré particulièrement réceptif...

— Jean ?

— Parfaitement ! Il se pourrait que nous travaillions ensemble, désormais, poursuivit son père d'une voix tranquille. Ce serait une manière comme une autre de tirer notre épingle du jeu ! Après tout, pourquoi pas ? La Maison Roux & Bonnet, associés est sans doute aucun promise à un bel avenir !

— Pardonne-moi, mais je pense que ce sera plutôt la Maison Bonnet & Roux ! Tu connais Jean !

Jacques éclata de rire.

— Nous verrons bien !

— Et maintenant ? Vas-tu faire appeler Raphaël ?

— Jean l'a déjà fait prévenir. Il sera ici demain, à la première heure ! Pour l'instant, j'aimerais que tu viennes avec moi au salon. Ta sœur ne va pas tarder à rentrer, et j'ai quelque chose à vous annoncer.

— En rapport avec ton association avec Jean ?

— Absolument pas ! Bien qu'il s'agisse également d'une nouveauté qui ne devrait pas laisser mes chères filles indifférentes...

Épilogue

6 juin 1861

Tout là-haut, au-dessus de leurs têtes, les cloches de l'église dansaient à toute volée. Vive et joyeuse, leur chanson s'élançait dans le ciel tel un oiseau impatient de déployer ses ailes. Il semblait que l'air n'avait jamais été aussi doux, le soleil si caressant et les sourires sur les visages, aussi sincères. Tout était plus beau, en cette magnifique journée de juin, et toutes les personnes présentes, au summum de la félicité. Sans aucun doute, ce mariage resterait pour bon nombre d'entre elles synonyme d'un jour heureux.

Dans sa jolie robe, Rose resplendissait de bonheur. C'était une belle journée pour se réjouir, une belle journée pour être entourée de ceux qu'elle aimait. Les doutes, les épreuves et toutes les mauvaises nuits semblaient désormais être relégués dans le passé. Ils reviendraient peut-être mais, pour l'instant, elle ne voulait pas y penser.

Sur sa droite, à quelques mètres à peine, son père riait aux éclats, sans raison particulière. Élégamment vêtu d'un complet veston gris clair décoré de minuscules mûriers violets, il semblait à son aise au milieu de la foule amassée autour de lui. À son côté, Suzon souriait elle aussi de toutes ses dents. Bien que légèrement engoncée dans une robe crème un peu trop étroite pour elle, elle n'en était pas moins une très belle mariée. Rose était si émue de la voir ainsi mise en beauté qu'elle ne pouvait la regarder sans que sa vision ne soit brouillée par les larmes.

Dans les bras de la femme de son père se trouvait la petite Sophie. Comme à son habitude, la fille d'Adeline et de Nestor ouvrait de grands yeux et regardait autour d'elle avec curiosité. Avec ses cheveux blonds, ses beaux yeux gris et sa peau si pâle, elle avait tout d'une poupée de porcelaine douée de vie. Elle partageait leur existence depuis si peu de temps, et pourtant il semblait à Rose qu'elle était là depuis toujours, réplique miniature d'Adeline, fruit de tant d'inquiétudes et à la fois de tant de joies ! Adeline étant déjà enceinte de son second enfant, Rose préférait ne pas imaginer tout le déluge d'amour et de rires qui s'abattrait à nouveau sur eux tous dans quelques mois. Le moins que l'on puisse dire, c'est que le jeune couple Vial ne perdait pas de temps.

Sortant de l'église à la suite des mariés, tel l'ami bienveillant et protecteur qu'il avait toujours été, Jean se fraya difficilement un chemin parmi la foule présente sur le parvis et vint se placer aux côtés de Rose, un sourire placide sur le visage.

— Et ton père qui disait vouloir organiser un mariage discret... Il y a tant de monde aujourd'hui qu'on ne peut faire un pas sans écraser un pied sur son passage ! J'en ai perdu ma Jeanne ! À moins qu'elle m'ait sciemment faussé compagnie ? Je sais qu'elle a toujours eu un faible pour le curé, ajouta-t-il tout en scrutant la foule, les paupières plissées.

— As-tu vu Adeline ? Je l'ai perdue, moi aussi...

Jean laissa de côté ses recherches et lui accorda toute son attention.

— C'est justement à ce propos que je voulais te parler. Je viens de croiser ta sœur. Elle rentrait chez vous pour arriver avant les premiers convives et pour les accueillir comme il se doit. Peut-être devrais-tu la suivre sans trop tarder car je crains qu'elle ne se fatigue trop si on la laisse seule...

— Je vais y aller. Mais Louise est déjà sur place et papa a engagé du monde pour faire le service. Je ne comprends pas pourquoi elle se mêle de tout cela... Elle m'avait promis d'être sage et, dès que j'ai le dos tourné...

— Oh ! tu sais ! Je crois qu'elle est si heureuse de voir ton père marié qu'elle dépense son énergie sans compter. Et elle ne devrait pas, bien entendu.

Ils échangèrent un regard préoccupé, fruit de leurs inquiétudes communes.

La naissance de Sophie avait été si compliquée, si éprouvante, qu'au cœur de la détresse la plus profonde Rose avait couru jusqu'au parc dans l'espoir d'y trouver le sorcier. S'il lui avait prédit des douleurs terribles, ne pouvait-il pas la sauver alors qu'elle était au plus mal ? Mais lorsqu'elle était arrivée dans la masure, elle s'était heurtée au vide des lieux et n'avait plus eu qu'à compter sur la chance. Adeline s'était finalement relevée bien plus rapidement que son état d'alors avait pu le laisser présager, à leur grand soulagement à tous. Mais elle en faisait trop, malgré les conseils de ses proches et les nombreuses attentions de Nestor, malheureusement souvent absent.

— Et Raphaël ? demanda finalement la jeune femme, ne tenant pas à s'appesantir sur le passé. Il est allé informer Louise de la fin de la cérémonie, mais il devrait déjà être de retour...

— Il ne doit pas être loin, va ! Il ne prendrait pas le risque de s'éloigner. Qui sait ce qui pourrait vous arriver pendant ce temps, n'est-ce pas ? Alors dis-moi, qu'est-ce que ça vous fait d'être les prochains ? Dans trois semaines, c'est bien ça ? Comment le vis-tu ?

— Trois longues semaines, en effet ! Et je le vis très mal !

Jean eut un rire joyeux qu'elle ne put que partager.

— Je comprends que tu sois impatiente. Mais vous attendez depuis si longtemps ! Alors trois semaines de plus ou de moins...

— C'est ce que tout le monde nous dit mais, tous autant que vous êtes, vous n'êtes pas à notre place ! Ces trois semaines ont l'allure de trois années !

— Dieu vous en garde ! Je suis bien heureux pour vous, en tout cas ! Depuis l'été dernier, nous n'avons pas chômé et il est bon d'être récompensé avec de telles réjouissances, ajouta-t-il en se tapotant le ventre, comme s'il pensait déjà au bon repas qui allait suivre.

La jeune femme hocha la tête, pensive. Elle savait à quel point les derniers mois avaient été difficiles pour Jean, tout comme pour son père. Ils avaient apporté leur lot de nouveautés et de bonnes nouvelles mais avaient également marqué la fin d'une époque à laquelle ils étaient fortement attachés. Cette association entre leurs deux maisons était pour le mieux mais ne s'était pas faite sans sacrifices ni sans négociations. Sans doute, le temps finirait par faire son œuvre et par les apaiser. Du moins l'espérait-elle. Sinon, ils pourraient toujours compter sur Nestor pour trouver le meilleur compromis. Quant à Raphaël, il avait non seulement réussi à retrouver la place qu'il occupait jadis mais reconquis mille fois le cœur de Rose.

— Tout est pour le mieux, se contenta-t-elle de répondre, gardant pour elle les souvenirs des derniers baisers de celui qui, Dieu merci, serait bientôt son mari.

— Tu sais que j'ai eu des nouvelles d'Alexandre ? reprit Jean, après une courte pause.

— Par Camille, je présume ? Car papa ne veut tout simplement plus en entendre parler…

— Son père est le seul à avoir encore quelques nouvelles. Crois-le ou non mais, malgré tout ce gâchis, je suis content de savoir qu'il va bien.

— Il ne compte pas revenir, tout de même ? marmonna Rose, le regard toujours fixé sur la foule.

— Absolument pas. Figure-toi qu'il est sur le point d'embarquer pour Londres ! Il y aurait des personnes, là-bas, qu'il souhaiterait rencontrer. À mon avis, il risque bien de s'y établir pour de bon. Je ne suis pas sûr qu'on le revoie un jour. Il finira par y inventer une machine qui nous parviendra dans trente ans ! Il aura enfin une bonne raison de nous traiter d'antiquités !

— Tu n'as pas oublié, n'est-ce pas ?

— Jamais ! Je suis peut-être vieux, mais j'ai ma fierté ! Mais cessons de parler de tout ça, tu veux ? Va retrouver ton fiancé ! Pour ma part, je viens de voir Antoinette et je ne tiens pas à la croiser. On la croirait tout droit sortie d'un cauchemar, ajouta-t-il avec une grimace moqueuse. J'espère qu'elle ne vient pas manger chez ton père, je ne tiens pas à avoir l'appétit coupé ! Il y a trop à manger ! Et à boire ! À tout à l'heure.

Les yeux de la jeune femme effleurèrent à son tour la silhouette d'Antonella, située à quelques pas d'eux et alors en grande conversation avec une vieille dame. Sans doute lui racontait-elle ses dernières lubies, à moins qu'elle ne monologue sur son grand amour italien qui n'avait jamais eu lieu que dans ses pensées.

— Te voilà, toi !

Une voix murmura à son oreille alors qu'une main l'agrippait vivement par la taille. Avec un demi-tour gracieux et un éclat de rire qu'elle ne tenta même pas de retenir, elle était dans les bras de Raphaël. Sa place. Là où elle voulait être et rester pour l'éternité. Après un rapide coup d'œil aux alentours pour s'assurer que nul ne les voyait, ou plutôt que nul ne faisait attention à eux, le jeune homme attrapa son visage à pleines mains et l'embrassa avec fougue. Séduite et surprise à la fois, la jeune femme s'attarda contre lui un peu plus longtemps que ne l'aurait voulu la bienséance. Peu importait, après tout. En un tel jour, nul ne pourrait reprocher grand-chose à de futurs jeunes mariés.

D'un accord tacite, ils quittèrent pour de bon le parvis de l'église et s'éloignèrent dans une rue adjacente. Il était bon de se retrouver à deux après avoir été entourés de tant de visages, de tant de silhouettes connues ou inconnues.

— Je suis jaloux de ton père ! s'écria finalement Raphaël, non sans s'être une dernière fois tourné en direction de l'église, avant qu'elle ne disparaisse de leur vue.

Elle feint de ne pas en connaître la raison et lui demanda de s'expliquer. Si elle était plus qu'impatiente de convoler, Raphaël n'avait de cesse de répéter et de répéter encore à quel point le temps était long. Suzon avait dû déployer des trésors de patience pour lui faire comprendre que ces longs mois d'attente lui apparaîtraient comme anodins une fois que le mariage serait célébré, mais rien n'y avait fait.

— Pourquoi ? Mais c'est évident ! Parce que son costume est bien plus beau que le mien ! répondit-il alors d'un ton faussement agacé.

Rose éclata une nouvelle fois de rire.

Depuis qu'ils s'étaient retrouvés, elle n'avait de cesse de le redécouvrir. Parfois, il lui semblait même avoir enfin rencontré le vrai Raphaël. Elle l'avait connu préoccupé, inquiet et mystérieux ; elle le retrouvait drôle, empressé et charmant, tout simplement. Entre eux, il n'y avait plus aucune gêne et, même s'ils n'avaient pas recommencé leur bêtise de cette fameuse nuit de crise, ils ne manquaient jamais une occasion de passer un moment seuls.

— Ce n'est pas vrai, répondit-elle, feignant de prendre sa remarque au sérieux. Le tien est très beau également et pour cause : c'est moi qui ai choisi le tissu !

— C'est vrai, j'avais oublié ce détail.

— Quoi qu'il en soit, ce n'est pas le costume qui compte mais celui qui se trouve à l'intérieur et, même si je te saurais gré de ne pas lui répéter, tu as bien plus de prestance que papa. Tu seras le plus beau, quoi qu'il arrive, ajouta-t-elle tout en se pendant amoureusement à son bras.

— Ah ! j'attendais ce compliment ! Il a mis du temps à arriver, tu es si dure avec moi !

— Oh ! comment me faire pardonner ?

— J'ai bien une idée, mais ce n'est ni l'endroit ni le moment...

Feignant d'être choquée, elle lui lâcha le bras et le devança de quelques pas avant de s'immobiliser en pleine rue.

— Si mon père t'entendait...

— Mais il ne m'entend pas, il est bien trop occupé à sourire à votre chère Suzon. Es-tu heureuse de l'avoir pour belle-mère ?

— Elle a toujours été comme une mère pour moi. Cela ne changera rien... d'autant plus que je quitte la maison bientôt.

— Nous vivrons à deux pas, tu pourras y retourner dès que tu le souhaiteras, lui souffla Raphaël, à nouveau caressant. Tu verras. Tu seras heureuse avec moi. Tu n'en doutes pas ?

— Pas une seconde, murmura-t-elle à son tour, le nez levé vers lui dans l'attente d'un nouveau baiser qui ne vint pas.

— Ta robe est presque prête et elle sera magnifique. Je suis honoré que tu aies choisi ma soie pour la faire couper. Ces roses de soie ne faneront jamais, tout comme l'amour qui nous lie.

Et il lui attrapa la main pour y déposer un doux baiser avant de l'attirer à lui.

— Est-ce que tu viendras me retrouver, ce soir, après la fête ? lui glissa-t-il ensuite, avant de l'embrasser dans le cou.

— Raphaël ! Bas les pattes ! Et si quelqu'un nous voyait ?

— Eh bien, qu'il ouvre grand les yeux et profite du spectacle !

Elle s'extirpa de son étreinte mais ne lâcha pas sa main alors qu'ils reprenaient leur chemin. Coûte que coûte, elle saurait la garder dans la sienne, et ce, aussi longtemps que la vie les laisserait s'aimer.

— Je ne viendrai pas te voir, non ! Tu rêves éveillé, Raphaël Pelletier !

— Si je rêve, alors j'espère bien ne jamais me réveiller ! Après vous, ma chère future femme !

Avec galanterie, le jeune homme s'effaça théâtralement, la laissant entrer chez son père. Amusée, Rose le précéda d'un pas princier, faisant virevolter sa jupe. Dans trois semaines à peine, c'est dans ses bras qu'elle passerait le pas de leur porte, et alors une nouvelle vie commencerait pour eux deux. Il lui semblait avoir attendu ce moment une vie entière, et elle ne doutait pas une seconde des années de bonheur qui viendraient, saison après saison, tisser la trame de leurs existences mêlées.

REMERCIEMENTS

Écrire un roman est un projet au long cours. De la toute première idée à la dernière relecture se passent bien trop de mois pour pouvoir les compter sur les dix doigts des deux mains.

Des nombreuses versions de ce texte, j'espère proposer ici la meilleure. Je remercie à ce titre mon éditrice, Marianne Durand, qui a su me donner de précieux conseils pour améliorer cette histoire.

Il me semble également important de mentionner ici l'inspiration que m'ont apportée *Les Grandes Heures de Lyon* de Jean Étèvenaux et *La Soie à Lyon. De la Grande Fabrique aux textiles du* xxie siècle de Bernard Tassinari, deux ouvrages que j'ai consultés avant d'entamer la rédaction de ce roman. Je n'ai évidemment pas la prétention d'avoir écrit un manuel historique, mais j'y ai trouvé le contexte dont j'avais besoin pour raconter les aventures de Rose et de sa sœur.

Je ne peux évidemment refermer ce livre sans penser à tous ceux qui ont pris la peine de me lire. Merci d'avoir adopté cet ouvrage et de lui avoir accordé du temps !

Harlequin® est une marque déposée du groupe HarperCollins France – 83/85, Bd Vincent Auriol – 75646 Paris cedex 13. SA au capital de 1 149 680€ – R.C. Paris. Siret 31867159100069/APE5811Z.